Perro que no ladra

Blanca Cabañas

Perro que no ladra

Papel certificado por el Forest Stewardship Council®

Primera edición: mayo de 2022

Printed in Spain – Impreso en España

ISBN: 978-84-9129-654-6
Depósito legal: B-5319-2022

Compuesto en Punktokomo S. L.
Impreso en Rodesa,
Villatuerta (Navarra)

SL 9 6 5 4 6

Para Sandra, por confiar siempre en mí
A mi madre, que me enseñó lo bonito de leer

Todo lo que puede ser imaginado es real.
PABLO PICASSO

Sé quién era esta mañana cuando me levanté, pero creo que he debido de cambiar varias veces desde entonces.
LEWIS CARROLL, *Alicia en el País de las Maravillas*

La mayor aventura es la que nos espera. Hoy y mañana aún no se han dicho. Las posibilidades, los cambios son todos vuestros por hacer. El molde de su vida en sus manos está para romper.
J. R. R. TOLKIEN, *El hobbit*

Nos contamos historias a nosotros mismos para vivir.
JOAN DIDION, *El álbum blanco*

Prólogo

La mañana del 14 de junio de 1995 amaneció soleada. El calor de pleno estío se colaba por las ventanas abiertas de las casas haciendo sudar a sus inquilinos. La hierba tenía un color verdoso intenso, fruto de las buenas lluvias de esa primavera. Los últimos minutos había dormido a intervalos transitando entre dos mundos: el consciente y el inconsciente. Alargó el sopor hasta que los aullidos histéricos de Coque se colaron en su sueño. Era su perro. Un *cairn terrier* de tres meses que su madre le había regalado. El susto hizo que se levantara de la cama como activado por un resorte. Guiado por el llanto del animal, llegó hasta la puerta del sótano. Con una mano temblona de niño de ocho años abrió la puerta. De pronto, nada. Coque había dejado de quejarse. Advirtió la voz de su padre allí abajo. Se quedó paralizado unos segundos. Logró mover las piernas, que le vibraban como si estuvieran conectadas a un cable de alta tensión. Bajó muy lento. Con la cabeza asomada entre los barrotes de los últimos escalones, los ojos se le abrieron de golpe. Intentó contener un llanto estertóreo y violento que le sacudió el pecho casi de inmediato. Estaba a punto de presenciar un acto execrable.

Vio a su perro tumbado sobre la mesa de los puzles. Yacía lacio, sin oponer resistencia. A su lado, un pequeño bote de cristal.

Encontró su correspondiente caja tirada a unos metros. Era xilacina-ketamina, un sedante analgésico y relajante muscular. Su padre estaba de espaldas, iluminado por un flexo de luz blanca. Cogió algo que no llegó a ver. Movido por la ansiedad, bajó un escalón más y vio la escena desde un ángulo más abierto. El hombre sostenía un artilugio que nunca antes había visto. Lo metió en la boca del perro a modo de palanca, haciendo que esta quedara abierta sin necesidad de sujetarla. A continuación, se hizo con una tijera larga y puntiaguda que introdujo en la boca de Coque. La expresión del perro era la de un muerto. El crío notó vibrar el suelo bajo sus pies. Lo invadió una sensación de vértigo sin precedentes. Casi sin respiración, apretó los ojos con fuerza y pensó para sus adentros: «Que acabe esta pesadilla».

La llamada

Llovía a cántaros. Llevaba así desde primera hora de la mañana y no parecía que fuera a escampar. Las azoteas de los edificios vecinos apenas se intuían a través del ventanuco empañado de la cocina. Dio una última calada apurando al máximo el filtro del cigarro y, con el aire contenido en los pulmones, apagó la colilla en un platito de café que a veces ejercía como tal y otras tantas de cenicero. Echó un vistazo al pésimo estado que presentaba la cocina. Se había repetido durante toda la semana que debía limpiarla, pero la pila de platos no bajaba desde el martes pasado. Una mosca curiosa y hambrienta devoraba los restos de los macarrones del mediodía. La estampa era devastadora. Espiró todo el humo del cigarro, derrotada solo de pensarlo. Aquel piso era temporal. Lo había repetido tanto en su cabeza que casi alcanzaba a creerlo. Un medio para un fin. Un alquiler pagable hasta que pudiera permitirse algo mejor. Solo que la espera a eso mejor se estaba prolongando demasiado.

Para colmo, esa misma mañana la encargada de la cafetería en la que llevaba trabajando tres meses la había despedido alegando la típica excusa de que la empresa no estaba pasando por un buen momento. El débil pretexto para prescindir de ella retumbó en su cabeza con la voz aflautada de su jefa. Pese a ello, lejos de encontrarse preocupada por perder el trabajo, se sentía liberada de obligaciones, de cargas, de cosas que no le gustaban. Tenía para tirar unos meses. Ya encontraría algo. Había oído que los contratos de tiendas se pagaban mejor que la hostelería. Igual era tiempo de cambiar de gremio. Nadie quiere ser eternamente la chica que pone los cafés.

Chaqui, su perro, la miraba apocado desde la puerta que llevaba al salón del pequeño piso de dos dormitorios. Emitió un suave ladrido y acaparó la atención de su dueña, que despertó de su abstracción de inmediato. Lara atendió su reclamo sacando de un cajón uno de esos huesos para limpieza dental canina que tanto le gustaban. El movimiento histérico de su cola deshilachada así se lo hizo saber. Acarició su pelaje áspero, del que sobresalían pelos más largos que le daban un aspecto desaliñado y despeinado. No era el perro más bonito del mundo, de eso estaba segura, pero en sus ojos marrones y saltones cabía toda la bondad del universo. Cuando tan solo llevaba unos años viviendo en Sevilla, un nuevo inquilino comenzó a pernoctar en el portal del bloque. Se trataba de un chucho sin raza al que los vecinos alimentaban con los restos de sus comidas. Lara se sumó a la labor aportando los bordes de las pizzas. Luego pasó a llevarle pienso y, finalmente, compró una cama blandita que se amoldara a su enclenque cuerpecito de perro callejero y la colocó en su dormitorio. No creía en el destino ni en esas chorradas, pero lo suyo con Chaqui era platónico y perfecto. Una extraña conexión canino-humana y, la mayoría de los días, el único ser capaz de arrebatarle una sonrisa al finalizar la jornada.

El piso estaba silencioso, señal de que Carolina, su alegre y chispeante prima y compañera de piso, había salido. Eso le concedía unas horas de silencio. Se sentó en el sofá del diminuto salón y encendió su ordenador. Revisó su correo electrónico. La empresa se había puesto en contacto con ella y le había enviado la carta de despido. Fabuloso. Echó un vistazo rápido y cerró el documento. Abrió un Word en blanco. Perdió la vista un momento en el cursor parpadeante y comenzó a escribir:

El yo.

El cerebro de cada ser humano es distinto en morfología, tanto interna como externamente, lo que nos confirma el poder del medioambiente en la formación del yo de cada individuo. La paradoja reside en que nunca se hallará una estabilidad. No existe esa inalterabilidad cerebral. Los días, los años, los cambios que acontecen en todo nuestro arco vital nos cambian. «Ningún hombre puede cruzar el mismo río dos veces, porque ni el hombre ni el agua serán los mismos» (Heráclito, siglo vi a. C.). Así que el ser humano es como el río de Heráclito: nunca es el mismo. Las emociones, la personalidad, la conciencia y los sentimientos que nos forjan desde la infancia hasta la vejez no son los mismos que hace treinta años. Ya no soy esa persona.

En mí se labra una actualización constante y consciente cada minuto y cada día. Esta se activa cada vez que me miro en el espejo y descubro una nueva arruga. Y eso ocurre también en las personas que me ven día tras día. Pero ¿qué sucede con aquellos que se encuentran conmigo al volver la esquina después de tres meses? Su actualización de mí no ha ocurrido en su cerebro, pero tampoco podrá producirse en unas horas ni en una tarde tomando café. No somos las personas que fuimos y recuerdan. Jamás podré conocer cómo llegó a ser lo que es esa persona ni ella podrá viajar por cada yo hasta este momento.

Se pasó los puños por los ojos, despertando de su concentración. Abrió un nuevo correo, copió, pegó y se lo envió a su psiquiatra, el doctor Ángel Navas, añadiendo en el cuerpo del mensaje:

Buenas noches:

Disculpa la tardanza, Ángel. Te envío el escrito que concreta-
mos en la última sesión. Lo hablamos mañana.

Un saludo.

Apagó el ordenador. Deambuló arrastrando los pies hasta el
frigorífico y se detuvo a contemplarlo cual obra de arte. Tras varios
titubeos, cogió una gelatina envasada y se tumbó en el sofá. Chaqui
siguió sus pasos, saltó sobre sus pies y se hizo un ovillo. Saboreó
la satisfacción de haber escrito algo bueno. Había consultado durante la última semana varios libros y artículos en internet, y había
quedado prendada de Francisco Mora, doctor en Medicina y Neu-
rociencias, del cual extraía todo el hilo de sus pensamientos. Le
apasionaban la filosofía y la psicología. Todo lo que tuviera que
ver con el cerebro le parecía interesante. Gracias a las insistencias
de su psiquiatra, había comenzado a leer sobre neuroeducación,
una neurociencia pionera en el estudio del aprendizaje y su influencia en el cerebro plástico. Sabía que Ángel se tomaba más molestias
de la cuenta. Su relación médico-paciente había adquirido en los
últimos años un matiz parental. Como si saciara una vocación do-
cente no resuelta, le recomendaba lecturas a Lara y le mandaba re-
dacciones para entregar. Trataba de abrirle puertas y enseñarle otros
mundos. Quizá estudiar una carrera. Encontrar una motivación.
Llevaba tratándola desde los catorce años, edad en la que, sin tener
nada que la atara a su pueblo natal, se fue a vivir a Sevilla. De forma repentina, quedó amparada por un halo de recuerdos y sintió
nostalgia. No pudo evitar evadirse con la memoria a una época en
la que tenía amigas con quienes estar, reuniones a las que acudir,
lugares a donde ir. Pero no quedaba nada ya de esa niña que se había marchado y que todos conocían.

Una notificación en su móvil interrumpió el curso de sus
pensamientos.

[16/01 00.05] Susana28:
Ey, ¿estás?

[16/01 00.05] Chaqui02:
Para ti sí.

Susana28 era el nick de la persona con la que más había hablado en las últimas semanas. De manera irregular, intercambiaban mensajes a través de la app, y lo cierto es que le había puesto cara hacía poco. Su interlocutora había jugado bien sus cartas, siendo a la vez misteriosa e insistente, respetando sus silencios y excusas. Parecía que viera a través de ella, como si la conociera realmente. Y así, entre tanto y tan poco, había conseguido lo que otras muchas no. Lara le había enviado una foto, desvelando así su apariencia, que no su identidad, pues había dicho llamarse Sara y ser de Huelva. Por miedo, por una vergüenza instaurada muy adentro de la que no conseguía zafarse. Con Susana28 podía sentirse libre, mostrar su verdadero yo, pero tampoco había que excederse. ¿Qué más daba el nombre que pusiera en el carné de identidad? Aquella desconocida sabía hurgar en la llaga, recorrer los recovecos, sacar temas esquivos.

[16/01 00.05] Susana28:
¿Me vas a hablar esta noche por fin de tu familia?

Ante la negativa, su interlocutora insistió:

[16/01 00.05] Susana28:
No hablar las cosas no hará que duela menos.

[16/01 00.05] Chaqui02:
Por favor, no te conviertas en un libro de autoayuda.

17

[16/01 00.05] Susana28:
Solo pretendo conocerte mejor.

Lara aguardó unos segundos antes de precipitarse.

[16/01 00.06] Chaqui02:
Digamos que tengo una familia
controvertida…
O igual la controvertida soy yo.
La cosa es que llevo años, muchos
años, sin aparecer por allí.

[16/01 00.07] Susana28:
Algo gordo debió de pasar.

Lara dudó unos segundos.

[16/01 00.07] Chaqui02:
Algo gordo, sí.

[16/01 00.07] Susana28:
Qué misterio. Me tienes intrigadísima.

[16/01 00.07] Chaqui02:
Todo es un misterio en mi familia.

[16/01 00.07] Susana28:
Y, de volver, ¿lo destaparías?

[16/01 00.07] Chaqui02:
¿Cómo dices?

[16/01 00.07] Susana28:
Si el momento se diera,
¿hurgarías en el misterio?

Se abrió un silencio difícil de destensar.

[16/01 00.08] Chaqui02:
Has visto muchas películas.

Soltó el móvil, huyendo de aquella reflexión incipiente. ¿Lo haría? ¿Excavaría en su pasado?

Se desperezó en el sofá, y Chaqui acudió a su cuello en busca de mimos. Lara abrazó su cuerpecito peludo y falto de cariño y le dio un beso en la cabeza. Volvió a mirar de reojo la aplicación a la que solía entrar en busca de conversación y algo de exploración. Al parecer, Susana28 había aceptado su ambigüedad. Compuso un gesto serio y cerró el chat, que bien parecía estar escrito en clave, acabando con el hechizo que tanta aprensión le producía.

Intentó desconectar, en vano, viendo una peli hasta que la vibración de su móvil la despertó de su ensimismamiento. Chaqui bajó del sofá, asustado. Lara se incorporó nada más leer en la pantalla: «Llamada entrante Olga». El corazón le dio un vuelco. ¿Existían las casualidades, la conexión entre dos personas que se piensan al mismo tiempo? Como una carambola del destino, ¿podía tener Susana28 más puntería? Hacía años que no hablaba con su hermana. ¿Y qué hora era? De madrugada.

—¿Sí? —musitó carente de emoción.

—Lara, tienes que volver a casa. —Se le contrajo el estómago—. Mamá ha sufrido un accidente.

Primavera de 2002

Los pies de Lara pedaleaban a toda velocidad. El sol brillaba con fuerza aquella mañana. Sintió unas pequeñas gotas de sudor resbalando por su nariz. Era un día perfecto para ir al pinar que surcaba las inmediaciones de San Andrés Golf. Se había criado en aquella tranquila urbanización con su hermana Olga y sus padres. Estaba ubicada a las afueras de Chiclana de la Frontera, un municipio gaditano a treinta kilómetros de la capital que apenas rozaba entonces los sesenta y dos mil habitantes y que, a excepción de la playa de la Barrosa y el Pinar del Hierro y la Espartosa, no poseía ningún atractivo para Lara. Esa era la parte positiva: montar en bici y perderse por aquel terreno poblado de frondosos árboles, una superficie de cincuenta hectáreas con gran importancia desde el punto de vista botánico que albergaba casi cuatrocientas especies vegetales y ciento treinta invertebrados.

Llegaba tarde. Su madre se había empeñado en cortarle el flequillo recto justo aquella mañana, haciendo que se retrasara en el encuentro con sus amigas.

—Solo será un momento —dijo—. Todas las famosas lo llevan así, verás qué guapa quedas.

Lara la miraba con expresión hosca. Sabía que no iría a ningún sitio hasta que no luciera flequillo nuevo, desayunara adecuadamente y se pusiese el protector solar por sus bracitos demudados por el sol. Supuso que al hacer A recibiría B. Así que, como si de un acuerdo tácito se tratase, decidió dejarse mimar por su madre para poder salir con sus amigas. Ella era así. Su forma de dar amor al resto era a través del cuidado, y Lara había convivido con ese excesivo «amor» toda su vida.

Herminia tenía una edad indefinida entre los cuarenta y los cincuenta. Pasaba el día en casa doblegada por las tareas del hogar, la limpieza impoluta del caserío y la cocina exquisita que degustaba su familia. Procuraba levantarse la primera para que su marido y las niñas tuvieran el desayuno en la mesa nada más despertarse. Compraba los mismos conjuntos de distintas tallas para Olga y Lara. Solían ser vestidos bordados, a veces incluso ella misma los cosía a mano o a máquina, y leotardos de colores a juego. Les estiraba el pelo de las sienes en dos colas altas que Lara se soltaba nada más salir por la puerta y que su hermana siempre traía intactas de regreso. Elegía la ropa que su marido debía ponerse, como si alguna tara en los ojos de este le impidiese saber qué colores se toleraban mejor. Los sábados por la mañana, mientras Manuel salía desde bien temprano a cuidar de los animales de la granja, ella ponía alguna cinta de Alejandro Sanz a todo volumen y, mocho en mano, dejaba cada estancia reluciente.

La casa en la que vivían presentaba un aspecto viejo y sórdido. Las paredes, de piedras toscas, estaban invadidas en su gran mayoría por moho o por enredaderas que Manuel nunca tenía tiempo de podar. Pese a que el jardín crecía a sus anchas, tenía cierto encanto rústico. Un camino de gravilla en el que siempre se formaban charcos recortaba el gramón asilvestrado, que tenía sus matas más largas junto a este. La fachada estaba presidida por dos balcones con barandillas de forja labrada. Las altas ventanas estaban cubiertas por cortinas que en su día fueron blancas y que en ese momento lucían un amarillo grisáceo. A pesar del aspecto mugriento que presentaba en su exterior, por dentro era cálida y acogedora. Herminia estaba segura de que aquella casa de campo era perfecta para las niñas. Las veía jugar a cocinar algún guiso con malas hierbas que arrancaban del jardín. Correteaban por el lugar y marchaban en busca de aventuras con las bicis. A veces, Lara se la quedaba mirando. No podía entender su desorbitado interés por crear una sensación hogareña con alfombras mullidas y flores en los alféizares. Era incluso conmovedor. Para su madre era importante. Lo más importante. Todo debía estar perfecto: la mesa del jardín, la alfombra del salón, la planta de la entrada, las niñas, su marido, su familia.

El padre de Lara era un hombre de campo, alto y fornido. Se levantaba a diario con los primeros rayos de sol para regar su huerto y sus árboles frutales. Luego, alimentaba a Margarita, la vaca lechera, y a Constantino, un cerdito rechoncho. Manuel no necesitaba limpieza ni perfección. Él solo se paseaba feliz entre sus tomates y sus lechugas, viendo cómo crecían los melones y las calabazas a punto de estallar. Evitaba usar productos químicos o fertilizantes que no fuesen naturales. Él prefería el abono de los animales o las plantas aromáticas para mantener las plagas a raya. Era un trabajo sacrificado y tedioso. Cada ciclo natural de cosecha precisaba cuidados exhaustivos. Fruto del exceso de sol, siempre tenía las mejillas coloradas, lo que le daba un aspecto afable y campechano que lo hacía caer bien de inmediato. Cuando Herminia preparaba uno de sus salteados de verdura, Manuel les daba un par de chocolatinas a las niñas. Lara lo amaba. Era tosco, rudo y ordinario, sí, pero real.

Una vez soportada la tortura del flequillo, Herminia dejó que su hija se marchara a jugar y le tocó el turno a su hermana Olga, con la que esta compartía poco más que el ADN. Era dos años mayor, aunque en muchas ocasiones no lo parecía. Había perfeccionado la técnica del puchero infantil. Fruncía los labios y conseguía lo que quisiera: una porción más de pizza, el mejor dormitorio, la ropa nueva y el cuento más largo antes de dormir. Olga compuso un gesto hastiado debido a la frustración y contempló como su hermana se iba en bici a través del reflejo borroso de la ventana del salón.

Herminia no tenía ni idea de por dónde paseaban las niñas. Sin embargo, Manuel, como con las chocolatinas, guardaba el secreto con recelo y les aconsejaba que permanecieran en el arcén de la vieja nacional, aunque estuviera poco transitada.

Unos veinte minutos después, a casi seis kilómetros, Lara torció a la izquierda hacia un desvío que terminaba en uno de los seis accesos oficiales. Se trataba de una puerta de ladrillo presidida por un arco que rezaba: PARQUE PÚBLICO FORESTAL PINAR DEL HIERRO Y LA ESPARTOSA. Allí encontró a sus amigas: Carla, Isabel y Emma.

—¿Puedes tardar más? —soltó Emma con sarcasmo.

Con los años, se había convertido en la mejor amiga de Lara. Compartían el gusto por desobedecer las reglas y salirse de los patrones que sus madres les forjaban en casa. Su carácter vivaracho y extrovertido siempre la hacía reír. Lucía dos largas trenzas que le llegaban al pecho y unas divertidas pecas alrededor de la nariz. Lara señaló de forma elocuente su flequillo como si así lo explicara todo.

—Estás guapísima —dijo Carla regalando al mundo una de sus radiantes sonrisas.

—Gracias —contestó Lara.

La miró a los ojos intentando transmitir toda la convicción que pudo, pero, a decir verdad, no se sentía para nada segura con su nuevo corte de pelo. No obstante, Carla siempre tenía una palabra grata y una enorme sonrisa que dibujar en su rostro. Era la más callada de las amigas. Prefería mantenerse en la distancia, estudiar los comportamientos de las personas y luego actuar. Un poco de lo que le hacía falta a Lara.

La tercera de las amigas era Isabel, la hermana menor de Emma, a quien siempre obligaban a llevar con ella. Tenía dos años menos que el resto de las integrantes del club de la bici y, quizá por ello o a pesar de ello, era la más prudente y miedica. Vestía siempre unos zapatos de charol que su madre insistía en que llevara. Tenía un simpático lunar debajo del ojo derecho. Una monada.

Pedalearon al unísono, evitando en zigzag los desniveles que encontraban a su paso, cruzando los caminos cortafuegos que parcelaban de forma longitudinal el pinar. Lara concentró todo su esfuerzo en subir una pendiente y siguió a sus amigas por un estrecho sendero, reducido a causa del exceso de vegetación. La humedad le atravesaba la ropa con insidia y, aunque el espesor de los arbustos y la irregularidad del terreno dificultaban el camino, poco importaba. Era libre. Libre de normas. Unos minutos les bastaron para llegar al Punto Mágico, uno de los siete lugares emblemáticos del municipio. Subir a lo más alto del pinar suponía verlo convertido en un inmenso mar verde hecho de copas de algarrobos, olivos, alcornoques, encinas y pinos piñoneros. La mejor vista aérea del lugar. Sin mucha dificultad, contemplaron Medina Sidonia, un pueblo vecino, y la ermita de Santa Ana.

—Es precioso —dijo Carla.

—Si fuera una ardilla —intervino Emma—, podría recorrer el parque entero trepando de árbol en árbol sin poner una pata en el suelo.

Se quedaron unos segundos así. Sin hablar. Solo mirando el mundo ante sus pies. No lo sabían, pero estaban viviendo un momento extraordinario: eran felices.

211

Media hora después de la imprevista llamada de su hermana, Lara dejaba atrás el barrio sevillano de Los Remedios. La recibió una madrugada de enero gris y desapacible. La humedad se palpaba en el aire y no tardó en materializarse de nuevo. Agradeció que la carretera no fuera en absoluto sinuosa. Al contrario, la autovía era tan recta hasta Puerto Real que llegaba a ser aburrida. La recia lluvia bombardeaba la luna de su coche. Tuvo que activar el aire acondicionado para evitar que se le empañara. Para colmo, el frío de la madrugada se colaba por las ranuras de la ventana. Se estaba congelando. El cabello revuelto y húmedo le caía por los hombros y, aunque tenía los vidriosos ojos puestos en la carretera, su cabeza estaba en otro lugar. O en otro momento. Repasaba una y otra vez la conversación con su hermana.

—¿Qué dices, Olga?

—Le dije que Lucas lo arreglaría cuando tuviera un hueco libre, pero ya la conoces, no hubo manera. Se subió al tejado del porche para sustituir un par de tejas rotas y se cayó de la escalera. Suerte que la de Correos pasaba por allí con la motito. Los médicos dicen que es un milagro que no se haya roto la cadera. Con estas edades es lo más normal. Ella se encuentra bien. Se ha dado un buen golpe en la cabeza y le han tenido que dar varios puntos.

—Entonces ¿está bien? —acertó a decir.

—Creo que deberías venir. Puede que sea momento de vernos.

—Olga… —titubeó—. Enhorabuena por el embarazo, no he tenido tiempo de escribirte. Vi la noticia en Facebook. —Al momento sopesó sus palabras y se percató de lo absurdo que sonaba—. Creo que Lucas y tú seréis unos padres fabulosos.

—Gracias —dijo conciliadora.

Una ráfaga de viento zarandeó su Citroën C3 y devolvió su atención a la carretera. La angustia le ganó la partida y escapó a su control una lágrima furtiva que resbaló por su mejilla. Se apresuró a eliminarla pasándose la mano por la cara con rabia. Apenas había tenido tiempo de dejar una nota en el frigorífico para avisar a Carolina del viaje repentino, de hacer su maleta con cuatro conjuntos básicos y de meter a presión las cosas de Chaqui en un macuto. El cuidado de protegerlo la mantenía despierta. Lo vio en el espejo retrovisor. Estaba sentado, tranquilo y tapado con una mantita roja. También una parte dentro de ella se tranquilizó al contemplar sus saltones ojitos marrones.

Olga fue escueta al teléfono. Su madre estaba en el hospital Puerta del Mar en Cádiz. Los médicos le habían hecho pruebas para valorar las lesiones y, aparte de la contusión, los moratones y diez puntos en la cabeza, físicamente estaba todo en orden. Se había despertado un poco desorientada, pero estaba estable.

Sin pasar por Chiclana, fue directa al hospital. Lucas la esperaba en la puerta para quedarse con Chaqui. Lo saludó con dos besos. Era el marido de Olga y el padre del hijo que esperaban. Lara lo conocía bien. Del pueblo, de toda la vida. Su hermana y él habían sido novios casi desde que ella tenía memoria y en algún momento que desconocía habían firmado los papeles que los convertían en un matrimonio ante la ley. En esta ocasión, Lucas se había dejado barba, lo que lo hacía más atractivo. Aunque eso supuso que Lara no pudiera interpretar su sonrisa bajo el bigote espeso.

—Cuñado, los *hipsters* están pasando de moda —espetó divertida.

—Tu hermana dice que me queda bien. —Se encogió de hombros mientras se hacía con la correa del perro y le acariciaba la cabecita—. ¿Cómo estás?

Lara hizo un gesto con los brazos que vino a decir: «Estoy aquí».

—¿El trabajo? ¿Los estudios? Olga me cuenta que te has vuelto una intelectual, que compartes muchas cosas en Facebook sobre el cerebro.

—Eso... —Sonrió abrumada—. Es solo que me parece interesante, leo mucho —se justificó—. Y el trabajo bien —se apresuró a añadir—. Me he cogido una excedencia. Ya sabes, un poco de tiempo para mí.

—¿Quién te iba a decir que ese curso te daría de comer? Está bien pagado, ¿no?

—Sí, sí, no me puedo quejar. En su momento tuve que mejorar mi inglés y aprender el contexto de cada obra para transmitírsela al público —mintió; o no, no era mentir si había ocurrido en algún momento. Hacía medio año que la habían despedido del museo.

Lucas frunció el ceño.

—Tu hermana me dijo que estabas de seguridad.

—Sí, claro —concedió de inmediato—. Pero, ya sabes, a veces me preguntan cosas y no puedo quedar como una cazurra. ¿En qué habitación está? —preguntó, dando por finalizada aquella conversación sin más dilación.

—En la 211. Te cuido al peludo.

Los pasillos del hospital estaban silenciosos a aquella hora de la madrugada. Pasaría a verla un momento y luego se iría a Chiclana, a casa, al lugar de los recuerdos. Estaba agotada. Nada hubiera cambiado de haber llegado por la mañana, pero su conciencia la torturaba. No podía excusarse con tener que ir a trabajar y, al fin y al cabo, Olga la había telefoneado. Por primera vez, se preguntó cómo sería ver a su hermana con tripita de embarazada. Habían pasado muchos años desde la última vez. Eso le hizo sentirse azorada, nerviosa, y se enfadó por ello. Se paró en seco y exhaló todo el aire que contenían sus pulmones. A pesar del frío le transpiraban las manos. Quiso estar en cualquier otra parte y hasta pensó en bajar todas las escaleras que había subido. Estaba a punto de irse cuando una mano en su hombro la detuvo como fulminada por una certeza. Era la de Olga, pequeña y templada, como ella. Lara no supo cómo reaccionar y esperó sus intenciones.

—¿Es que no vas a darme un abrazo? —Casi por obligación, pegaron sus cuerpos un par de segundos y se retiraron con un movimiento veloz—. Siento que hayas tenido que venir a estas horas. No sabía si llamarte o esperar a mañana, pero me parecía mal mantenerte en la ignorancia. A mí me hubiera gustado saberlo. Por eso decidí avisarte. Espero no haberte dado un buen susto.

—Está bien —balbuceó tensa.

Advirtió una pequeña barriguita debajo de la ancha camiseta que le caía por los hombros de manera despreocupada y se quedó mirándola. Olga debió de darse cuenta, porque se puso las manos en la panza como si agarrara una sandía.

—Puedes tocar, no se rompe. —Le cogió la mano sin contemplaciones y Lara tocó por encima de la ropa la curva que doblaba a su hermana—. Estoy de cinco meses.

—Enhorabuena otra vez, Olga. Me alegro mucho por vosotros —añadió sincera.

Esta sonrió, luciendo especialmente feliz.

—Mamá acaba de dormirse. Si quieres, la despierto.

—No hace falta, dejemos que descanse.

Olga asintió. Los pasos de una tercera persona en el pasillo cortaron la conversación.

—Los familiares de Herminia Leal —dijo para cerciorarse. Las hermanas afirmaron con la cabeza—. Su madre pasará la noche ingresada. Por su edad es mejor ser precavidos, pero mañana por la mañana le daremos el alta.

El médico les estrechó la mano con firmeza y desapareció doblando una esquina.

—¿Quieres que me quede esta noche? —preguntó Lara.

—No, de ninguna manera. Tienes que estar agotada. Vete a casa y descansa. Lucas nos recogerá por la mañana y nos encontraremos allí. Aún tienes llave, ¿no? —Lara asintió—. Nos vemos mañana entonces.

Olga se despidió con un caluroso beso en la mejilla y se dirigió a la cafetería a tomar algo.

Lara se quedó petrificada frente a la puerta de la habitación 211 unos segundos. Catorce años sin ver a su madre era mucho tiempo. ¿Cuántos yos se habría perdido de ella? ¿Cuántas arrugas encontraría nuevas? Entreabrió la puerta y esperó no despertarla. Irguió la espalda de manera notoria y tensó toda la musculatura bajo su piel. De forma inconsciente, se cruzó de brazos a modo de protección. Dio unos pasos hacia la camilla y se quedó mirando a la mujer que yacía en ella. Había dejado crecer las canas de una melena que no superaba los hombros. Su piel, más arrugada, le descubrió lunares y manchas nuevas por la edad. Vestía el horrible camisón blanco de hospital, pero, aun así y deteriorada como estaba, Lara percibió su presencia, su elegancia. Una venda blanca le daba la vuelta a la frente y le ocultaba la herida. La vía con medicación le atravesaba una vena de la mano. Y, por lo demás, bien, igual. Dormía plácidamente. ¿Podría oírla? La duda se arremolinó en su estómago. Se acercó con cautela.

—Mamá.

Al estar junto a ella, dispuesta a cogerle la mano, se dio cuenta de que solo tenía una. Eso no lo esperaba. Miró el muñón, sorprendida, y volvió a mirar la venda que le aplastaba el pelo. Se había dado un golpe en la cabeza. No había duda. De modo que la pérdida de la mano era anterior a aquel accidente. Lara no tenía constancia de aquello. Se desprendió de la visión de carne crecida y le cogió la mano de la vía, la única. El contacto con su piel, suave y cálida, la llevó a su infancia. Las meriendas de galletas, el escondite con sus amigas, el olor a mar, los baños en la alberca, el viento de levante, jugar al parchís con papá, ordeñar a Margarita, los atardeceres en el jardín, pero también a todos esos vestidos de telas sintéticas que le irritaban la piel, las sienes estiradas, el rúter apagado, a esta hora en casa, péinate, adelgaza, no vistas así, no te veas con tal…, control, control, control. Ella no había estado dispuesta a pasar por ahí. No iba a permitir vivir una vida bajo la jurisdicción de su propia madre, viviendo según lo permitido, acatando normas y recibiendo cuidados que no tenían cabida en su opinión. Olga siempre fue de otra pasta. Necesitaba el beneplácito de Herminia, su reconocimiento, su amor. Desde aquel fatídico invierno, no había recibido ninguna llamada de su madre pasado el primer año. Algún wasap esporádico de Olga de cuando en cuando, pero poco más. Ella tampoco había sentido la necesidad de hablarles. Aunque a veces se preguntaba si gastarían tanto tiempo en pensarla como ella en recordarlas. Al segundo, desechaba esa idea y se sentía una tonta.

Dirigió una última mirada a su madre, le dio un beso en la mano que había sujetado hasta entonces y volvió a su antigua casa. «Al hogar», que decía Herminia.

El hogar

Un cambio de postura de Chaqui entre sus pies la hizo despertar. Cuando abrió los ojos le costó asimilar dónde estaba. El colchón era más blandito y entraba más claridad por la ventana que de costumbre. Se oían los primeros ruidos en la cocina y un aroma a café recién hecho se colaba por debajo de la puerta.

Echó un vistazo a su antiguo dormitorio. No estaba para nada tal y como recordaba haberlo dejado: el armario revuelto, la cama sin hacer y aquel póster de las Spice Girls. Era evidente que alguien había puesto mucho interés en ordenarlo y limpiarlo con asiduidad. Una cama de noventa de madera caoba con columnas torneadas reinaba en el centro. Enfrente, un escritorio macizo tallado donde Lara estudió la ESO. Un gran armario aparador policromado barroco, pintado a mano con flores de estilo oriental, ocupaba la pared izquierda junto a la puerta. Divisó los trazos que ella misma había hecho: indecisos y entrecortados. Luego, identificó de inmediato los de Olga: delgados y rectos. Perdió la mirada en el gran balcón que invadía de luz el dormitorio. El viento, que había bramado toda la noche y aún sacudía los árboles del entorno, había barrido las nubes. El cielo lucía claro y frío. El campo se secaría y la jornada, por fin, sería soleada.

Apuró al máximo el momento de levantarse de la cama, como si pudiera prorrogar eternamente el encuentro con su familia. Los tintineos de platos y vasos le indicaron que iban a comer. Se preguntó cuándo habrían llegado. Había dormido de un tirón y ni siquiera los había oído. Llevaba la misma ropa del día anterior. El cansancio hizo que nada más llegar, a las cinco de la madrugada, se metiera tal cual en la cama. En ese momento se daba asco. Necesitaba una ducha con urgencia, pero eso significaría tener que salir del dormitorio, ver gente, hacer cosas y tener conversaciones. Dio un cabezazo contra la almohada solo de imaginarlo.

Cogió su móvil. Estaba lleno de notificaciones. Carolina lamentaba que hubiera tenido que irse sin despedirse, le pedía que la informara del estado de su tía y de si veía conveniente que fuera a visitarla. Tampoco ella la veía desde hacía años. Los padres de Carolina, sus tíos, no mantenían contacto con Herminia. La relación empezó a resquebrajarse, a volverse más fría, más discontinua, hasta que fue nula. Todo a raíz de que Lara se hubiera ido a vivir con ellos y Herminia se desentendiera de su hija. Esto molestaba muchísimo a tío Alfredo y tía Carmen, que la habían educado y querido como a una hija propia. También ellos le habían escrito que fuera contando las novedades y que se cuidara. Susana28 acumulaba mensajes sin contestar, preguntaba si le había sucedido algo o si es que había decidido pasar de su cara, pero hubo una conversación que ocupó todos sus sentidos. Tenía dos llamadas perdidas del doctor Ángel Navas.

—Mierda —se le escapó.

Miró la hora. Iban a ser las tres de la tarde. Había olvidado por completo la cita con el psiquiatra. Se sintió terriblemente culpable. Supuso que no era una hora adecuada para devolver las llamadas, así que le contestó por WhatsApp:

[16/01 14.42] Lara Ortiz:
Ángel, lo siento muchísimo. He olvidado anular
la cita. Anoche me surgió una urgencia: mi
madre ha tenido un accidente en casa, pero está
bien, nada grave. No sé cuántos días estaré por
aquí, pero me gustaría mantener nuestras conversaciones
aunque fuera vía móvil. Creo que me serían de gran ayuda.
¿Sería posible? Disculpa las molestias otra vez.

Cuando creyó que no podría justificar más su papel de remolona entre las sábanas, se levantó y, tras una reparadora ducha de agua tibia, bajó las escaleras de madera de gaucho que la llevaban al salón. Una chimenea de piedra ocupaba la pared frente al sofá. Alguien había encendido el fuego, que ardía contenido por losas ennegrecidas. Era agradable. El olor a madera quemándose siempre la tranquilizaba y la hacía sentir bien. Una alfombra persa de tonos rojos y azules cubría el suelo casi sin dejar ver las baldosas. A la derecha, la luz entraba por una cristalera cubierta por visillos blancos. Siguiendo un pequeño pasillo llegó al lugar del que emanaba el ruido: la cocina. A contraluz, se dibujó la figura de una mujer esbelta que fue discerniendo con más calidad a medida que se acercaba. Herminia estaba sentada en una de las brillantes y pulidas sillas que rodeaban la mesa. Vestía una rebeca larga de lana que le cubría la mayor parte del cuerpo. Le llamó la atención su pelo. Había tenido tiempo de ducharse y arreglarse con exceso de laca a pesar del vendaje. El aroma del cosmético la removió por dentro. Algo en su memoria no declarativa hizo clic. Era uno de esos recuerdos que, de manera inconsciente, la hacían rememorar la existencia de personas, lugares o cosas que encontraba desagradables por estar ligados a algo negativo de lo que no guardaba un registro de memoria consciente. Aprovechando que no habían advertido su presencia, observó el rostro embelesado de Herminia.

Lara tuvo la sensación de que su madre admiraba algo extraordinario que se estaba representando ante sus ojos. Al momento supo qué era. Olga y Lucas trabajaban juntos en la cocina como un auténtico equipo de *MasterChef*. Tuvo que reconocer que era digno de ver. Parecían totalmente sincronizados en sus tareas. No chocaban, respetaban sus espacios y cada paso de la receta fluía como si una sola persona los siguiera. Lara se cargó de buena energía para no desentonar y aplaudió divertida.

—Vaya *team* formáis, pareja.

—Estás despierta —contestó Olga ante lo obvio—. Estamos preparando pollo al curri con patatas al horno. Te quedas a comer, ¿no?

Ni siquiera lo había pensado. Comer en familia. Se le revolvió el estómago.

—De hecho, he quedado con Emma.

—No sabía que mantuvierais el contacto —añadió distraída mientras pelaba patatas.

Y no lo mantenía. Llevaba años sin hablar con su mejor amiga de la infancia. Era una de esas relaciones que se queda estancada en una época, en un momento, incapaz de durar para toda la vida. Desde que Lara se fuera a Sevilla, no habían vuelto a hablar. Avanzó hasta ponerle la mano en el hombro a su madre. Era evidente que esta esperaba su turno.

—Mamá, ¿cómo estás?

—Oh, Lara —dijo a modo de saludo mientras la abrazaba con todas las fuerzas que pudo reunir—. Un poco aturullada, será la medicación. Tu madre, que es vieja y torpe… Qué bien que estés aquí —añadió con no mucha seguridad.

—Yo también me alegro de estar en casa —mintió.

—Dale una taza de café a tu hermana, Olga.

Sin tener opción de rechazarlo, su hermana dispuso con celeridad una taza de porcelana que rezaba: AQUÍ BEBE UNA SUPER-

ABUELA. Con toda seguridad, Olga se la había regalado a su madre con motivo del embarazo. Fingió un recato del que carecía recogiendo la taza de las manos de su hermana y dio un sorbo de amargo café solo.

—Vaya susto, ¿no? Espero que se te hayan quitado las ganas de subirte en escaleras una temporada —dijo Lara dejando que su mirada reposase en ella.

Su madre asintió con gravedad como respuesta mientras la miraba interesada, leyendo sus pensamientos.

—¿Hasta cuándo te quedas?

Lo oportuno de la pregunta la desconcertó. ¿Realmente podía saber lo que pensaba? Se tomó unos segundos para contestar fingiendo considerarlo. Aún estaba asimilando estar allí.

—Unos días.

—Has crecido —pensó en voz alta con un surco de preocupación en la frente.

Lara no contestó.

—Como hoy no puedes quedarte a comer, ¿qué te parece si mañana cocinas tú y nos haces algo? —intervino Lucas guiñándole el ojo mientras desmenuzaba el pollo.

Quiso matarlo con la mirada.

—Claro, ¿por qué no?

Agradeció la ligera brisa templada que le sacudió el pelo al salir al exterior. La temperatura dentro le había parecido exageradamente cálida. ¿O habían sido los nervios? Sacó uno de sus cigarros y le dio una calada profunda, aspirando con fuerza hasta notar el calor en la garganta. Observó el jardín donde tantas veces había correteado con su hermana. La grava del camino se diluía en una masa arenosa que amortiguaba el ruido de los pasos y acumulaba agua en las zonas más irregulares. El gramón amenazaba en muchos tramos con invadir el sendero que salía de la parcela. Ralentizó su paso, fijándose en cada detalle, que le parecía tan diferente de lo que fue. Los árboles más viejos habían cedido en sus raíces haciendo que algunas ramas tocaran el suelo. El almendro seguía siendo el rey de todos ellos y el mejor escondite para juegos: permitía una salida rápida y una buena perspectiva de la entrada.

Caminó hasta un lado de la casa, donde encontró la alberca que tantos baños en verano había presenciado. La descubrió tapiada con una tabla de madera. Al fondo, a lo lejos, vio el cobertizo de papá, donde siempre iba a buscarlo cuando no lo encontraba trabajando en el huerto. Nunca lo había visto cerrado hasta entonces. Anduvo con dificultad entre las raíces que desnivelaban el terreno y se dirigió a las cuadras. Se quedó parada donde debieran estar Margarita, la vaca lechera, y Constantino, el gordo cerdito. Le constaba que Herminia los había vendido para ganarse algo. Conmovida por la situación, giró sobre sus talones intentando no pensar en ellos. Llegó hasta el huerto, ya comido por las hierbas. Volvió sobre sus pasos admirando la belleza del paisaje, que, aunque descuidado y cambiado, seguía siendo encantador. Sonrió arrobada, valorando el desorden justo, el bello caos de la vegetación, el recuerdo de una infancia, y fue consciente de que era la primera sonrisa real en días.

Lucas salió de la casa, rompiendo su momento. Chaqui se acercó a olisquearle los zapatos.

—No sabía que fumabas —dijo encendiéndose un cigarro y expulsando el humo por la nariz.

—No sabéis nada de mí —corrigió.

Su cuñado asintió, sintiéndose dueño de aquellas palabras. Lara lo miró interrogante.

—¿Cuándo perdió mi madre la mano izquierda?

—Hace tiempo. Casi a la par de que te fueras. Unos meses después, quizá. Un perro callejero que rondaba la barriada la atacó cuando venía de la compra. Le desgarró el miembro y lo perdió por completo. No quiere llevar prótesis, pero se apaña bien. Por supuesto, al perro tengo entendido que lo sacrificaron. Tu tío Alfredo y tu tía Carmen lo sabían, pero supongo que no te lo dijeron para evitarte el desagrado.

—¿Y Olga me llama por diez puntos en la cabeza y no por la pérdida de una extremidad?

—Ya no eres una niña que se deja llevar por su rencor. Ahora eres una mujer. Y tu hermana está embarazada y sensiblona. Nunca es tarde para acercar posturas y ver a toda la familia reunida, ¿no?

Lara valoró la información y no hizo ningún comentario al respecto.

—Por casualidad, ¿sabes si Emma sigue viviendo con sus padres?

Lucas la estudió unos segundos, entendiendo que había querido escapar todo el tiempo del almuerzo familiar y que quedar con Emma era solo una excusa.

Ocho minutos en coche después, Lara pasaba de largo el Pinar del Hierro y la Espartosa y se dirigía a la dirección que su cuñado le había dado. Chaqui jadeaba desde el asiento de atrás.

Verano de 2002

lfredo se atusó la camisa, manchada de alcohol. Era el segundo cubalibre que se le derramaba encima. Iba más que contento. Las fiestas de cumpleaños de su hermano Manuel siempre concentraban a viejos amigos. Atravesó con destreza el salón, esquivando grupitos de personas que charlaban distraídas y estaban pasándolo bien. Ubicó a su mujer, Carmen, que debatía concienzudamente con otras mujeres sobre qué color les iba mejor a los dormitorios. Sopesó interrumpirla. Como si se hubiera dado cuenta de su mirada, esta lo interrogó con ojos punzantes.

—Voy a por hielo —dijo vocalizando en exceso para que pudiera oírlo por encima de las voces y la música.

Ella asintió y continuó enfrascada en la conversación. Conocía la casa demasiado bien como para llegar solo a la cocina, pero no fue hacia allí. A duras penas, manejando unos pies que iban por libre, llegó a la entrada. Sin lamentarse de ello, salió al exterior, dejando atrás el alboroto. Respiró el olor a tierra recién mojada por la lluvia. La luz de un coche perforó la penumbra que proyectaban las farolas pegadas al camino. Dio un sorbo al whisky aguado de su vaso y notó cómo le ardía la garganta. Se alejó de la casa agradeciendo el aire limpio y ventilado. El sonido de la fiesta se fue disipando. Se volvió para apreciar la fachada y los balcones del dormitorio principal, desde los que supuso que habría una vista espectacular. Contempló cómo las enredaderas se las apañaban para trepar hasta ellos aprovechando las hendiduras de las piedras que conformaban la gruesa pared. Dio un traspié con la raíz de un árbol que salía del subsuelo y rio, borracho.

El hombre tomó asiento junto a una mesa de merendero, sobre la que dejó el vaso. Un leve gimoteo lo puso en alerta. Escudriñó debajo de la mesa con extrañeza y sorprendió a su pequeña sobrina de doce años, que lloraba con la cabeza escondida entre sus piernas flexionadas.

—Eh, ¿qué te pasa? Sal de ahí, Olguita —dijo ayudándola a incorporarse, con cuidado de que no se chocara con el tablón de la mesa—. ¿Por qué lloras?

La chiquilla se sacudió las rodillas, temblona. No quedaba casi nada del peinado que con tanto esmero le habían hecho. Su vestidito turquesa tenía un tono verdoso que a Alfredo le pareció liquen. Estaba empapada. Ató cabos.

—Me ha dicho un pajarito que te has dado un baño en la alberca —declaró en tono jocoso. Olga asintió, apesadumbrada—. ¿Por qué no entramos y te cambias? Vas a coger una pulmonía. —Ella negó tozuda—. ¿No? ¿Y por qué no?

Olga se miró la ropa, tomando conciencia de la gravedad de su situación. Tenía las mejillas encendidas de tanto llorar y el pelo le caía hecho jirones por la frente. Confirmó sus sospechas. De ninguna manera podría entrar en casa y pasar inadvertida.

—Mi madre va a matarme —susurró con la voz rota.

Alfredo sonrió, conmovido.

—¿Por qué no entramos juntos y se lo explicamos?

Olga lo miró esperanzada y asintió.

Entraron de la mano en la casa, haciendo que las miradas de todos se volvieran hacia ellos. Herminia se acercó presurosa.

—Oh, Dios mío, pero ¿qué te ha pasado?

—Lara me ha empujado a la alberca —explicó con un hilo de voz.

Su madre dirigió una mirada de furia a su hija Lara, que se escondió tras su padre, y volvió la vista hacia el desastre que tenía ante sí. Toda una hora peinándole el difícil cabello seco y renegrido para que en ese momento luciera cual gato callejero. Compuso un rictus cruel.

—Las niñas solo estaban jugando, Herminia —intervino Alfredo lacónico.

La mujer levantó la vista hasta su cuñado, contuvo la cólera y, dibujando una sonrisa lo más curva que pudo, dijo:

—Por supuesto que sí. Vamos arriba a cambiarte, cariño.

Eureka

E ran casi las cuatro de la tarde cuando se dio cuenta de que no había comido nada. Su estómago rugió de manera desorbitada. Aparcó el coche a uno de los lados del río Iro, que partía el pueblo en dos, y tomó un par de tapas en uno de los pocos bares del centro. Tal y como recordaba, las calles peatonales del casco histórico eran fantasmales. Nadie, salvo ella y cuatro personas con las que se cruzó, estaban por allí a esas horas. Aprovechó que la lluvia descansaba para caminar por sus calles. Chaqui movía la cola, contento por estirar las patitas. Descubrió plazas nuevas que no recordaba y numerosos comercios. Dedujo que por la mañana habría más vida. El mercado de abastos estaba reformado; su planta rectangular daba a tres calles y a la propia plaza de las Bodegas. Encontró también en ella el Museo del Vino y de la Sal, un lugar con información acerca de las explotaciones salineras de la localidad, el cultivo de la viña y la historia de las bodegas de Chiclana. Se le escapó una sonrisa, de la que ve crecer su pueblo con orgullo.

Una llamada la despertó del trance. Sacó estrepitosamente el móvil del bolso de cuero negro que llevaba cruzado al pecho y leyó en la pantalla que quien llamaba era su psiquiatra.

—Buenas tardes, Ángel.

—Por fin coincidimos —saludó amable.

—Siento de nuevo no haber podido ir a la última sesión fijada.

—No te preocupes. ¿Está tu madre bien?

Lara pensó la respuesta. ¿Estaba su madre bien?

—Sí, se dio un buen golpe en la cabeza y le han dado varios puntos.

—Espero que mejore. ¿Y cómo estás tú? —acortó.

—Apenas hemos compartido unos momentos en casa. Por ahora se respira una falsa calma, no sé cuánto tardará en explotar. Estoy a verlas venir —respondió sincera mientras se sentaba en un banco de la plaza.

Ángel tardó unos segundos en contestar, sopesando su aclaración.

—Sé cauta, siempre te digo que no arrojes tú la primera bomba.

«Ahí estaba: la mente pausada, el hombre prudente, el consejo de sabio», pensó Lara.

—He leído tu reflexión sobre el yo —cambió de tema—. Me gusta lo que planteas. Te viene al pelo para todos los sentimientos que te van a abordar estos días en casa. Todas esas personas que no te han visto durante años no tienen ni idea de en qué te has convertido. De quién eres. —Hizo una pausa para hacer hincapié y luego continuó—: No te dejes empequeñecer ni te sientas aprensiva por ello.

Lara escuchó atenta. Sus últimas palabras le habían calado.

—He pensado en seguir escribiendo. Por mi cuenta, quiero decir. Sin necesidad de que me encargues nada. Escribir sobre lo que yo quiera. Tal vez una novela.

Al otro lado de la línea, Ángel se hinchió de orgullo.

—Me parece una decisión acertada.

—Ahora la cuestión es tener una buena idea y escribir sobre ella.

—Amiga, ese siempre es el gran dilema. —Lara notó que sonreía—. Verás, el ser humano tiene dos estrategias cognitivas para dar con una buena idea. Una es la analítica. En ella, el individuo sigue un razonamiento sistemático, es decir, plantea una secuencia lógica de procesos mentales que lo conducen a la gran idea o a la solución de su problema. Durante este proceso, la persona es consciente y su atención está focalizada todo el tiempo en el problema. Sin embargo, existe otra estrategia, la intuitiva, que surge cuando el individuo cree no poder continuar y abandona. Entonces, pasado un tiempo, puede que mientras esté pensando en otras cosas, tomando algo con amigos o viendo una película, la idea que buscaba con tanta ansia le venga a la cabeza. Este es el fenómeno eureka de Arquímedes. ¿Cuál ha sido la diferencia, Lara? —preguntó de forma retórica. Ella escuchaba concentrada—. La atención. En contraposición a la estrategia analítica, la intuitiva no precisa un foco atencional constante.

—¿Tengo que dejar de prestar atención? —respondió desorientada.

—«Cuando estoy completamente conmigo mismo, completamente solo o durante las noches que no puedo dormir, es en estas ocasiones que mis ideas fluyen más abundantemente. Cuándo y cómo vienen esas ideas no lo sé. Lo que sí sé es que vienen solas, espontáneamente, y que no puedo forzarme a producirlas». Son palabras de Wolfgang Amadeus Mozart. —Detuvo su discurso creando expectación—. Otros genios confesaron haber encontrado sus ideas en sueños. Giuseppe Tartini, por ejemplo, contó que había soñado con el diablo y que este le deleitaba con una sonata romántica y espectacular que nunca antes había oído. Cuando despertó, creó *El trino del diablo,* la mejor pieza que jamás compuso. ¿No es maravilloso?

»Con esto no quiero decir que Tartini encontrara la sonata en su sueño. Simplemente se durmió con la tensión de componer.

Su hipocampo hiló trozos musicales de su propia música y el fuerte componente emocional le hizo crear un regalo para los oídos. Los sueños no son premonitorios, pero sí inspiradores. Un pensamiento que no encaja mientras estamos despiertos puede cobrar sentido después del sueño. De nuevo, el eureka, la idea que, de repente, de manera no consciente, tropieza con la mente consciente.

La chica tardó en contestar mientras procesaba toda la información.

—Te avisaré si me llega el eureka, pues —concedió esbozando una sonrisa.

—Llámame si lo necesitas, Lara —se despidió con sincero cariño.

Colgó y quedó en paz, con esa tranquilidad que solo Ángel sabía transmitirle. Se quedó sentada unos minutos, con la mirada clavada en el bloque de pisos que tenía justo enfrente. Era la dirección que Lucas le había dado. Al parecer, su amiga se había independizado y vivía en el centro del pueblo, en un segundo con vistas a la plaza de las Bodegas. Caviló un momento cómo abordaría el encuentro y, antes de que pudiera arrepentirse, llamó al telefonillo.

—¿Sí? —respondió una voz familiar.

—Emma, soy Lara.

—¿Lara? Te abro —anunció.

Lara miró el ascensor con recelo y, desechando la idea al segundo, subió por las escaleras. Emma había dejado la puerta entreabierta. El piso era pequeño pero acogedor. Estaba decorado de manera minimalista con muebles blancos, Lara supuso que de Ikea. Emma la esperaba con cara de póker en el centro del salón. Chaqui fue el primero en saludar lanzándose sobre sus rodillas eufórico.

—No me lo puedo creer —dijo sin esconder su sorpresa—. ¿Qué haces aquí?

Las chicas se acercaron y se saludaron con dos besos en las mejillas.

—Mi madre se cayó y casi se abre la cabeza —soltó sin reparo.

Emma la invitó a un café, que aceptó encantada. Las amigas se sentaron en torno a la mesita blanca del salón. La encontró muy guapa. Conservaba su cara de pilla y sus expresivas cejas. También reconoció ese *feeling,* el que solo emana con ciertas personas y por el que no transcurre el tiempo. Emma la puso al corriente de su vida. Trabajaba como psicopedagoga en un centro de educación especial, llevaba apenas un año viviendo sola y estaba conociendo a un chico de San Fernando. Lara le contó su situación de paro y poco más, porque no había mucho que contar. Y como siempre en la vida llegó el silencio y, con él, el cariz confidencial.

—¿Sigues teniendo relación con Carla? —preguntó.

—A veces me la encuentro por la calle y nos saludamos con la cabeza. Sigue viviendo con sus padres, así que puedes verla en San Andrés Golf. Creo que está estudiando algo. —Se encogió de hombros—. ¿Vas a escribirle? Tengo su número de móvil.

—Pásamelo, y de paso me das el tuyo.

Emma asintió y una sonrisa afloró en sus labios.

—¿Te quedas mucho?

—Aún no lo sé. Todo el mundo parece preguntarme lo mismo. Unos días —respondió confusa.

—Llámame y hacemos algo —dijo guiándola por el pasillo. Lara rebasó la puerta y salió al rellano—. Y, Lara —insistió—, no vuelvas a irte sin despedirte.

Ella, torpe, apuró una mueca de disculpa.

Volvió sobre sus pasos hacia el coche. Mientras andaba, miraba la foto de perfil de WhatsApp de Carla. Estaba realmente guapa. Pelo rubio y sonrisa radiante. No simplemente unos dientes bien colocados y simétricos. Sus labios dibujaban una forma alegre y perfecta. Rayos de sol atravesando gotas de lluvia. El efecto y la magia de un arcoíris en su boca. Cerró la aplicación. «Demasiadas visitas por un día», se dijo. De camino a casa, paró en un supermercado a comprar los ingredientes que necesitaría para el almuerzo del día siguiente. Todo gracias a la brillante idea de su cuñado.

¡Eureka!

Chirimiri

Se levantó temprano. Se puso un legging de licra y un top a juego que había metido casi de rebote en la maleta y se calzó unas zapatillas. Veinte minutos después corría por el Pinar del Hierro en ayunas. Apenas había conseguido dormir cuatro horas seguidas. Quizá era una tontería, pero la responsabilidad del almuerzo la tenía inquieta. Chaqui corría como loco por el cortafuegos principal, olisqueando cada arbusto que encontraba a su paso. La pobre luz procedente del cielo opaco de la última semana había sido reemplazada por otra mucho más alegre que le otorgaba al pinar la belleza que merecía. Sin embargo, pudo apreciar nubes blancas en lo alto de la pendiente que llevaba al mirador. La humedad ya calaba el aire con su peso. A pesar de la mañana despejada, el día se cerraría y llovería en unas horas.

Correr le aclaraba las ideas, le hacía despertar todo tipo de sensaciones en el cuerpo. Libertad y empoderamiento al comenzar, concentración por mantener el ritmo y la respiración y un esfuerzo sobrehumano en los momentos de no poder más. No era en absoluto una corredora habitual, pero se tomó muchas molestias para no coincidir con la familia feliz en el desayuno. Ya tuvo bastante con sentarse de noche frente a la chimenea a ver una peli mediocre con su hermana y su cuñado. Por suerte, Herminia era de esas personas que se duermen a las diez y ya estaba acostada cuando llegó. Además, no podía ser tan malo. Había leído en un artículo que los efectos del ejercicio aeróbico rebajaban el estrés y producían neurotransmisores como la serotonina y la dopamina, relacionadas con la felicidad y el placer. Era todo lo que necesitaba en esos momentos: felicidad y placer capaces de callar su voz interior de niña aterrada. Sin embargo, la verdad es siempre más afilada y esconde razones más oscuras. Tenía algo pendiente con aquel lugar. No era una simple carrera matutina. Sus piernas trotaban por el camino de la introspección hacia sus miedos peor digeridos. El verdadero motivo de su presencia allí se escondía tras su pánico más irracional. Haciendo acopio de todo su coraje, había vuelto a la mismísima cicatriz, al centro de la tormenta, al Pinar del Hierro y la Espartosa. Había vuelto al origen de sus pesadillas.

La mayor parte del pinar estaba cubierto por suelos arenosos y arcillosos. Sin embargo, la loma de la Espartosa presentaba terrenos de calcarenitas, más pobres en nutrientes, utilizados como canteras de áridos. Esa variedad de suelos hacía que la fauna y la flora fueran tan variadas y ricas. Tras subir la loma, se concedió un momento para contemplar las vistas. Las altas copas de algarrobos y pinos piñoneros, entre otros, lograban convertir el suelo en una presencia que se adivinaba, pero que apenas podía verse.

—¿Te gusta este lugar, Chaqui? —preguntó rascándole la cabecita al animal, que la miraba atónito con la lengua fuera.

Una vez hubieron recuperado el aliento, continuaron la caminata hasta las zonas de caleras u hornos de cal. Estos pozos de cuatro metros se utilizaban para obtener cal a partir de piedras, fundamentalmente caliza y calcoareniscas. La cal era el cemento del siglo pasado: mezclada con arena o arcilla, unía ladrillos y pintaba las fachadas de las casas, dotándolas de ese blanco inmaculado tan típico de las construcciones del sur. Los hornos se recubrían por un muro de piedra que se elevaba del suelo dos metros.

Las piedras que se querían transformar se disponían cubriendo el interior de la calera, y en la parte central se colocaba el material combustible: las aulagas, leguminosas en forma de arbusto espinoso de flores amarillas. Una vez armada la calera, se recubría de barro y se prendía por una puerta; el fuego se mantenía durante dos días y dos noches. Luego, la calera quedaba inutilizable tres o cuatro años, a consecuencia de una merma que producía la propia planta. Su madre solía contarle historias de cómo las brujas cocían en las caleras a los niños que se portaban mal. Como si eso ayudara a dormirse más rápido. Un escalofrío le recorrió la espalda solo de recordarlo.

Se quedó mirando uno de los hornos. Quedaba casi oculto por la maleza y, a diferencia del primero, estaba cubierto de tierra. La lluvia había actuado como agente erosivo, arrollando todo el material ladera abajo, haciendo que se concentrara en un mismo lugar. Una matita de tomillo se mecía a merced del viento sobre la calera. A su lado, se precipitaron dos gotas de agua que habían conseguido desprenderse de la niebla. La ligera lluvia era continua pero fina.

—Chirimiri —susurró Lara—. Vamos a tener que correr otra vez, Chaqui.

El perro ladeó la cabeza y, como si entendiera lo que le acababa de decir, golpeó con sus patitas los gemelos de Lara, llamando su atención. No quería andar más. Su dueña lo cogió y lo llevó en brazos hasta el coche. Aunque pareciera que la lluvia no mojaba, llegó con el pelo húmedo.

—Hola, ¿hay alguien en casa? —saludó mientras se quitaba las zapatillas, embarradas, y caminaba descalza. El calor que emanaba de las baldosas le llegaba a través de los calcetines—. Chaqui, no te alejes, hay que secarte con el secador.

El perro hizo caso omiso y salió despedido a revolcarse en la alfombra persa del salón. Lara fue tras él. El cielo se había oscurecido tanto que la luz que entraba por las ventanas no era suficiente para iluminar la habitación. El fuego encendido proyectaba una extraña magia que la obligaba a perder sus ojos en él. Su madre, sentada en una butaca de mimbre acolchada, fingía ver una serie en la televisión.

—Tu hermana no está y Lucas está trabajando —dijo sin ápice de emoción.

—Le va genial la clínica, ¿verdad? —comentó para dar conversación.

Lucas llevaba años trabajando en su propia clínica veterinaria. Sabía que Herminia lo tenía en gran estima por la de años que llevaba en la familia. Tanto era así que, a raíz del accidente, le había cedido su dormitorio de matrimonio para que durmiera con Olga los días que se quedaran en el caserío.

—Igual si hablas con él, podría meterte a trabajar.

—Mamá, yo ya trabajo como seguridad en el museo.

De nuevo, esa mirada fulminante; la que leía la mente. Lara se estremeció e intentó reconducir la conversación.

—¿Qué tal te has levantado hoy? —tanteó, aunque era más que evidente por su aspecto sombrío.

En esa ocasión, había elegido una camisa burdeos de encaje y un recogido mate, sin brillo. Por el exceso de laca, dedujo Lara.

—Bien, las pastillas me dan sueño, así que me paso todo el día como alma en pena arrastrando los pies.

—Bueno, ya será menos; es temporal, mamá.

Herminia compuso una mueca que Lara no llegó a interpretar. Luego, acumuló palabras en su boca que, notó, le costaba soltar.

—Te fuiste hace catorce años y has sido incapaz de llamar una sola vez —bufó.

Lara sintió hormiguitas retorcerse en su estómago. No estaba preparada para aquello. No le apetecía lo más mínimo mantener esa conversación que no las llevaría a ningún punto en común. Observó cómo las líneas de su expresión inerte se dibujaban, dando paso a un gesto fruncido. Lara intentó hablar usando un tono conciliador.

—Hice lo mejor para las dos.

Herminia sonrió con acritud. Sin embargo, no replicó. El silencio fue más que elocuente. Tampoco Lara le dio opción. Giró sobre sus talones y se dispuso a salir del salón.

—Llévate al chucho —dijo alzando la voz.

Lara se aproximó a Chaqui, lo cogió en peso y levantó la vista hasta su madre. Encontró aquella mirada fría e impertérrita de los que callan más que hablan. Huyó a su habitación como tantas veces había hecho. Se dio una ducha fría, disfrutando de la sensación del deporte hecho y el cuerpo relajado. Luego, se puso ropa cómoda, dejó que el pelo se le secara solo y se encerró en la cocina, intentando olvidar el rostro macilento de su anciana madre. Aquella mujer era como un toro, un terremoto, como la vigilancia de aquel que ve venir una tormenta arrolladora en el horizonte y es incapaz de recoger la ropa tendida a tiempo.

Contra todo pronóstico, el almuerzo no fue tan mal como había imaginado. Aunque era la única receta elaborada que sabía hacer, no destapó el engaño y solo dijo haber hecho una de tantas. Con suerte no se quedaría tanto como para tener que mostrarlas.

—Me encanta tu pastel de carne —la aduló Olga.

—Está pasando algo raro —dijo Lara.

—¿Por qué? —preguntó Lucas.

—Os gusta mi pastel de carne.

Lara sonrió divertida. Notó el móvil vibrándole en el bolsillo, pero decidió ignorarlo.

—¿Cómo bajas así a comer? —intervino Herminia.

—Mamá —la riñó Olga.

Lara miró su indumentaria: sudadera ancha y pantalón vaquero.

—Solo digo que te deberías haber puesto algo más mono, haberte peinado un poco —apostilló simulando la mayor inocencia del mundo.

Lara tragó saliva e inyectó tacto a sus palabras.

—Estoy en mi casa, voy cómoda.

—¿Tu casa? ¿Ahora es tu casa?

La competición de miradas fulminantes estalló en la mesa.

—Voy a por el postre —interrumpió Lucas de manera oportuna.

Las tres mujeres se quedaron en silencio, protagonizando una escena incómoda en la que lo único que se oía era a Chaqui arañando la silla de Lara. Eso y el ya habitual mutismo de Olga ante situaciones tensas donde la protagonista fuera Herminia.

—Haz que pare ese maldito perro.

Lara compartió una mirada incrédula con su hermana, que, carente del valor necesario para reprender a su madre por el desafortunado comentario, aprovechó para beber agua.

—Tarta de queso con caramelo —presentó Lucas en el momento idóneo.

Lara pensó entonces que su madre no era una tormenta ni tampoco un terremoto. Era chirimiri. Esa lluvia de gotas pequeñas y ligeras pero constantes. *A priori*, indefensa, y con el tiempo, cansina. Otra, otra y otra. Nunca para. Otra, otra y otra. Atraviesa la ropa y acaba mojando hasta el último resquicio de piel. Otra, otra y otra. Helando cada hueso de su cuerpo.

El resto de la noche la pasaron sentados alrededor de la mesa del salón, templados por el fuego de la chimenea, jugando al parchís. Como una de esas familias americanas que quedan los viernes para la noche de juegos. Cualquier persona que hubiera mirado a través de la ventana empañada habría pensado que eran felices. Y un poco sí. Al menos Lara no pudo evitar serlo y sentir un regusto malicioso cuando le mataba la segunda ficha amarilla a Herminia.

1995

Aquella tarde había salido solo a ver atardecer, a pesar de que el frío arreciaba. Lo consideraba uno de los placeres más simples e increíbles, al alcance de los pocos que supieran apreciarlo. A menudo, mamá y él ponían su vida en pausa, recostados a la espalda de su vieja casa, con el único fin de ver cómo el cegador cielo claro se volvía púrpura, mezclándose con un degradado de luz anaranjada, para terminar convirtiéndose en noche. Parecía que había pasado una eternidad desde la última vez que lo hicieran.

Mientras se recalentaba una lasaña precocinada en el microondas, miró la silueta congelada de su madre en el salón. Sentada en su sillón tapizado de color crema, la señora Hortensia dirigía la vista hacia el culebrón del momento, aunque en realidad no lo veía. Su mirada se había perdido con el quinto vodka. Sujetaba la copa con pulso tembloroso y las piernas entreabiertas. En bata y con el pelo recogido desde hacía varios días, acumulaba botellas de ron blanco en la mesita de al lado.

Había pasado los últimos meses repitiéndose a diario que aquel cubalibre sería el último. Pero no podía dejarlo. Aquella era la única manera de soportarlo. Salía solo para comprar provisiones y llenar su nevera de alcohol, latas de conserva y paquetes de pasta con el dinero que Joaquín, su marido, le daba cada mes. Luego, volvía al ritual: una calada que secara la garganta y un sorbo que la humedeciera.

Las noches andando a trompicones hasta la cama y los llantos en silencio sobre la almohada se hicieron habituales. Nadie iba a visitarlos nunca y, a excepción de las compañías telefónicas, tampoco el teléfono sonaba. Nada parecía despertarla del trance. Nada, excepto el chasquido de la llave de Joaquín. Cuando este llegaba de trabajar, Hortensia se erguía como una paloma, apagaba la tele de inmediato y se secaba las lágrimas. Le daba la mano a su hijo y lo guiaba hasta la cama con movimientos presurosos.

—Aún no he cenado, mamá —se quejaba este con voz aguda de niño de diez años.

—Ya sabes lo que toca, cariño —decía atropellando sus palabras mientras caminaba con pasos rápidos y precisos.

—Música en mi habitación —recitaba.

—Eso es —decía Hortensia conduciéndolo con una mano sobre su espalda hasta entrar en una estancia sobria, que bien podría pertenecer a una persona de cuarenta años en lugar de a un crío—. Ahora hazle un favor a mamá: cómete la lasaña aquí escuchando algo y no hagas ruido, ¿quieres?

El pequeño siempre obedecía. Se tumbaba en su cama, se colocaba los auriculares conectados a un walkman con la tapa rayada de algún golpe, subía el volumen al máximo y daba pequeñas cucharadas a la cena que tocase. Entonces, Hortensia dibujaba una sonrisa temblorosa y le daba un beso en la frente. A aquellas alturas los gritos de Joaquín ya atronaban por toda la casa.

—Mujer, ¿dónde está mi cena? ¡Como te coja te vas a enterar!

Pero Hortensia, pausada de ver protegido a su gorrión, se tomaba siempre un momento y, con el pomo en la mano, lo miraba con amor, con la mirada de quien quizá se va para no volver.

—Buenas noches, Lucas.

Mis niñas pequeñas

En contraste con el frescor del exterior, la calefacción había templado la estancia de manera fatigante. Lara tuvo que desprenderse de la sudadera con la que había dormido. Apagó de un manotazo el aire, que por estar toda la noche encendido la mantenía en una nebulosa. Tampoco había corrido las cortinas, así que la luz entraba a raudales por la ventana, nublando las aristas de los muebles barrocos de su dormitorio. Pese a todo, había dormido bien y eso la hacía estar de buen humor.

Unos momentos después, café en mano, coincidía en la cocina con su hermana, que pasaba por allí como una abejita atareada con mucha prisa.

—Buenos días —saludó Lara sin quitarle ojo a la escena que estaba teniendo lugar en el jardín.

Herminia miraba hacia el techo de la casa y hacía aspavientos alzando la mano y el muñón como loca mientras gritaba algo. Sujetaba un sándwich de pavo que estaba sufriendo todos los estragos de sus arrítmicos movimientos.

—¿Qué hace? —preguntó haciendo un ligero gesto con la cabeza hacia la ventana para captar la atención de Olga.

Esta se detuvo un segundo a mirar.

—Lucas está arreglando las tejas del porche por fin.

—Pues menuda le está dando. —Olga enarcó las cejas aprobando la afirmación—. ¿Dónde vas?

—Tengo muchísima prisa. Voy a la peluquería.

Dio un sorbo a un café ardiendo y, acto seguido, se abanicó la boca con la mano.

—¿Qué pelu?

—Antonio Ruiz —respondió—. Llego tarde, nos vemos luego.

Lara siguió a una hiperactiva Olga con la mirada. La vio coger su abrigo del perchero, que se tambaleó del impulso, y salió despavorida. Todo el mundo parecía tener algo que hacer, salvo ella. Taciturna, acercó el borde de la taza a su boca y volvió la vista a la ventana. La representación había llegado a su fin. El bufón que hacía unos segundos parloteaba nervioso moviendo un brazo descontrolado se había esfumado. Salió por la puerta principal y se alejó unos pasos del porche para ver a Lucas encima del tejado.

—Cuñado, ¿cómo va eso? —preguntó alzando la voz.

Lucas levantó la barbilla para ubicarla. Estaba encorvado con una espátula en la mano. Lara pensó que esa postura no debía de ser nada cómoda.

—Ahí vamos. Ya estoy acabando —dijo secándose el sudor de la frente.

—¿Y mi madre? Estaba aquí hace un momento.

—Ni idea, Lara —contestó volviendo al trabajo.

Lara se despidió con la mano, aunque Lucas ya no miraba y, evitando los charcos que acumulaba el camino de gravilla, rodeó la casa. Pasó por debajo de un arco fijado en la pared repleto de rosales rojos. Respiró el intenso e inconfundible olor del jazmín al pasar por su lado. Las gitanillas, reinas de los patios andaluces, colgaban en macetas de la pared noroeste de la casa. Infinidad de claveles recortaban el gramón en círculos imperfectos. Los había de todos los colores. Tuvo que esforzarse para no pararse a contemplarlos. Obcecada en no desviar la mirada de su objetivo, siguió el sendero dando pasos cautos para no embarrarse.

Un Chaqui que reclamaba amor le mordió los cordones e hizo que cayera de una forma tonta y aparatosa. Se quedó con las rodillas flexionadas y el costado precipitado en el suelo.

—¡Chaqui, no! —lo riñó.

En respuesta, este comenzó a ladrar apoyando contra el césped la parte delantera de su cuerpecito y moviendo el rabo. Quería jugar. El perro se dejó tocar la cabeza, y Lara no pudo contener una sonrisa boba. Como cuando un niño pequeño hace una trastada y se lo perdona inmediatamente por su cara de bueno. Lara se levantó la parte baja del pantalón, hasta donde lo ceñido del vaquero le permitió, para revisar las posibles magulladuras.

—A ese perro le hace falta mano dura —dijo Herminia haciendo que Lara diera un bote y dibujara líneas de expresión en su rostro circunspecto.

Andaba en dirección opuesta con paso decidido, de vuelta al porche. Lara no pudo evitar pensar que, de lejos, la venda le quedaba como un sombrerito.

—¿Dónde has ido? —preguntó desde su clara posición de desventaja en el suelo.

—¿Ahora me vigilas? —Balanceó la mano separándola del tronco y se detuvo a su lado—. Estoy paseando por el jardín. Parece que a algunas no les hace falta una escalera para caerse —ironizó—. ¿Te has hecho daño?

Lara se incorporó con rapidez. Notó como sus ojos la escrutaban, estudiando cada rasgo de su cara minuciosamente, como si quisiese comprobar que cada pequeño lunar o marca de la piel seguía donde debía estar.

—Estoy bien —contestó sin estar muy segura de ello.

—Ven conmigo.

Dejó atrás a su hija demostrando su buena forma física. Se movía con agilidad y destreza y, aunque cuando se marchó estaba seria, Lara estuvo segura de que había sonreído. Cogió a Chaqui en brazos y se apresuró en seguirla hasta el interior de la casa. Cuando rebasó la puerta principal, Lucas ya no estaba en el tejado. Sintió, de nuevo, la vibración de su móvil en el bolsillo. Estar de vuelta en el caserío la estaba desintoxicando de aquel aparato. Demasiados estímulos para pasar el tiempo en una pequeña pantalla. Lara tenía la sensación de que se perdería algo en cuanto se relajara y bajase la vista.

Al entrar en el salón, su madre la esperaba sentada en el sofá, muy a la derecha, cediéndole un sitio a su lado. Sobre sus piernas, apoyaba un álbum de fotos de treinta por treinta de páginas adhesivas. Lara estudió sus opciones, pero, tras cavilar a toda velocidad, reparó en que no tenía escapatoria. Herminia la atraparía en una mañana viendo fotos de ella en pañales y haciendo desnudos en la bañera. La miró interrogante y, con paso indeciso, se sentó en el sitio que su madre había dejado para ella en el sofá.

Herminia abrió entonces el álbum. Cada página contenía tres fotos de seis por cuatro pulgadas cubiertas por una película protectora. Los bordes plegados y el papel ajado le daban una imagen deteriorada. Como si abriera con una llave la corteza prefrontal, encargada de almacenar vivencias, los recuerdos se fueron sucediendo uno tras otro. En la primera foto, dos niñas de tres y cinco años jugaban en el jardín con diversos juguetes y caras sonrientes. Eran ella y su hermana. Parecían felices. En la siguiente, su padre ayudaba a una pequeñísima Olga a caminar. En otra, una Herminia mucho más joven y esbelta daba la mano a sus hijas, una a cada lado, con perfectas trenzas ceremoniosas y vestidos de algodón con margaritas. Herminia pasó la página sin dejar de mirar

las reacciones de su hija. Lara y Olga disfrazadas de enferme-
ras de época. Lara con papá. Olga y Lucas tomando el sol siendo
dos jóvenes en plena crisis hormonal. Una Lara preadolescente y
sus amigas bañándose en la alberca.

—Espera —susurró.

Esa foto. Aquel día. Se detuvo en ella y observó cada detalle.
Emma hacía muecas sentada en el bordillo. Carla tenía en hombros a una sonriente Isabel, a la que le caía el pelo despeinado por
la cara, ocultándole un ojo. Y Lara saltaba en bomba en el momento de la captura. Un halo de nostalgia se le metió en los ojos.
Para mitigar la emoción, formó una sonrisa de circunstancias. Herminia la miraba fijamente.

—Los mejores momentos de mi vida están en este álbum
—dijo rompiendo el silencio y levantando la vista por primera vez
de Lara—. Os peinaba como a muñequitas y os llevaba de la mano
por el pueblo. Solo me importabais vosotras. Mi vida era cuidaros
y teneros conmigo. —Sus ojos, vidriosos, se perdieron en el fuego
de la chimenea—. Pero crecisteis tan rápido… —Con un movimiento inesperado, se limpió una lágrima huidiza—. Ojalá hubie-
rais sido siempre mis niñas pequeñas.

—Menos mal que no, mamá —dijo Lara sobreponiéndose—.
Esas trenzas me apretaban muchísimo y sabes que siempre odié
llevar vestido.

—Siempre fuiste diferente. Desde pequeña lo ponías difícil.
Me retabas, tenías el coraje que a tu hermana le faltaba. Eso mismo
era lo que te hacía especial. No sé qué hice mal contigo.

—No tiene que ver con que hicieras algo mal, mamá.

Herminia carraspeó, compungida, para aclararse la garganta,
dando fin al sentimentalismo. Cerró el álbum, recuperó la compostura y contrajo los labios, dejando al descubierto los dientes para
forzar una sonrisa. Lara supo que se arrepentía de haber mostrado
vulnerabilidad.

—Ahora ya da igual —masculló en tono cáustico. Dejó el álbum en la estantería y, antes de salir del salón, la miró con gesto escéptico y sugirió—: Deberías ir a ver a tu padre, te estará esperando.

Asunto pendiente

Valorando las últimas palabras de Herminia, Lara se quedó un rato en el sofá. Nunca acabaría de conocer a su madre. Ese ser misterioso se superaba cada vez y no dejaba de sorprenderla. La rodeaba un efecto arcano, intrigante. Existía una barrera invisible que jamás podría trepar y que la separaba de ella. Sin embargo, Lara sabía que era su propia madre quien había construido esa pared infranqueable. Con sus secretos, sus reservas, su ocultación. Su frialdad.

Volvió a salir al jardín. Por momentos, sentía que se ahogaba compartiendo el mismo angosto espacio que ella. Se sentó en la mesa de merendero, aprovechando el sol de mediodía, que había disipado los bancos de nubes de por la mañana, y chequeó sus notificaciones, que no habían dejado de llegar. Su prima Carolina preguntaba por enésima vez cómo iban las cosas por allí.

[18/01 12.14] **Lara Ortiz:**
Todo bien. No sabría decirte. Mi madre en su línea.
Mi hermana y Lucas perfectos, como siempre. Y yo aquí,
ubicándome. He ido a ver a Emma. Y mejor de lo que
esperaba. Chaqui es el que no se quiere ir. Creo que nunca
lo había visto corretear tanto. Le encanta el césped.

Espero que estés genial. No te acostumbres
a vivir sola; volveré para ensuciarlo todo.

Aprovechó para contarle a Emma acerca de su visita fugaz al Pinar del Hierro, a lo que esta respondió con una proposición que Lara no vio venir.

[18/01 12.15] **Lara Ortiz:**
¿En serio somos tan viejas que me invitas
a correr por el pinar en lugar de a una cerveza?
¿Cuántos años han pasado? ¿Cuatrocientos?

Susana, la extraña del chat, había sido la más insistente y, con toda seguridad, la más abandonada.

[18/01 12.16] **Chaqui02:**
Ni paso de tu cara ni me ha ocurrido nada.
Pensé en huir del país cuando te envié mi foto,
pero no me llegaba ni para irme a Madrid,
así que cancelé el plan, ja, ja, ja. Siento haber
estado tan desaparecida estos dos días. Estoy en
casa de mi madre. Unas vacaciones improvisadas.

Un nuevo mensaje le llegó al móvil.

[18/01 12.18] **Carla:**
Esta mañana me he cruzado con tu hermana y
me ha dicho que estás aquí. Me ha dado tu número.
¿No pensabas escribirme?

Sintió un pellizco en el estómago y, sin saber qué decir, releyó las palabras.

[18/01 12.18] **Carla:**
Te veo en línea, no se te ocurra volver a desaparecer.

Lara sonrió por lo acertado de la frase.

[18/01 12.18] **Lara Ortiz:**
¡Hola! Iba a escribirte. Quedé con Emma
y le pedí tu número. ¿Cómo estás?

[18/01 12.19] **Carla:**
¿Has desayunado?

Y ahí estaba: su peor temor hecho realidad. El fin del mundo la había pillado con esos pelos. Como alma que lleva al diablo, se dio una ducha frenética y adecentó su melena. En quince minutos, sin importar si era tarde o no para desayunar, estaba enfrente de la casa donde Carla vivía con sus padres. Lara dejó el motor del coche encendido. Se miró en el espejo retrovisor y se recolocó su alborotada cabellera. Maldijo las matitas de pelo roto que se le formaban en el casco dándole una apariencia más despeinada de lo que en realidad estaba.

Carla salió de la casa. El aire movía sus ondas sinuosamente. Vestía casual, pero sin dejar nada al azar. Como ese tipo de persona que parece no haber prestado demasiada atención a la ropa, pero que, en realidad, oculta un estudio minucioso de cada prenda que viste. Parecía despreocupada. Le buscó la mirada a Lara y sonrió en el acto. Se sentó en el asiento del copiloto y, sin pensárselo dos veces, la estrechó en sus brazos.

—Conozco una venta aquí cerca donde por dos euros te ponen unas tostadas que te quitan el hambre hasta la cena —dijo.

Llegando al Pago del Humo, unos once minutos después, Lara aparcó en la venta de carretera Florentina. Un toldo descolorido y mate por el sol daba cobijo a las mesas de plástico que se agrupaban en la entrada. Varios trabajadores y ciclistas paraban a inyectarse aceite en las venas a base de cantidades ingentes de churros. Se sentaron en la mesa más retirada, huyendo del humo de varios hombres que fumaban en la puerta. Aunque la venta estaba justo al lado de la carretera, a Lara le pareció acogedora. Custodiada por árboles centenarios que habían resistido a las obras del hombre, parecía un barecillo olvidado del mundo donde solo iba a parar la gente del pueblo. Cuando un camarero rechoncho envuelto en un delantal con lamparones de grasa les llevó las tostadas, Lara supo a qué se refería Carla con lo de llegar sin hambre hasta la cena. En cada plato de barro reposaban recién tostadas dos rebanadas gruesas de pan de campo acompañadas de otro plato con las mismas dimensiones en el que había de todo: mantequilla, mermelada, aceite, tomate natural, tomate triturado condimentado con ajo, paté ibérico, crema de jamón york, sobrasada, aceite, zurrapa de lomo y manteca colorá; una manteca de cerdo anaranjada cocinada con trozos de carne. Carla debió de notar en su acompañante la cara de no dar crédito, porque dijo:

—No es lo que se suele llamar un desayuno ligero.

—Nada que ver —contestó abriendo los ojos exageradamente—. Aquí el quesito fresco y el aguacate no se llevan.

Carla rio.

Lara probó todo lo que pudo. Cada trocito de pan lo untó de algo diferente, degustando sabores de su tierra que creía olvidados. Cuando acabó, se sintió hinchada e intentó bajar el desproporcionado desayuno con pequeños sorbos de café.

—¿Cómo ha sido volver a casa? —preguntó Carla ahogando en el agua hirviendo un saquito de té rojo.

Lara pensó la respuesta.

—He vivido aquí la mitad de mi vida y parece un lugar renovado. El día que fui a ver a Emma estuve por el centro. Recorrí las calles de siempre y visité lugares nuevos. Cosas que llevaban allí toda la vida llamaban mi atención. Como si antes pasaran desapercibidas y, ahora, por arte de magia, pudiera verlas. Y luego están las personas. Mi hermana espera un bebé. Mi madre ha envejecido. Vosotras habéis crecido. —Dudó un par de segundos—. Sin embargo, la que está diferente soy yo.

—Volver a casa siempre fue la parte más difícil de un viaje.

—No ha sido un viaje. Me fui para no volver —aclaró con desidia—. He venido porque, después de todo, es mi madre—. Carla no le quitaba ojo haciendo una escucha activa—. Antes de que me preguntes, no sé cuánto me quedaré. Cuando mi madre esté al cien por cien, me iré, supongo.

—Tu hermana me ha dicho que tu madre está muy viva y enérgica.

—Sí, yo también lo pienso. No entiendo cómo pudo caerse de la escalera. —Se encogió de hombros.

—Yo creo que has venido porque tienes asuntos pendientes en este pueblo. Lo de tu madre ha sido una circunstancia que te ha obligado a dar el paso, pero creo que tenías que volver algún día —afirmó Carla con la decisión de la que sabe de qué habla—. Yo, al menos, sabía que volverías; si no lo hubieras hecho, me habrías decepcionado bastante.

Lara se quedó muda. Sorprendida ante tanta sinceridad de golpe, aprovechó que aún tenía un poco de café para dar un sorbo y ganar tiempo.

—Sé que hice las cosas mal con vosotras, que debería haberme despedido.

—No se trata de eso, Lara. No es que no te despidieras. Es que no llamaste. Desapareciste de mi vida, hablo por mí —aclaró tajante—, y no recibí ni una llamada ni un mensaje ni una explicación. Por aquel entonces no había WhatsApp. Comunicarse daba más pereza, pero, Lara, una llamada… —insistió dejando la frase sin acabar—. Me quedé muy triste. Me pasé un mes preguntándole a tu hermana por ti. Solo supe que estabas con tus tíos en Sevilla y que no sabían si volverías. Dime, ¿de verdad era motivo para dejarnos a todos atrás? Todas pasamos por lo mismo.

—Sabes que no fue por eso.

«No fue solo por eso», quiso haber dicho.

—Con el tiempo, dejé de preguntar y asimilé que ya no estabas. —Soltó la taza y le clavó una mirada acusatoria—. En olvidarte tardé más.

—Vivir en mi casa nunca fue fácil —consiguió balbucear.

—Lo sé —musitó Carla agarrándole la mano por encima de la mesa.

Lara miró la unión de las manos. Habían pasado catorce años y seguía sintiendo esa conexión. Esa magia inexplicable que solo se siente con algunas personas, que dormita dentro de una esperando el momento de volver a brillar al reunirse con la otra. Sin importar el tiempo, lo sucedido, el cuidado con el que se haya tapiado. Carla tenía el poder de entrar en sus entrañas y revolver todo lo que con tanto esmero había ordenado. Se adentraba en su cabeza y sacudía los recuerdos haciendo que el ayer quedara a apenas un palmo. Posaba sus ojos de águila sobre ella, y quedaba desarmada. Sin argumentos. Con la verdad a los pies sin capacidad de rebatirle nada. Puede que sus motivos no tuvieran el peso suficiente para justificar su ausencia durante catorce años. O puede que sí, que la zona de confort y la autonegación fueran más poderosas que la valentía y las ganas de enfrentarse a su propia verdad. Verdad que aun así se negaba a aceptar. ¿Podría la sociedad ser más fuerte que sus ganas de vivir? En eso no llegarían a ponerse de acuerdo. Sin embargo, Lara tuvo que ceder. Carla tenía razón en algo. Volver siempre había sido un asunto pendiente.

El don de la fe

Se vieron sorprendidas por el aguacero. Corrieron hacia el coche intentando cubrirse inútilmente con las manos. La lluvia y el descenso de la temperatura habían asustado al resto de la clientela de la venta, que, igual que ellas, huía como hormiguitas. Todo parecía triste y oscuro, salvo por la luz que destilaban siempre que estaban juntas. Quedaron, junto con Emma, para correr por el pinar al día siguiente. La dejó en casa y se despidieron en un cálido abrazo.

—¿Dónde vas ahora? —preguntó Carla desde fuera poniéndose la mano de visera para amortiguar la caída del agua en sus ojos.

—Hay una cosa que tengo que hacer sola —dijo sin más—. Nos vemos mañana.

Carla salió corriendo a refugiarse de la lluvia, y Lara esperó hasta que entró en casa. Luego, miró a través de la luna del coche el largo de la carretera. El alquitrán oscurecido y los árboles cabizbajos, empachados de tanta agua, la trasladaban a las tardes lluviosas en el salón de su casa, donde, envueltos por el calor de la chimenea, pasaba las horas viendo películas con Olga y papá. Tardes donde daba igual cuánto lloviera ahí fuera, porque lo verdaderamente importante residía entre cuatro paredes. Echaba de menos a Chaqui. En aquellos momentos de congoja, solo él le sacaba una sonrisa. Pero no podía acompañarla allá donde iba.

Condujo con cuidado, evitando los charcos de la calzada y forzando la vista en exceso. La lluvia golpeaba la chapa de su coche y la obligaba a estar más atenta. Aparcó en zona azul, lo más cerca que pudo, y maldijo la torpeza de no llevar un paraguas en el maletero. Todo estaba desierto. Ningún loco andaría por ahí con esa tormenta.

Lara corrió, atravesando la plaza Mayor, y echó una mirada a los nubarrones que cubrían el cielo, recortado por la fachada de la iglesia de San Juan Bautista. Esta se elevaba sobre una plataforma que salvaba el desnivel existente entre el interior y la plaza. Entró de golpe y tuvo que esforzarse en acompasar su respiración tras el esfuerzo. Una creyente, postrada en la primera fila con las palmas de las manos unidas, murmuraba algo para sí. Salvo ella, nadie más. A Lara le pareció algo maravilloso poder disfrutar de un lugar tan enorme y emblemático sin turistas. Se dirigió hacia el altar por el camino central que formaban los bancos. A cada lado, otras dos calles separadas por pilastras adosadas de orden jónico componían el cuerpo del templo santo. La portada de la nave central de unos cuatro metros enseñaba un Jesucristo crucificado, que Lara no pudo evitar mirar. Junto a él, adornaban el altar dos lienzos barrocos. La nave baja, presidida por columnas corintias en paralelo, creaba un balcón central superior, en el que se proyectaba la imagen de su titular: san Juan Bautista, patrón de la localidad. Dos ángeles con escudos heráldicos protegían el frontón triangular.

Lara torció hacia una de las capillas laterales rebasando a la señora que yacía de rodillas ajena a su presencia. Se dejó caer en uno de los bancos y perdió la vista en la bóveda. Hizo un recorrido visual por el retablo neoclásico y, cuando perdió interés, simplemente dejó la vista reposada allí. En pausa. Mientras su cabeza volaba a otra parte. A todos esos momentos vividos que jamás podrían repetirse. A las palabras que quedaron por decir, los besos por dar, las risas que contagiar. Se encontraba en casa, aunque hacía mucho tiempo que ya no lo sentía hogar. No tenía puerto donde repostar. Estaba de paso y no se quedaría por mucho tiempo. Aquella ya no era su familia.

Una lágrima corrió por su mejilla. Marmulló algo ininteligible. Suficiente. Con eso bastaría. Se levantó furiosa consigo misma y se acercó a una de las mesitas de acero portadoras de velas diminutas. Hurgó en el bolsillo y sacó una moneda. Tras echarla, encendió una de las velitas y se quedó ahí, observando cómo la llama se expandía por el hilo.

—Allá donde estés, te quiero, papá —susurró.

Salió de la iglesia maldiciendo a su madre, que no se rendía en la tarea de inculcarles a ella y a su hermana aquel don. El don de la fe. Volviendo a casa, tras haber seguido su consejo, se sentía ridícula. Había ido a visitar a su padre y había encendido una vela por él. Pero su padre no estaba en una iglesia ni una vela haría que regresase. Tampoco podían velarlo ni rezarle. Él simplemente no estaba. Y eso Lara jamás podría perdonárselo.

El álbum

Un frío terrible que se le metía por los huesos la atenazaba por dentro y por fuera, haciendo que su cuerpo se irguiera y su mandíbula se apretara. El frío del sur, el del Estrecho. Ese que no encuentra remedio con capas de ropa porque, una vez dentro de uno, es insaciable. Su cuerpo no dejó de tiritar cuando entró en casa. Para mitigarlo, se dio una ducha caliente y, tras deshacerse del albornoz, se vistió con un pijama ovejero. Su estancia en la planta baja fue breve. Si hubiera habido lonchas de pavo, se habría hecho un sándwich, pero al parecer Herminia no se alimentaba de otra cosa. Echó de menos los tristes envases de gelatina que de tantos aprietos la habían sacado en su piso sevillano. Cogió un trozo de queso fresco y una pieza de fruta, y se sentó en uno de los bancos altos de la encimera.

Su hermana no estaba en casa, para variar, y su madre veía en la tele alguna película cutre de las que es imposible acabar despierto. Mientras degustaba su pobre cena, oyó a Lucas llegar. Cerró la puerta principal y dio pasos lentos hasta el salón. Lara dejó de masticar. Oía susurros. Una conversación casi imperceptible que no provenía del televisor. Se acercó sigilosa al quicio de la puerta que unía ambas estancias y fue sorprendida por Lucas, que dejó de hablar con Herminia y la saludó con la mano. Su madre volvió la cabeza hasta atravesarla con los ojos y farfulló lo que parecía un saludo. Lara hizo un esfuerzo por sonreír y, tal y como había bajado, volvió a subir, decidida a encerrarse en su cuarto.

Incapaz de conciliar el sueño, cogió el móvil. Carla le había escrito.

[18/01 21.06] Carla:
Me ha gustado verte hoy.

Lara valoró qué contestar y decidió ser escueta.

[19/01 00.21] Lara Ortiz:
A mí también.

Emma presionaba.

[18/01 22.02] Emma:
No te rajes mañana, perezosa.

[19/01 00.21] Lara Ortiz:
¡Allí estaré!

Susana28 parecía saber en qué momento encontrarla activa en redes.

[19/01 00.21] Susana28:
¿Qué tal?

Lara no tuvo ganas de contestar. Soltó el móvil y, tras varias vueltas, se quedó dormida.

Todo estaba negro. Un intenso olor a humedad y comida podrida inundó sus pulmones. Notaba el tacto de las telarañas en su piel. Una Lara de catorce años golpeó con todas sus fuerzas la puerta que la mantenía encerrada, pero fue en vano. Ni siquiera se tambaleó. ¿Cuánto tiempo llevaba ahí? Los gritos de fuera se fueron apagando y, por arte de magia, la oscuridad se hizo luz. Estaba sentada en el porche de casa. Herminia lloraba desconsolada dentro. Olga salió dando un portazo y se sentó a su lado. «Se ha ido, se ha ido, se ha ido», repetía su hermana una y otra vez. Sin saber cómo, se encontró montada en el asiento de atrás del coche de tío Alfredo y tía Carmen. Salían del jardín de casa. Para nunca volver. Miraba por la ventana cuando el cielo se volvió negro.

Se despertó sobresaltada de un sueño ligero e inquieto. Estaba sudando y alterada. Chaqui ladraba como loco. A tientas, alargó la mano para encender la luz y, tras varios intentos, logró iluminar su dormitorio. Herminia la miraba de pie junto a su cama. A escasos centímetros. Percibió su aliento, su respiración arrítmica. Dio un respingo.

—Por Dios, mamá, ¿qué haces aquí? Me has dado un susto de muerte.

Herminia la retó con los ojos. No apartó la mirada. Debido al cambio de luz, sus pupilas se habían contraído de forma antinatural. El azul de sus ojos le recordó a un gato. Lara, confusa, salió de la cama de un salto.

—¿Te encuentras bien? —preguntó.

Se acercó con cautela dispuesta a cogerla de un brazo, que ella retiró de inmediato.

—No has reconocido ni una de las fotos del álbum. No has podido engañarme —murmuró con acidez. La voz se le quebró en mitad de la oración. Lara se quedó impertérrita, inmóvil. Herminia la apuntó con un dedo inquisidor—. Tú no eres ella.

Acto seguido, se abalanzó sobre su hija. Con su delgaducha y arrugada mano, la cogió del cuello. Con el muñón, apretaba con fuerza, dejándola sin respiración.

—¡No! —gritó la niña que aún vivía en ella.

Lara cedió al peso, y ambas cayeron al suelo, haciendo que la lámpara de la mesita de noche saltara en mil pedazos. Presa del pánico, concentró todas sus fuerzas en retirar el peso muerto de su madre de encima de ella. Era robusta y más ágil de lo que hubiera podido imaginar. Los ladridos del perro habían despertado a toda la casa. Lucas entró en la habitación con paso rápido, seguido de una Olga que se cubrió la boca al ver lo que estaba sucediendo ante sus narices. Su madre y su hermana luchaban enredadas. Era difícil saber dónde empezaba una y acababa la otra. De un manotazo, Lucas agarró el brazo de Herminia, sacándosela de encima a la niña asustada que gritaba bajo ella. Al sentirse liberada, se puso de pie, histérica.

—¿Qué coño ha pasado? —preguntó Olga abrumada.

—Me ha atacado. Se ha abalanzado sobre mí. ¡Ha intentado matarme, joder! —gritó Lara con la respiración agitada tocándose el cuello dolorido.

Herminia observaba la situación desde fuera, como un espectador externo, contenida por los brazos de su yerno. Las hermanas se volvieron hacia ella, esperando una explicación.

—No es mi hija —dijo con amargura.

En ese momento, todo el aire de su cuerpo salió despedido en un suspiro sonoro que la hizo palidecer y perder todas sus fuerzas. Su cuerpo lacio cayó sobre Lucas, que a duras penas logró sostenerla.

Otoño de 2002

Su hermana la había vuelto a engañar. No la estaba esperando tal y como había prometido. Para cuando terminó todas las tareas del colegio que acumulaba, fue demasiado tarde. Lara y sus amigas, todas esas niñas repelentes, se habían vuelto a ir sin ella.

—¿No te ibas a jugar? —inquirió Herminia atenta desde la ventana de la cocina.

—Sí, mamá —contestó Olga.

Anduvo por el jardín sin rumbo fijo. No podía ponerse a llorar como de costumbre ni volver a molestar con penas a su madre. «¿Quién va a soportarte así, hija?», le decía cuando acudía entre lágrimas a sus brazos. No era de mujer fuerte, eso le había calado. Así que forzó una sonrisa de medio lado y, con toda la predisposición que pudo generar, salió del jardín y comenzó a recorrer las calles de San Andrés Golf.

Ella siempre obedecía, regresaba a casa con la cola de caballo intacta, cuidaba de no mancharse la ropa, ayudaba a mamá a poner la mesa y se dejaba vestir como una muñeca. Era todo lo que una señorita debía ser. Y, a pesar de eso, Lara siempre atraía todas las miradas. Ella era la simpática, la sinvergüenza, la impredecible. A veces, Olga tenía la sensación de que, incluso con toda su rebeldía, mamá la prefería a ella. Como un reto, un árbol torcido que hay que enderezar, una piedra preciosa que pulir. Esa siempre fue ella. El imán de las niñas. Todas querían ser sus amigas. Olga, en cambio, acudía alguna vez cuando su hermana se lo permitía. Pero esa vez no, se había marchado, dejándola allí plantada.

El derrape de una bicicleta a su lado la sacó del maremágnum de calamidades en el que estaba inmersa.

—¿Dónde vas? —preguntó un Lucas adolescente de dieciséis años.

—Déjame en paz —contestó con frialdad Olga.

El chico le cortó el paso cruzando la bici en diagonal. Ella arqueó las cejas.

—¿Por qué siempre estás amargada?

—¿Que por qué? Mi madre es tan estricta y exigente que nunca tiene suficiente. Me marca un camino que he de seguir y del que no me puedo salir. Mi padre siempre está trabajando y no tiene ni voz ni voto. Y mi hermana... —Cogió aire—. Mi hermana me ha vuelto a dejar tirada y se ha ido con sus amigas sin esperarme. —Lucas la miraba sin perder la sonrisa, lo que a Olga empezaba a molestarle—. ¿Por qué sonríes?

—¿Por eso estás amargada?

—Pues sí —contestó enfurruñada.

Lucas negó con la cabeza como si tuviera que explicárselo a una niña de cinco años.

—Tus padres te quieren. Herminia solo quiere lo mejor para ti, se preocupa, eso es todo.

—¿Qué sabrás tú?

Esperó su reacción, pero este se mantuvo sereno.

—Sé lo que es una familia con problemas. Y en la tuya no veo nada de eso. —Elevó los hombros—. Yo me cambiaba por ti ahora mismo.

Olga dejó entrever una sonrisa que a Lucas no le pasó inadvertida. Era guapo. Le caía un flequillo negro azabache en la frente de manera divertida. Sujetaba los mangos de la bici con brazos musculosos. Y, por primera vez, Olga sintió que alguien le mostraba simpatía.

—¿Qué problema tiene tu familia? —quiso saber.

—Es largo de contar. Sube. —Acompañó la invitación con un gesto de cabeza. Olga lo miró con sorpresa—. Vamos, sube. Tu madre no está mirando, no vas a despeinarte ni nada de eso.

La niña compuso una burla y, a regañadientes, se subió en el sillín. Lucas pedaleaba sosteniendo todo su peso en el aire. Se desplazaba con energía, esquivando los obstáculos y derrapando en las curvas. El viento le ondeaba el pelo con gracia. Olga estiró los brazos en cruz para sentir más su fuerza. Se movían de lado a lado de la calzada, subiendo y bajando aceras. Él la miraba de refilón y, cuando estuvo seguro de que estaba relajada, frenó en seco. Olga tuvo que agarrarse a su cintura y, de forma inevitable, chocó contra su cuerpo, lo que produjo las risas de ambos. Cuando el paseo en bici fue suficiente, se sentaron en el bordillo de una acera.

—¿Es cosa mía o estamos hechos el uno para el otro?

—Es cosa tuya —contestó Olga divertida.

Entonces, le cogió la cara con las manos con sumo cuidado y, acercándose lentamente, posó sus carnosos labios sobre los de Olga, que, estupefacta, se dejó llevar. Luego, se quedaron a tan solo un palmo y se regalaron una sonrisa pícara. Olga dirigió la vista al suelo, ruborizada.

—Yo también me siento solo —confesó.

—Yo no he dicho que me sienta sola.

Ignoró la evasiva. Sabía que Olga era un alma solitaria.

—¿Dónde va tu hermana cuando pasa de ti?

—Al pinar.

—¿Qué hay allí? —La chica se encogió de hombros con una arruga de extrañeza en la frente—. ¿Sabe tu madre que van allí? —insistió.

Olga levantó la vista del suelo de golpe y compuso un gesto de avidez.

—No.

La impostora

Maldiciendo el libre albedrío de su pelo, que no había tenido tiempo de domar con laca, Herminia se cruzó de brazos en un gesto de protección. Esperaba sentada en uno de los sillones de cuero blanco de la sala. Frente a ella, otro sillón vacío, en el cual dedujo que se sentaría su entrevistador. El despacho estaba ubicado en la primera planta. Tenía ventanas tanto al este como al oeste, lo que hacía que estuviese bien iluminado. Cuadros de arte moderno decoraban la mayor parte de las paredes. En una de las esquinas, una palmera de interior alegraba el habitáculo. Era acogedor. Incitaba a relajarse. Entró en escena un hombre enchaquetado y de semblante serio que llenó dos vasos de plástico en el dispensador de agua y los dejó en la mesita que los separaba. Luego, se sentó en el sillón libre. Herminia dio un sorbo mientras examinaba con atención a su interlocutor.

—Buenas noches, Herminia. Soy el doctor Francisco Sánchez. ¿Cómo te encuentras? ¿Hay algo que pueda ofrecerte? —Herminia negó con la cabeza con una sonrisa social que el doctor hizo recíproca—. ¿Sabes por qué estás aquí?

—¿Aquí dónde exactamente? —preguntó.

Lucas y Olga la habían metido en el coche a la fuerza de madrugada. Lara iba detrás de ellos en su Citroën C3. Había visto el reducto de la muralla de Puerta de Tierra, lo que le confirmaba que estaba en Cádiz capital.

—Estás en la Unidad de Salud Mental del Hospital Puerta del Mar de Cádiz —aclaró el doctor con paciencia. Ella hizo un gesto afirmativo con la cabeza como si acabara de acordarse de su ubicación—. Herminia, estás aquí porque has atacado a tu hija Lara. ¿Recuerdas eso? —No contestó. Sin embargo, siguió mirándolo con ojos desafiantes—. Quiero ayudarte. Si no me dejas, tendré que ingresarte tres días en la Unidad de Psiquiatría, y déjame decirte que nunca acaban siendo tres. Tengo que asegurarme de que no eres un peligro para los demás.

—¿Qué quieres saber? —dijo entonces participativa.

—¿Qué relación tienes con tu hija Lara?

El doctor levantó una ceja y se preparó para apuntar cosas que considerara útiles en una libreta ajada que portaba entre las manos.

—Es mi hija menor. No ha sido una niña fácil. Tuvimos nuestros problemas en el pasado, pero la quiero, es mi hija —dijo como si fuera obvio.

—¿Vivís juntas?

—Ahora sí —contestó alzando el mentón.

—¿Y por qué la has agredido esta noche? —formuló reposando un dedo en sus labios.

Herminia encorvó su postura acercándose al doctor y bajó un grado su tono de voz.

—Creo que Lara no es mi hija —susurró muy seria visualizando la onda expansiva de las palabras que le llegaron a su interlocutor y le cambiaron la expresión.

—Tu otra hija, Olga, me ha comentado que llevabais mucho tiempo sin vivir juntas. Desde luego que Lara no es la hija que recuerdas.

—No —negó con firmeza—. Se parece mucho a Lara, es idéntica, pero no es ella.

—¿No crees que quizá sí es Lara y estás confusa por el accidente que sufriste?

—Doctor Sánchez... —dijo con un ligero temblor de labios.

—Francisco, por favor.

—Francisco. —Cogió aire como si fuera a sumergirse bajo el agua—. La mujer que está en mi casa no es mi hija Lara.

El doctor se cogió los labios en un gesto intelectual, intentando reunir las palabras adecuadas.

—Herminia, ¿has oído hablar del síndrome de Capgras? Es un trastorno neurológico poco común. En los años veinte, un psiquiatra francés, Jean Mary Joseph Capgras, tuvo una paciente convencida de que su familia había sido suplantada por impostores con idénticas características físicas. Es el resultado directo de una lesión cerebral. Me gustaría que ingresaras de nuevo para que te hiciéramos más pruebas.

Herminia sintió subir la angustia por su cuerpo y, arrollada por un carrusel, saltó de aquel inmaculado despacho a una sala de pruebas de neuroimagen. Envuelta en un camisón de hospital, se tumbó en la mesa metálica, que le transmitió todo el frío que encerraba. Luego, esta comenzó a deslizarse hasta que la mujer quedó dentro de la máquina. Evitó moverse y esperó que aquel zumbido insoportable que le taladraba los oídos parara. La sometieron a una tomografía axial computarizada craneal y a una resonancia magnética cerebral. Cuando nada podía ser más surrealista, volvieron a sentarla, esa vez en un despacho mucho menos acogedor, donde los resultados de sus pruebas colgaban de la pared. Olga, la impostora Lara y Lucas miraban atentos desde el sofá de la esquina. Entonces, el doctor Francisco Sánchez y otros dos especialistas entraron en la habitación. Tras las presentaciones, uno de ellos comenzó a hablar.

—Hemos detectado en el escáner un golpe en la zona cerebral afectada en los pacientes que sufren síndrome de Capgras. Como te ha comentado mi compañero, este síndrome no es muy usual. Desde 1923 se han confirmado cien casos, ochenta en los últimos diez años, debido a las nuevas técnicas de investigación que permiten observar el comportamiento del cerebro frente a los estímulos en tiempo real, así como realizar estudios temporales a través de los cuales identificar cualquier cambio morfológico que pueda asociarse a dichos estímulos. Son técnicas de imágenes cerebrales, neuroimágenes funcionales, como la resonancia magnética o el TAC, que nos han permitido estudiar tu cerebro.

Herminia escuchaba la conversación como si fuera una extraña en su propio cuerpo y pudiera oírlos desde fuera de él. Hundió la cara en su mano y agachó la cabeza en señal de abatimiento. No podía creer lo que estaba sucediendo. Otro de los doctores tomó la palabra.

—No podemos hablar de un tratamiento que cure este trastorno, pero sí podemos controlar los síntomas para que estés mucho más tranquila. Los antipsicóticos te ayudarán a combatir los posibles delirios que, en este caso, presentas con tu hija Lara. —El médico posó la vista en una Lara que escuchaba atónita—. Una vez controlemos los síntomas psicóticos, me gustaría que iniciaras con el doctor Sánchez un tratamiento psicológico basado en la reconstrucción cognitiva, donde se enfrenta al paciente a la irracionalidad de sus creencias y, en caso de que se estime oportuno —se volvió para hablar a los presentes—, también podemos ofrecerles terapia grupal con el fin de mejorar la relación familiar y la presión emocional sufrida.

—Muchas gracias, doctor. Haremos todo lo que esté en nuestra mano —auguró Olga con líneas de inquietud en la frente.

La chispa emocional

El corazón le iba a mil por hora y la cabeza le crepitaba, aturdiéndole el contorno de los ojos. ¿Presión emocional sufrida? Su madre había intentado estrangularla. Tuvo que salir a tomar el aire. Era una necesidad vital. Corrió escaleras abajo, evitando el ascensor, y agradeció la brisa gélida, que le recordó que había vida más allá de aquellas paredes de hospital. Se alejó un poco de la puerta y encendió un cigarro. Aspiró con ansiedad, como si fuera el primero del día, y supo a quién llamar.

—Ángel, perdona la hora —dijo arrollando las palabras.

Fue entonces consciente de que eran las tres de la madrugada, pero de nada valía arrepentirse y colgar a esas alturas. Lo había despertado. Casi pudo oír cómo su psiquiatra y viejo amigo se incorporaba de la cama y se ponía las gafas confuso.

—Lara, ¿qué ocurre? —preguntó preocupado.

—A mi madre le han diagnosticado síndrome de Capgras —soltó sin más y, abriendo una compuerta que desconocía, rompió a llorar.

Ángel intentó calmarla mientras asimilaba la noticia.

—Respira, Lara. —Esperó paciente hasta que dejó de oír el lloriqueo infantil al otro lado de la línea—. Conozco ese síndrome y otros similares.

—Estoy muy confundida. Me ha caído toda la información de golpe y ni siquiera puedo procesarla.

—Has llamado a la persona adecuada. Deja que me prepare un café...

Aguardó unos segundos mientras disfrutaba el cigarro como nunca.

—¿Sigues ahí? —Lara hizo un sonido afirmativo—. Pon atención. Sabemos que alguien es nuestra madre, marido, hermano, compañera de trabajo, amigo o un mero desconocido por el reconocimiento consciente de su cara. Asumimos que es así, pero no para todos. Existe una patología conocida como ceguera de las caras, prosopagnosia. Consiste en la falta de reconocimiento de las caras familiares. Sorprendente, ¿verdad? Sin embargo, estas personas pasan inadvertidas en la sociedad porque aprenden a esconderlo desarrollando otras capacidades cognitivas que, digamos, compensan ese déficit. Aprenden a reconocer a las personas por la voz o centran su atención en características físicas como el pelo, las orejas, la forma de vestirse, los gestos, algo que identifique a esa persona.

»En el caso del síndrome de Capgras, el significado de un rostro no ha desaparecido. El paciente reconoce la cara, el cuerpo, los movimientos e incluso la voz parece ser la misma, pero cree que ha sido invadida por otra persona: una impostora, una doble idéntica. Incluso puede pensar que se ha suplantado a varias personas. Hasta un animal o un objeto en los casos más insólitos.

»Verás, la información viaja en nuestro cerebro desde que la vemos hasta que se hace consciente y se procesa por vías seriadas y paralelas. Cuando surge una variabilidad o alteración, este esquema cambia. Ya sea debido a la acromatopsia, que impide percibir diversos colores y tonalidades, o a la acinetopsia, que hace que el enfermo vea el movimiento como imágenes repetidas; o se den incluso estos casos de prosopagnosia o síndrome de Capgras de los que hablamos. ¿Me sigues?

—Eso creo. Su cerebro opera de manera diferente.

—Exacto. Estos enfermos procesan la información visual, ya sea en foto o en persona, y pueden describir sus rasgos. No obstante, el proceso de reconocer una cara es mucho más complejo que simplemente verla. El componente emocional consciente desempeña un papel fundamental. La información visual entra en el sistema límbico, en la amígdala, dañada en el caso de la prosopagnosia, la ceguera de las caras. De ahí la información va al hipotálamo, que es el afectado en el caso de Capgras.

—Al grano, por favor —rogó, al borde de la extenuación.

—Seré claro, Lara. Cuando tu madre te ve, reconoce tu cara, pero siente que no eres tú. No dispone de la emoción que se encarga del reconocimiento. Sufre una desconexión entre la corteza visual y el hipotálamo. La piel muestra una conductancia eléctrica alta cuando reconoce a alguien querido. Es una respuesta emocional. Tu madre no dispone de la retroalimentación cuerpo-cerebro a causa de un impedimento en el sistema nervioso vegetativo autónomo.

—En cristiano, Ángel —imploró apretando la cara de pura concentración.

—Cuando tú miras a Chaqui, te causa una sensación agradable, de bienestar. —Hizo una pausa, dando valor a sus palabras—. Pero, cuando tu madre te mira a ti, le falta la chispa emocional.

Lara espiró todo el aire de su cuerpo. La cabeza le daba vueltas.

—El cerebro… —fue capaz de decir.

—El cerebro es un enigma que la sociedad trata de descifrar para comprenderse a sí misma.

Se hizo un silencio vago. Casi pudo oír su rendimiento mental haciendo chispas.

—¿Qué puedo hacer?

—No todo gira en torno a ti, Lara. No puedes hacer nada.

«La mente pausada, el hombre prudente, el consejo de sabio», pensó para sí apagando el cigarrillo en la pared del hospital.

Una necesidad

La humedad del ambiente se había adherido a su abrigo, impregnándolo de un olor que, junto con el del tabaco, era insoportable. El frío en sus dedos ateridos, que intentaba calentar en los bolsillos, le trajo la certeza de un enero más largo e inesperado de lo normal. La imagen del cielo oscuro y grisáceo a aquellas horas de la madrugada la trasladó a la ventana de la cocina de su piso en Sevilla, donde las cosas se solucionaban con dos cervezas en la Alameda de Hércules. En ese momento, le parecía muy lejano, tanto que creía estar en otro planeta, en uno de locos donde las madres intentan matar a sus hijas mientras duermen.

Antes de colgar, Ángel se mostró muy solícito y amable, dejándole bien claro que podía llamar cuando lo necesitara. «Posiblemente, la situación empeorará antes de mejorar, no dudes en darte un respiro si lo necesitas», había dicho. Podía volver. No tenía ninguna cuerda que la amarrara a Chiclana, ni a su casa ni a su madre. Sin embargo, así lo sentía en lo más profundo de su ser. Puntualizó, de nuevo, la importancia de que Herminia tomara los antipsicóticos y aseveró el cuidado que Lara debía tener mientras se estabilizase. Para su suerte, su madre se quedaría ingresada esa noche.

Regresó a casa con su cuñado, Lucas, sentado en el asiento del copiloto. Olga pasaría la noche en el hospital acompañando a su madre. Condujo en silencio, perdiendo la mirada en el cielo gris azulado, añorando un verano que se le antojaba imposible. Nada más llegar se dispuso a desayunar. Preparó con esmero un café con tostadas. Un Chaqui recién despierto se rozaba con sus pantorrillas en busca de caricias. Apenas eran las cinco de la mañana. Lucas apoyó sus antebrazos en la barra de la cocina y siguió sus movimientos con los ojos.

—¿Me sirves uno, por favor? —dijo en un susurro.

Sin mediar palabra, Lara le preparó un café, calentando en exceso la leche para crear una cobertura cremosa en la parte superior. Algo había aprendido en la cafetería. Luego, se lo acercó con una sonrisa en la comisura de los labios y se sentó a desayunar.

—¿Cómo estás? —preguntó lanzándole una mirada de desasosiego.

¿Que cómo estaba? No lo había pensado. Tampoco nadie hasta entonces se lo había preguntado. Todas las miradas se habían dirigido a la agresora, y ninguna a la víctima.

—Bueno… —dijo dejando ir lentamente todo el aire de sus pulmones—. Cuando pensaba que la relación con mi madre no podía ir a peor, va e intenta matarme. Vaya giro argumental, ¿no? ¿Cómo quieres que esté?

Lucas se rascó la frente y dio un sorbo a su café. Toda la crema se le quedó en los pelillos del bigote.

—Lo que ha pasado esta noche ha sido terrible. Todos estamos confusos y aturdidos, pero saldremos de esta como una familia —soltó ganándose una mirada incrédula de Lara, que decidió dejarlo estar—. Tu madre es una mujer muy especial. Estoy seguro de que debajo de todo ese cúmulo de orgullo y resentimiento esconde el amor que te tiene.

—Pues debe de tenerlo bien guardado.

—Volverá a ser la de antes. Cuando las cosas se calmen, podríais sentaros a hablar. Ella solo quiere cuidar de ti.

—Lucas, por favor.

No tenía la cabeza para tonterías. Este hizo un gesto de cerrarse la boca con cremallera y salió a tomarse el resto de café al jardín. Lara acabó su desayuno perdiendo la vista en la ventana. Observó a su cuñado. Pensativo, daba pequeños sorbos de la taza. ¿Qué clase de maleficio había ejercido Herminia sobre él? Lo tenía totalmente amaestrado, absorbido, como a todos en esa casa.

Se dio una ducha para desprenderse del olor a hospital y, aún en albornoz, cayó rendida sobre la cama. Chaqui se tumbó a su lado para sentir el calor de su cuerpo. Cogió el móvil y le escribió a Susana28.

[19/01 05.41] Chaqui02:
Dicen que a veces los problemas se hablan
mejor con personas desconocidas. Si quieres,
hablamos hoy cuando puedas.

Cerró los ojos por inercia. Le pesaban demasiado. Pasó sus dedos por los rizos del perro, que roncaba a su lado. Sintió un escalofrío. Quizá por el pelo mojado que no había secado o quizá por la araña que notó andar por su antebrazo. Apoyó la espalda contra la chapa y se cogió con los brazos las rodillas flexionadas, resentidas por la postura sostenida. Por más tiempo que pasara, sus pupilas no lograban adaptarse a la oscuridad de aquel zulo. Estaba cerrado herméticamente. Intentó controlar su respiración. Inspirar, espirar y dejar que pasara el tiempo. Había gastado todas las lágrimas de rabia, y ya solo esperaba impertérrita. Los gritos fuera habían cesado, y tan solo percibía el sonido de su cuerpo al tiritar y rozarse con las dimensiones cuadradas que la encerraban. Y algo más. Una vibración le sacudió el tórax. Y una melodía: *We can be heroes*, de David Bowie.

Despertó del sueño recurrente que la atormentaba y le costó saber dónde se encontraba. Miró la pantalla de su móvil y vio las llamadas perdidas de Emma. Se había quedado dormida. Eran las nueve y media. De un salto, se incorporó de la cama. Se vistió con ropa deportiva y preparó las cosas de Chaqui. Metió en una bolsa de equipaje algo de ropa y su neceser. Entonces, un olor intenso a arroz con leche la hizo detenerse. Salía de su bolsa. Apretó las cejas y apartó las camisetas que acababa de echar dentro sin ningún cuidado. Removió el interior, desordenándolo aún más si cabía. Y entonces lo vio. El origen de ese olor. Bajo un pantalón de pijama, encontró una rama de canela. La miró unos segundos sosteniéndola entre sus dedos.

Una nueva llamada de Emma la sustrajo de sus pensamientos. Lanzó la canela sobre el nórdico de la cama y salió de casa. Subió al coche y, tras diez minutos, aparcó en uno de los accesos del Pinar del Hierro. Carla y Emma estiraban en la puerta. Desde luego, no estaba al cien por cien. Había dormido apenas tres horas, pero la sola idea de cruzarse con Herminia por la casa la hizo salir despavorida. Aunque eso significara ir a correr con sus amigas. Las puso al corriente de lo ocurrido intentando no derramar ni una sola lágrima más. Carla escuchaba con atención sin perder la cara de susto. Emma no dudó.

—Olvídate de hoteles. Te quedas en mi casa —dijo, e inmediatamente corrigió la oración—. Os quedáis. Tú y Chaqui. El tiempo que haga falta, hasta que decidas volver a casa de tu madre o a Sevilla.

Lara compuso una sonrisa temblorosa. Carla le cogió la mano y la atrajo hacia ella, envolviéndola en un abrazo al que terminó por unirse Emma y que casi hizo que Lara volviera a romperse. A pesar de que hacía una eternidad que no estaban las tres juntas, parecía que se hubieran reunido el día anterior. Permanecía la confianza, el cariño, la amistad que no mata los años.

Comenzaron la marcha al trote. La lluvia de la noche anterior había dejado charcos en la arenisca, que serpenteaban con cuidado de no resbalar. El cielo se presentaba nuboso y el viento ondeaba de forma irregular y en distintos sentidos las copas de los pinos y alcornoques que dejaban atrás a su paso. Emma mantenía una buena forma física. Iba en cabeza, junto con Chaqui, haciendo que sus amigas se esforzaran en seguirle el ritmo. Carla tenía la cara cubierta de rojeces, y Lara no sabía ni cómo se mantenía aún en pie. A pesar de la baja temperatura, transpiraba. La fatiga física era tal que se olvidó por completo de lo acontecido en el hospital. Solo le importaba seguir respirando y que sus piernas continuaran moviéndose de manera mecánica.

Salieron del cortafuegos principal y giraron un par de veces por caminos secundarios. Carla se detuvo en seco. Apoyó las manos en sus rodillas y echó el cuerpo hacia delante.

—No puedo más —dijo con la respiración entrecortada.

—Ya falta poco. Iremos andando —contestó Emma con una sonrisa triunfante—. Siempre que vengo a correr aquí no puedo evitar pasarme.

Anduvieron un rato por un camino de tierra y, luego, se desviaron campo a través. Lara maldijo entre dientes por llevar mallas tobilleras. Todas las ramas puntiagudas de los arbustos le arañaban los tobillos, haciéndole incluso sangrar. El entorno le era familiar. No tenía nada de especial. Solo árboles que estrechaban el espacio abierto y una densa acumulación de matorrales que les dificultaba el paso. Apretó los ojos, presa de una corazonada, y esperó estar equivocada.

—Emma —susurró poniéndose a su lado.

—Tengo que hacerlo, Lara —aclaró—. No puedo estar aquí y no venir a verla. No puedo.

Compartieron miradas. Lara vio en sus ojos brillantes una súplica, una necesidad. Asintió y permaneció callada el resto del camino.

Justo cuando Carla iba a decir algo, llegaron al lugar. No era diferente a todo lo visto anteriormente. El espesor de los árboles apenas dejaba pasar la luz del sol. La lluvia a duras penas había podido adentrarse por entre las copas de los chaparros. El tronco de una vetusta encina yacía seco y hueco en el suelo. Emma se sentó sobre él y fijó su vista en lo más atípico de la imagen: un viejo y triste frigorífico.

Invierno de 2002

Las suelas planas de las botas de cuero que su madre le había obligado a llevar hacían que se resbalase sobre el empedrado mojado. Esa vez, no llevaba vestido por el frío. En su lugar, lucía un pantalón de pana que debía de pesar como dos veces ella y un jersey de lana que le enrojecía el cuello. A pesar de las bajas temperaturas, salió en bici con sus amigas porque era sábado, y eso lo explicaba todo. Olga estaba incubando una gripe y se había quedado en casa con mamá, papá y ese novio que se había echado, Lucas. Le sacaba seis años y, aunque estaba comenzando la edad de salir por ahí, se pasaba las tardes en casa con Olga. Como si no tuviese a dónde ir o no tuviera casa propia. A veces, Lara sentía cómo le clavaba la mirada, vigilando sus pasos, queriendo enterarse de todo.

—¿Te vas con tus amigas al pinar? —había preguntado con su cara de no romper un plato.

—Baja la voz. ¿Cómo sabes eso? —había contestado ella percatándose al instante—. La tonta de mi hermana te lo ha dicho. —Dibujó un rictus de enojo mirando a su hermana, que veía la tele ajena a la conversación—. No puedes decirle nada a mi madre.

—¿Por qué no dejas que Olga vaya con vosotras? —insistió pedante.

—Está enferma.

—Sabes tan bien como yo que, si no estuviese enferma, tampoco la dejarías ir.

—¿Por qué no os vais por ahí a daros besitos y me dejáis en paz? Olga es un rollo. A la mínima se rompe los leotardos y se pone a llorar o le pasa algo —dijo Lara con desdén.

Lucas no había rebatido nada. En lugar de eso, se había quedado ahí plantado mirándola irse, como un pasmarote, sin articular palabra, solo desafiándola con la mirada, que ocultaba bajo el flequillo negro azabache.

Lara y sus amigas pedalearon hasta donde el pinar era más espeso, dejando atrás los caminos que cortaban longitudinalmente la arboleda. El frío se le metía por dentro del jersey a través de los agujeritos de lana. El esfuerzo le sonrojaba las mejillas y le perlaba la frente de sudor. Se desviaron, alejándose de cualquier claro del bosque. El terreno era tan irregular que, de memoria, supieron que era el momento de bajarse de la bici. Como un ritual que repetían en cada una de sus visitas al Pinar del Hierro. El grupo de amigas guardaba con reconcomio el secreto de dónde se reunían y, sin firmar ningún contrato, acordaron que ese lugar era solo de ellas.

Tras unos minutos de caminata entre matorrales, palmitos y pinocha, llegaron a la *fortaleza*. Una cabaña hecha de palos de madera clavados uno junto al otro con puntillas o unidos con cuerdas. En el centro, un espacio al descubierto que hacía de puerta. Dentro: nada y todo. Nada físico en absoluto y, a la vez, todas las aventuras de un grupo de cuatro amigas cabían en aquel estrecho cuadrilátero. Enfrente, el tronco talado de una encina, que unas veces hacía de banco y otras tantas de puente que cruzaba océanos, ríos de lava o precipicios imaginarios. Y, a su lado, un electrodoméstico que nada pintaba allí. Un escombro que alguien había decidido dejar olvidado en mitad de la nada, en vez de depositarlo en un punto limpio. Emma lo había decorado con grafitis y pintadas de colores. No conservaba ningún estante ni era ya lugar de guardar alimentos. Era la puerta a otra dimensión. A la dimensión de los juegos, a otra época, a otro país. A donde ellas quisieran ir.

Lara montaba a caballo sobre una rama torcida que se doblaba en un extremo simulando la cabeza del animal. Se acercaba a galope portando un arco de cuerda y madera, aprovechando la bifurcación de una rama en dos que hacía de tensora de la flecha. Emma avistaba el ataque subida desde el árbol vigía y, formando con las manos una caja de resonancia, amplificaba su silbido en señal de alarma. Entonces, Carla salía de la cabaña empuñando un palo con firmeza, jurando defender la fortaleza hasta la muerte y, cuando parecía que iba a ser abatida por una implacable Lara, entraba en acción la pequeña Isabel, la hermana de Emma, dos años menor, quien, saltando desde detrás de la encina talada, sorprendía a su adversaria y hacía que esta cayera del caballo y perdiera el arco. Así, Lara se quedó cautiva, como tantas veces, en el frigorífico, que Emma cerró de un portazo y, al instante, volvió a abrir para dejar salir a la prisionera, que se abalanzó sobre ella, divertida. Isabel reía como loca. Carla, sin embargo, miraba hacia el espesor verde.

—¿Qué te pasa, Carla? —preguntó Lara.

—No sé —dijo negando con la cabeza—. Me ha parecido ver algo detrás de aquel arbusto.

Emma le robó el palo que hacía de espada y se acercó al lugar que esta había indicado con una mirada inquisitiva. Dio un par de palazos a la planta señalada, que se zarandeó con el golpe. Algunas hojas cayeron al suelo. Emma cogió una de ellas y se la llevó a la nariz inhalando su olor.

—Aquí no hay nada.

Cerrar un ciclo

Lara pudo sentir cómo su cuerpo se erizaba paulatinamente. No le gustaba estar allí. Compartió una mirada significativa con Carla, que le hizo pensar que ella también quería largarse de aquel lugar cuanto antes, pero Emma no parecía tener prisa. Se mantuvo tranquila sin levantar los ojos del frigorífico mientras jugueteaba de forma inconsciente con las pinochas que encontró junto a sus pies.

Al pararse en seco, su cuerpo por fin se había relajado, y Lara tuvo que sentarse para no desmayarse. Todo el cansancio acumulado le taladraba las sienes. El sudor comenzó a impregnarla una vez detenido el esfuerzo y, a pesar del frío, se quitó la camiseta térmica, acalorada. Se sentó junto a Emma no por cortesía, sino por pura necesidad de descansar los músculos. Carla siguió de pie. Tensa. Haciendo un reconocimiento visual que nunca acababa.

—Paso por aquí cada vez que vengo —confesó Emma. Lara la miraba con atención—. Es curioso cómo un lugar puede albergar tantos recuerdos. Este sitio nos vio llorar de la risa y de un plumazo se tragó toda esa felicidad. Aun así, me sigue despertando sentimientos. —Miró el brazo de su amiga; tenía los vellos de punta—. Veo que a ti también.

Lara intentó darse calor abrazándose a sí misma.

—¿Por qué nos has traído aquí? —intervino Carla, nerviosa, jugando con la cremallera de su anorak.

Emma se levantó. Se acercó al electrodoméstico y tiró del picaporte. Lara tuvo que cerrar los ojos con fuerza para no trasladarse a una de sus pesadillas. Dentro no había nada, salvo latas de cerveza que habían perdido el color por el paso del tiempo, alguna colilla y restos de vegetación. Luego, cerró la puerta con rabia y, con una calma contradictoria, deslizó sus dedos por la cubierta. Adornaban la chapa blanquecina pinceladas abstractas de distintas tonalidades de rojo, una margarita, un barco de vela y un perro grabados con algún objeto punzante. Retiró la mano con un movimiento repentino y se miró las yemas, manchadas de polvo. Mordiéndose el labio inferior, sofocando un llanto incipiente, pegó el puño a su boca. Cerró un momento los ojos como si cogiera fuerzas de algún lugar dentro de sí misma. Entonces, se volvió hacia sus amigas con su semblante risueño de vuelta.

—Os he traído porque a mi hermana le hubiera gustado vernos de nuevo reunidas.

Lara se tragó las ganas de decirle que allí no estaba. Sabía por experiencia que el lugar que Emma buscaba ya no existía, solo el recuerdo de lo que fue. Aquel no era ya un rincón de juegos. La fortaleza había sido violada. Les habían arrebatado una reminiscencia feliz.

—Supongo que viniendo aquí hemos cerrado un ciclo, un capítulo importante —añadió volviendo con pasos tranquilos hacia el camino—. Puede que quizá nos ayude a pasar página. Está claro que ninguna lo ha superado, si es que acaso una cosa así puede superarse.

—Emma, te haces daño viniendo aquí.

—¿Daño, Lara? Revivo en mi cabeza una y otra vez aquel día, recopilando momentos, detalles que hubieran podido cambiarlo todo. ¡Míranos! —Alzó la voz—. Carla está temblando desde que llegó, y tú… —Dejó en pausa la frase.

—¿Yo qué? —la retó interesada.

—¿Desde cuándo no te subes a un ascensor?

Lara arrugó todas sus facciones, componiendo una expresión de desagrado. Odiaba reconocerlo, pero era cierto. Aquel maldito lugar las había partido en trocitos y se había deshecho de las personas que pudieron haber sido. Emma dejó ir todo el aire a través de sus labios y emprendió el camino de regreso. Carla la siguió con toda la predisposición posible, como si hubiera esperado ese momento desde que llegó.

Una ráfaga de viento hizo que Lara se estremeciera, recordando que estaba en manga corta. Cuando se cubrió con la camiseta térmica ya estaba sola. Se acercó mirando con recelo el frigorífico. Se detuvo frente a él y lo estudió de arriba abajo. Chaqui olisqueó los alrededores concentrándose más de lo debido en un punto a unos dos metros. Lara rodeó con la palma de su mano el pomo sin llegar a ejercer presión sobre él. Sus pulsaciones se elevaron y soltó de golpe la manija sin ser capaz de abrirlo. Se alejó deliberadamente y cogió a Chaqui en brazos. Al levantarlo, reparó en las ruedas de motocicleta que habían quedado marcadas en la tierra húmeda. Al perro le atraía el hedor de la gasolina. Aceleró el paso para unirse a sus amigas, y volvieron caminando al acceso donde habían aparcado los coches. No volvieron a hablar del tema, aunque el ambiente era tan tenso que se podía haber cortado con un cuchillo.

Emma propuso tomar algo. «Para recuperar las calorías perdidas», dijo, pero el frío era tan extremo que acabaron en casa de la susodicha. Tras una ducha tibia que la dejó relajada, Lara volvió al salón, donde la esperaban Carla y Emma con un par de pizzas y unas cervezas. Pusieron alguna serie de Netflix de fondo y se recostaron en el sofá. Lara se entretuvo mirando el móvil. Tenía varios mensajes sin leer de Susana28, que le sugería hablar esa noche, y un wasap de Olga que no la dejó indiferente.

[19/01 13.10] **Olga:**

¿Dónde estás? Lucas dice que te fuiste temprano.
Siento lo que ha ocurrido. A mamá le han dado
el alta y acabamos de llegar a casa. Está un poco
confundida. Lucas y yo hemos pensado que para
alegrarla haremos una cena mañana donde os
diremos el sexo del bebé. No faltes.

Carla miraba la pantalla de reojo. Lara arqueó las cejas sin
dar crédito.

—¿Qué pasa?

—Mi hermana ha decidido hacer una cena para revelar el
sexo del bebé y supongo que para celebrar que sigo viva —dijo
haciendo una mueca como si la ahorcaran.

Carla sonrió.

—Es una de esas *gender reveal party* americana. Una cur-
silada.

Emma dio un ronquido, que hizo que las amigas sonrieran.
Se había quedado dormida.

—¿Y el otro mensaje? —inquirió con renovado interés.

—¿Qué otro?

—Susana no sé qué.

—Si ya lo has visto, ¿para qué preguntas? —dijo divertida—.
No es nadie. No la conozco en persona. De esas apps de conocer
gente. —Se encogió de hombros un poco avergonzada—. No es
nadie.

Carla se dio por satisfecha y apoyó la cabeza en el hombro
de Lara cerrando los ojos. El roce de su pelo en el cuello le hacía
cosquillas y, aunque el codo se le clavaba un poco en las costillas,
no quiso que el momento acabara y aguantó la postura. Al final,
ella también cedió al sueño.

Su propia cruz

Cuando Lara despertó, Emma y Carla aún dormían plácidamente. La cabeza le iba a explotar. La siesta había terminado por rematarla. Se incorporó con sigilo y se preparó un café, esperando que la hiciera resucitar. Sentada junto a la mesa de la cocina con los codos apoyados en ella y la cabeza en sus manos, divagó sobre lo ocurrido. No había tenido tiempo de asimilar un suceso que se había topado con el siguiente. Al ataque de Herminia le había seguido el vestigio de una de las peores experiencias de su vida. De pronto, se sintió estúpida. Emma había querido reunirlas en aquel lugar desde el principio. Esa había sido su intención, pero no podía culparla. Las amigas compartían un compromiso, una responsabilidad atribuida. Ella misma había experimentado la necesidad inexplicable de volver a los cortafuegos, de reconciliarse con el mar verde.

Se apretó las sienes y los ojos. Una de esas jaquecas insoportables por falta de sueño le retumbaba en la cabeza. Abrió cajones buscando una aspirina para mitigar el dolor. Emma tenía la casa muy ordenada, así que no tardó en encontrar la pastilla en un armario del cuarto de baño. Cogió una y bebió agua directamente del grifo para bajarla por su gaznate. Al colocar el paquete de nuevo en su sitio, se fijó en una pirámide de tabletas a punto de desmoronarse. La enderezó con las manos y leyó una de ellas por el reverso.

—Citalopram —susurró.

Una punzada incómoda se instaló en su estómago. Volvió al pasillo y miró desde allí a Emma. Dormía relajada. Casi parecía que sonriera. Como siempre. Con esos ojos saltones y esa sonrisa, ¿quién pensaría que tenía el armario lleno de antidepresivos? No era para menos. Lara pensó entonces en Olga y supo que no era comparable. Olga era su hermana porque lo decía el libro de familia. Nada más las unía. Siempre se había preguntado cómo sería tener una hermana de verdad, una con la que compartir vivencias, gustos y establecer ese vínculo fraternal indestructible que vio en Emma e Isabel. Era envidiable. Una desazón le inundó el cuerpo.

Se tomó la libertad de encender el portátil de Emma. Cuando el escritorio se abrió, le pidió una contraseña. Se cogió el labio superior con los dedos, pensativa, y al momento escribió «Isabel». En el acto, entró en la sesión de su amiga. La notificación de un nuevo correo electrónico emergió en una ventana. Cloud Estudio, una conocida agencia de marketing y publicidad digital de Chiclana, tenía listas las camisetas corporativas que su amiga había encargado para el centro de educación especial. Minimizó la ventana, abrió el navegador y tecleó de nuevo el nombre que surcaba su mente: «Isabel Díaz». Al momento, aparecieron un millón de resultados. Bajó el cursor al tercero de ellos; un artículo de la hemeroteca de un periódico local de Chiclana que rezaba: «La desaparición de Isabel Díaz deja a todo Cádiz compungido». El escalofrío fue instantáneo. «Diciembre de 2006», leyó en la parte superior del escrito. Hacía catorce años de aquello, y aún se le revolvía el estómago. Los mismos que había pasado en Sevilla. Arrugó su frente y, absorta en la lectura, deslizó el cursor por la página. «El pasado martes 6 de diciembre desaparecía Isabel Díaz, una niña de 12 años, residente en el municipio de Chiclana de la Frontera, provincia de Cádiz». Levantó la vista de la pantalla para respirar hondo y siguió leyendo. «Su familia, destrozada, cuenta que Isabel se fue a jugar, como todos los días. Se percataron de su ausencia cuando su hermana, Emma, de 14 años, alertó a los progenitores. La investigación y búsqueda exhaustivas no han logrado los resultados esperados». El artículo iba acompañado de una foto de la pequeña Isabel con dos colas y una dulce sonrisa que la hizo detenerse. Ahogó un grito sordo y se puso la mano en el pecho. Era aún más guapa de lo que recordaba. Lara cerró la pestaña, afectada, y abrió otra: «Cádiz llora la desaparición de Isabel Díaz». Volvió a hacer lo mismo: «Sin noticias del paradero de la joven de 12 años chiclanera».

Taciturna, apagó el ordenador. Revivir la pesadilla hizo que se sintiera egoísta. Había llegado con sus problemas, sus historias familiares, olvidando que todos, sobre todo Emma, cargaban su propia cruz. Con pies descalzos, volvió al sofá y esa vez se tumbó junto a ella, rodeándola con los brazos, y se quedó de nuevo dormida.

Se despertó a las diez de la noche. Carla ya se había ido. Le llegó un olor delicioso de algo que Emma estaba cocinando. Se apoyó en el marco de la puerta y la vio moverse con soltura por la cocina. Esta volvió la cabeza y una sonrisa se perfiló en su cara.

—Estoy preparando un revuelto de champiñones, algo ligero, ¿te apetece? —dijo.

Lara hizo un gesto asertivo con la cabeza.

—Emma, he sido una egoísta al llega aquí y contarte mis problemas como si fueran los únicos…

—Lara. —La detuvo—. Me alegro mucho de que estés aquí conmigo. —Sonrió.

—Voy a hacer una llamada, ¿vale?

—La cena está en cinco minutos —advirtió.

A pesar del frío, Lara salió al balcón con el móvil.

[19/01 22.15] Chaqui02:
He tenido un día de locos,
¿puedes hablar ahora?

Susana28 no tardó en contestar.

[19/01 22.15] Susana28:
Sí, dime.

[19/01 22.15] Chaqui02:
Volver a casa de mi madre está siendo
más duro de lo que esperaba.

[19/01 22.15] Susana28:
Suele pasar… ¿Ha ocurrido algo?

Lara dudó un segundo. Chaqui salió en su busca y se rozó
con sus piernas. No le importaba nada haber cambiado de vivienda.

[19/01 22.16] Chaqui02:
A mi madre le han diagnosticado un síndrome raro
que hace que no me reconozca. Eso, la perfección
de mi hermana y su marido, que roza el hastío, y
enfrentarme por narices a cosas que había decidido
ignorar… Solo me dan ganas de salir corriendo.
Ha sido siempre mi manera de actuar: huir.

[19/01 22.16] Susana28:
Escapar de los problemas no hará que desaparezcan.
Lo de tu madre debe de ser muy heavy, pero seguro

que podéis dejar de lado la vanidad y sentaros
a hablar. Pese a todo, lo que más me intriga es
ese asco que sientes por tu hermana y su marido.

Lara compuso un gesto pensativo. Había oído palabras similares no hacía mucho. Se mojó los labios con la lengua, dubitativa.

[19/01 22.17] Chaqui02:
¿Puedo llamarte?

Arriesgó.

Le hizo un par de carantoñas a Chaqui para hacer tiempo y se encendió un cigarro. Inhaló el humo en una calada profunda y lo expulsó por la nariz. Al cabo de cinco minutos, dedujo que no obtendría respuesta. Perdió la vista de nuevo en ese abismo del que solo ella era prisionera. Esa inquietud que habitaba en sus adentros. Ese secreto sobre sus hombros. Esa necesidad de huir de forma constante de quien realmente era. La mentira que le estaba consumiendo la vida.

El ente

D urmió bien. Tuvo un sueño plácido y sin pesadillas. Estaba en la misma postura en la que se había acostado. Aunque Emma disponía de un segundo dormitorio en su piso, compartieron la cama de matrimonio. Se había ido a trabajar para cuando Lara despertó. Chaqui, que había dormido sobre la alfombra, posó las patitas delanteras en el nórdico. La miró con esos ojos de agua, grandes y profundos. Lara acarició su cabecita.

—Tú también has dormido mejor aquí, ¿verdad? —dijo en un tono casi inaudible.

En la cocina, Emma le había dejado la cafetera preparada y el pan descongelado. Lara se sentó a desayunar con la calma de quien no tiene absolutamente nada que hacer después. Mientras daba pequeños bocados a la tostada, cogió su móvil. Comprobó que Susana28 seguía sin contestar, y eso la mosqueó. Justo cuando le había sugerido una llamada, la primera entre ellas, se había esfumado tras una bomba de humo. Volvió a escribirle.

[20/01 11.07] Chaqui02:
Vale, me ha quedado claro que
no quieres que te llame.

Añadió un icono sonriente para reducir el efecto de su intervención.

Pasó el resto de la mañana al teléfono poniendo al día a su prima Carolina y tranquilizando a tío Alfredo y tía Carmen, que, alterados por el último incidente con Herminia, le pedían a Lara que volviera a Sevilla mientras esta se estabilizaba. Apenas llevaba cinco días en Chiclana y su madre ya había intentado matarla. Se le escapó una risita nerviosa. Era mejor tomárselo con humor.

Cocinó su famoso pastel de carne y almorzó con Emma. Luego, con Chaqui en el asiento de atrás, se dirigió a San Andrés. Antes de parar en su casa, recogió a Carla y pusieron rumbo a la playa de la Barrosa, a la que aún no había tenido tiempo de volver.

Apoyaron la espalda en la torre del Puerco. La que fuera testigo de la victoria de las tropas angloespañolas contra los franceses durante la guerra de la Independencia reposaba tranquila, frente al mar, obsequiada de por vida con el regalo de contemplar el océano y separar Roche de Chiclana. La playa estaba desierta. A excepción de algún deportista empedernido que Lara distinguió a lo lejos. Los ocho kilómetros de arena y mar bajo sus pies hacían que se sintiera afortunada de haber nacido allí. El viento golpeaba con bravura en las olas, que rompían en la orilla formando coberturas de espuma mecidas por la marea. Las gaviotas se agrupaban en la arena, ajenas al movimiento del resto del mundo. A sus espaldas, lo que fuera un viejo cuartel de la Guardia Civil, abandonado con ventanas tapiadas y escombros acumulados, se había convertido en un restaurante de lujo que conservaba el antiguo lema «Todo por la patria» y las mejores vistas. Lara supuso que en verano estaría a reventar. Sin embargo, en aquel momento solo era un edificio cualquiera.

No le importó que el silencio las envolviera. Se sentía especialmente cómoda. Allí, en esa falsa realidad: con Chaqui en su regazo, viviendo con Emma, quedando con Carla. Era feliz. Luego, al momento se daba cuenta de que en unas horas estaría sentada en la mesa con Herminia afilando su flecha al grito de «Que empiecen los juegos del hambre». Y ahí toda su calma se desvanecía, y volvía a habitar en su estómago ese nudo insoportable que pocas veces la dejaba descansar por las noches.

—¿Te acuerdas de lo rápido que pasaba el tiempo cuando éramos unas niñas? —dijo Lara contagiada de la nostalgia que le causaba el mar—. Y ahora, de golpe y porrazo, han pasado catorce años.

—Sí, joder, llevo siete años cumpliendo veinte —contestó Carla con una sonrisa de medio lado.

—Creo que… —Aguardó un momento, tomando conciencia de algo que hasta entonces le había pasado inadvertido—. Podría acostumbrarme a esto.

—¿Y por qué no te quedas?

—¿Aquí? —Negó con la cabeza—. No puedo vivir cerca de mi madre. Es imposible. Este ya no es mi sitio. ¿Por qué no sales tú del zulo?

—Puede que lo haga, pero necesitaría que alguien me mantuviera mientras estudio. —La miró divertida—. ¿Te ofreces voluntaria?

—Podríamos negociarlo —contestó riendo y volvió la mirada al mar—. Debería haber venido Emma.

—Deja que al menos alguien tenga vida amorosa. —Carla enarcó las cejas mientras lo decía—. ¿Noticias de la misteriosa de la app? —Lara hizo un gesto para negar—. ¿No te has parado a pensar que quizá no es quien dice ser?

—¿Qué quieres decir?

—No seas antigua. Eso está a la orden del día. Piénsalo, ¿has hablado con ella por teléfono?, ¿has hecho alguna vez videollamada?, ¿cuántas fotos te ha enviado? Y, desde luego, no la has visto en persona. A mi modo de ver, tiene todas las papeletas para ser un *catfish*.

—¿Un qué?

—Alguien que no es quien dice ser, alguien que ha robado una identidad.

—¿Y por qué alguien iba a hacer eso?

—Vete a saber. —Se encogió de hombros—. Igual estás hablando con alguien que no se parece en nada a la de la foto o con un hombre. O, peor aún, igual hasta la conoces.

Lara la miró, contrariada. A pesar de que le habían saltado las alarmas en algún momento, no se había parado a pensar que, a lo mejor, no era la única que mentía. Ella misma le había dicho a Susana28 ser de Huelva y llamarse de otro modo. Se rascó la frente, pensativa, y echó una mirada al reloj. La cuenta atrás hizo que el remolino que emergía en su interior le borrara toda expresión de la cara. Carla le cogió la mano.

—Todo irá bien —aseguró sin certeza.

Dejó a Carla a eso de las siete. Quería llegar a tiempo para ayudar a Olga con los preparativos de la cena. Esperó a que cruzara la puerta de su casa y se quedó mirando el espacio que había atravesado. Que ya no estuviera a su lado para cogerle la mano y susurrarle un «todo irá bien» le hizo sentir un vacío indescifrable. Soltó todo el aire por la boca vagamente y arrancó el vehículo.

Dejó el coche aparcado en la calle del caserío por si decidía dormir en casa de Emma. Chaqui comenzó a revolcarse por el césped en cuanto tuvo ocasión. Lara anduvo por el camino de gravilla y silbó dos veces para atraer la atención del perro, que se acercó obediente. A pesar de las robustas y toscas piedras, desde ahí la fachada era espectacular. Siguió el movimiento sinuoso que hacía la enredadera entre los barrotes del balcón principal y vio cómo caía, quedando derramada al capricho del viento. Al fondo algo llamó su atención. Bajo el arco de rosales rojos, una figura volvía de los terrenos tras la casa con paso decidido. Lara reconoció a Herminia y volvió a sorprenderle la agilidad con la que se movía en un terreno tan desnivelado a consecuencia de las raíces de los árboles. Cogió a Chaqui y se ocultó tras el viejo almendro: el mejor escondite. La observó en la distancia. Ya no llevaba la aparatosa venda. Parapetada bajo una pamela de cuerdas adornada con un lazo rojo, caminaba con un propósito. No parecía una mujer torpe y desorientada. Lara fue girando alrededor del tronco a medida que Herminia se acercaba, hasta que vio cómo salía de la parcela. La chica echó una última mirada a la casa y luego miró el rastro de la pamela que veía alejarse por encima del muro. Se mordió el labio. «Seguro que Lucas volverá pronto de la clínica veterinaria y ayudará a Olga con la cena», se apresuró a convencerse. Pegó al pequeño Chaqui contra su pecho y salió tras Herminia.

Aunque no estaba lloviendo, percibió como la humedad que cargaba el aire le mojaba el pelo, que con tanta paciencia había alisado. La adrenalina del momento le mantenía todos los músculos del cuerpo en tensión. No sabía qué estaba haciendo ni por qué, pero un instinto insoslayable le hacía mover los pies tras Herminia. Esta avanzaba con pasitos rápidos por la acera, sin dudar. Después de tres calles ocultándose detrás de los coches, vio cómo su madre se detenía en seco frente a una vivienda. Aporreó la puerta con los nudillos y alguien le abrió. Antes de entrar, volvió la cabeza para echar un vistazo a los alrededores y desapareció de la vista de Lara.

Chaqui la miraba entusiasmado por el paseo en brazos. Lara sopesó un momento sus opciones mientras se acomodaba al perro contra su cuerpo en una nueva postura. Vencida por la curiosidad, avanzó hacia la casa y la rodeó. Durante unos segundos no supo qué hacer. Todas las ventanas estaban cerradas. No tenía posibilidad alguna de ver qué estaba ocurriendo y casi estaba a punto de abandonar cuando oyó la voz de Herminia conversando con otra mujer. Habían salido al patio. Lara apoyó su cuerpo en una de las paredes del cuadrilátero y aguzó el oído.

—No pude contenerme, pocas veces he sentido esa fuerza actuar dentro de mí. —La oyó explicar.

Lara apretó las facciones de su cara, concentrando todo su esfuerzo en escuchar la conversación. Percibió un tintineo de tazas. Puede que café o té. Sillas arrastrándose. Y otra voz femenina.

—Ya te lo advertí, cielo. No bastaría con el ritual de la vela. Lo que habita en tu casa es mucho más siniestro. Millones de personas creen en la simbiosis de las energías con la conciencia.

—El alma —se adelantó Herminia.

—Exacto —enfatizó la otra mujer—. Cuando una persona muere de forma precipitada, a veces deja cosas sin hacer, asuntos pendientes. Si esas almas reúnen las energías necesarias, vuelven al mundo físico con la oportunidad de vivir otra vida en otro cuerpo. —Hizo una pausa para agregar significatividad—. Es lo que comúnmente solemos llamar reencarnación.

Lara dio un traspié. ¿Había oído bien? Se acercó todo lo posible a la pared.

—Estas personas se agregan a cuerpos ya habitados por otras almas y recuerdan toda su vida anterior: dónde vivían, sus padres, su canción favorita, incluso su muerte. Es fundamental que estos entes terminen lo que han venido a hacer. Solo entonces el alma natural tiene alguna posibilidad de recuperar su cuerpo. No pueden convivir en el mismo, así que el alma invasora será dominante hasta que cumpla su objetivo.

—Oh, Dios mío —gimoteó Herminia.

—Tienes que traérmela. Si consigo hablar con el alma invasora, puedo llevar a cabo una regresión para así identificar a la persona que hay dentro de ella y comprender qué es lo que busca. —Prolongó el silencio—. Si es como dices, y habita en ella desde que volvió a tu casa, no sabemos cuánto tiempo lleva siendo usurpada.

—Lo intenté, Teresa —dijo con amargura—. Fui a su habitación mientras dormía y se me fue de las manos. Era tal el terror que sentía que no pude dejar pasar la oportunidad de estrangular a esa alma.

—Al dañar el cuerpo no eliminaremos al ente. Tienes que traérmela —insistió.

Lara se quedó patidifusa, sin poder asimilar lo que acababa de oír. Los ladridos de un Chaqui fuera de sí la sacaron de su ensimismamiento. Un gato grisáceo se paseaba coqueto y distraído por la acera de enfrente. Con tanto estruendo ya no escuchaba a las mujeres, no sabía si seguían hablando o habían parado. Lara intentó calmar al perro inútilmente, y ante la negativa echó a correr.

Gender party

Para cuando llegó a casa, estaba sudada y con la cabeza hecha un nido de pájaros. Con la respiración agitada, saludó a una Olga atareada que colocaba con sumo cuidado cubiertos y platos en la mesa principal del comedor. Subió a su dormitorio y comenzó a buscar estrepitosamente debajo de los libros, de la alfombra, en su escritorio, dentro de su armario, bajo su colchón. Se sentó pensativa en la cama, donde aún reposaba la rama de canela que había encontrado en su bolsa el día anterior. Dio una gran bocanada de aire. Achinó los ojos estudiando cada centímetro de su cuarto. Miró un momento el póster de las Spice Girls. Bombacho por el tiempo, caído ligeramente, no del todo pegado a la pared. A menos que… Se acercó con decisión y miró por la abertura que se formaba entre él y el muro. Un trocito de aluminio reposaba en la parte baja del póster. Lo cogió con el pulgar y el índice. Tenía el tamaño de un cacahuete. Con suma delicadeza, fue retirando capas de aluminio hasta que dio con lo que allí se guardaba: cera. Lara cambió su expresión. Así que de eso se trataba. El ritual de la vela. Aquellas historias de brujas, de magia blanca, de cómo abrir caminos y atraer la buena suerte, de proteger a la familia. La canela en rama. El ajo y el laurel de su infancia. El romero. Y todos esos cuentos chinos que su madre custodiaba. Pero esta vez había llegado muy lejos. La había atacado porque creía que era un ente, un alma invasora. «Tienes que traérmela», había dicho la tal Teresa. Aquellas palabras resonaban en sus oídos. Sepultó la frente entre sus manos, dejando caer al suelo la cera derretida sobre el aluminio.

Olga entró en la habitación.

—Lara —la llamó con tono preocupado—. ¿Qué pasa? Te he visto entrar muy alterada.

La chica se tomó su tiempo. Conectaron ojos de incertidumbre. Se sentó en la cama e invitó a su hermana a que hiciera lo mismo.

—Olga, creo que mamá está peor de lo que pensamos —acertó a decir. Esta le sostuvo la mirada—. La he seguido. Ha ido a una casa de por aquí a reunirse con una mujer que le cuenta historias.

Cerró los ojos y se pasó los dedos por los párpados. Le costaba encontrar las palabras.

—¿Qué me quieres decir? —preguntó Olga contrayendo la cara en una mueca.

—Piensa que en mi cuerpo se está librando una batalla entre un ente invasor y el alma de su propia hija —dijo expresando lo que había oído en aquel patio.

—Lara… —contestó poniéndole la mano en la espalda—, ¿acaso no consiste en eso el síndrome de Capgras? El médico nos dijo que era normal que fantasease con creencias irracionales hasta que los antipsicóticos la estabilizasen. Ninguno sabemos cómo afrontar esto.

—No, no, no, no, no —insistió Lara levantándose de golpe para recoger del suelo la bolita de aluminio—. ¿Ves esto? Esconde en mi dormitorio, en mis cosas, los productos de los rituales que hace. Esta vez es más serio, créeme.

Olga dibujó una sonrisa en su rostro.

—Mamá siempre ha hecho esas cosas. ¿O es que no te acuerdas? Nos metía ramitas de canela, hojas de laurel o estampas de san Juan Bautista en los bolsillos cuando teníamos exámenes. Yo he llegado a encontrar limones en mi estantería. —Negó con la cabeza—. Es normal que estés algo histérica. Lo de la otra noche fue un palo muy gordo para todos, pero vamos a darle tiempo, déjalo estar, ¿sí? —Se levantó y anduvo hasta la puerta—. Y, por favor, Lara… —Hizo una pausa significativa—. No me estropees esta noche.

Volvió a quedarse sola en su habitación. Aspiró fuerte y luego espiró profundamente. Intentó calmarse. Recuperar la cordura. Recogió los restos de cera y la rama de canela, y bajó las escaleras con toda la parsimonia posible. Fue directa a la cocina y tiró los productos de los rituales que su madre había ido dejando para ella. Allí estaba Lucas, sirviendo el solomillo en salsa con guarnición en platos de una vajilla que Lara no conocía.

—¿Qué tal? —saludó—. No te había visto. ¿Puedes ir llevando los platos a la mesa?

Asintió como respuesta. Chaqui, atraído por el olor, se puso de pie sobre sus patas traseras para obtener mejor visión de lo que se cocía en la encimera. Ante la negativa de los humanos de darle algo, comenzó a ladrar. Lucas formó un rictus desagradable que hizo que su cara quedase descompuesta.

—Calla a ese perro. —Oyó decir a Herminia desde el comedor.

Lara se mordió la lengua y le dio una patata al perro, que la agarró con la boca, feliz, y se la llevó hasta la alfombra persa del salón. Dejó los platos en el comedor, donde Olga servía el vino y Herminia esperaba sentada cual matriarca.

—Hola, mamá —saludó con una sonrisa forzada—. ¿Puedo darte un beso?

—Sí, hija, perdona lo del otro día. No sé qué me ocurrió. —Se pellizcó el labio. Parecía convincente—. Estas pastillas me harán efecto y todo volverá a la normalidad.

Lara no supo a qué normalidad se refería; si a la de los ataques gratuitos o a la de la indiferencia extrema. De igual modo, se acercó temerosa y posó los labios en su mejilla arrugada por la edad. Olía bien. Había hidratado su piel con aloe vera. Notó sus labios duros como un codo rozarle el cachete. Se retiró con celeridad y dirigió la vista hacia Olga, que la miró agradecida. Luego, dio media vuelta y volvió a la cocina.

—¿Ladra mucho? —le preguntó Lucas emplatando la cena.

—¿Cómo? —contestó distraída.

—Chaqui.

—Es un perro —objetó como única razón de peso.

—No estés a la defensiva, Lara —soltó de forma amistosa.

—Lo siento, volver a casa está siendo todo un experimento emocional.

Lucas sonrió empático.

—¿Sabes que hay una raza de perro que no ladra? Los basenji. Nuestros antepasados egipcios los pintaban en sus pirámides. Actualmente, se usan para el rastreo y la caza. Provienen de África. —La miró haciéndose el interesante—. Tienen la característica única de no ladrar. En vez de eso, emiten un sonido agudo similar al aullido de un lobo, aunque provienen de una especie mucho más antigua.

Lara apretó los labios, sopesando la validez de la información.

—Apasionante —convino con una sonrisa sarcástica.

Lucas sonrió e imitó un aullido.

La cena fue, contra todo pronóstico, agradable. Bebieron un vino de buena cosecha que Lucas había comprado de camino a casa. El solomillo a la pimienta y la menestra estaban exquisitos, fruto de Olga. Y el ambiente se respiraba más distendido de lo normal. Su hermana y su cuñado estaban pletóricos, invadidos por esa alegría inexplicable de ser padres. Herminia, contagiada por toda esa energía positiva, era el centro de la fiesta, el punto alrededor del que giraba todo. Lara no tuvo ninguna duda de que en esa cena el sexo del bebé era secundario. Lo realmente importante y el fin era agradar a mamá. «Típico de Olga», pensó.

El vino comenzó a sonrojarle las mejillas. Se le estaba subiendo a la cabeza de tal manera que incluso encontraba interesante todo lo que decían Olga y Lucas. La música de fondo le hacía mover los pies de forma inconsciente. Las comisuras de sus labios tendían a irse hacia arriba, haciéndola sonreír. Y supo ignorar todas las miradas hoscas que su madre le lanzaba. Llegado el momento, Lara se sintió animadísima con todo aquel circo. Olga trajo del frigorífico una tarta cubierta de merengue que rezaba «¿Niño o niña?». Sus caras de felicidad eran contagiosas. Lara aplaudía sin parar.

—Mamá, ¿tú qué prefieres? —dijo Olga ilusionada.

—Lo que venga bueno es, pero las niñas son mi debilidad —respondió con ojos brillantes.

Era la primera vez que Lara la veía sonreír de verdad. Iba a ser abuela, un bebé al que cuidar se uniría a la familia, y aquello la hacía enormemente feliz.

—¿Y tú, Lara?

No supo qué decir. No se lo había planteado en ningún momento. Aún estaba procesando que su hermana estuviese embarazada.

—Que sea lo que quiera ser —manifestó sujetando la copa con dudoso pulso—. Que no sufra por su género. Que decida él o ella si llevar falda o pantalón, el azul o el rosa, jugar con muñecas o con un balón, gustarle los chicos o las chicas, nada o todo y, por supuesto, que decida ser hombre, mujer o ambos. Que sea y haga lo que quiera, porque las personas amargadas, con prejuicios e ignorantes, lo van o la van a criticar igual. Nos enseñan desde niños que los monstruos viven en los armarios, pero no es verdad. Los monstruos están fuera. Que sea lo que quiera ser y nunca tenga que esconderse en uno.

La sonrisa de Olga se quedó congelada por un momento. Herminia se quedó en mute, inerte. Y Lara siguió sujetando la copa con un balanceo que hacía sospechar de su embriaguez.

—¡Bravo! Bien dicho —dijo Lucas alzando su copa en señal de brindis.

Olga y Herminia lo imitaron y bebieron con poca convicción. Recuperada de la sorpresa inicial, su hermana cogió un cuchillo de hoja ancha y, con una sonrisa de oreja a oreja, acabada la cuenta atrás de un Lucas emocionado, cortó la tarta y sacó una porción muy despacio. Entonces, alzó el plato enseñando el color rosado del bizcochito.

—¡Es rosa!

—¡Es una niña! —aclamó Herminia poniéndose de pie y moviendo el brazo victoriosa.

Lara no pudo evitar contagiarse de aquella algarabía sin sentido y se sumó a los gritos dando saltitos, sin soltar la copa y mirando el muñón de su madre, que daba palazos al aire.

Primavera de 2004

Emma contaba hacia atrás desde cincuenta apoyada en un árbol frutal. Abrió un ojo y miró de refilón cómo Carla corría a esconderse detrás de la alberca. Los últimos diez dígitos los cantó a la velocidad de dos. Entonces, se descubrió la cara y gritó:

—¡Quien no se ha escondido tiempo ha tenido!

Con pasos cortos y precisos, anduvo por el jardín. Procuraba no mirar hacia el mismo sitio durante muchos segundos seguidos, abarcando el mayor campo de visión posible. Se acercó a la alberca con sigilo y la rodeó por la izquierda. Del otro lado, salió una desbocada Carla, que corría con todas sus ganas. Emma fue detrás y logró llegar antes al árbol.

—¡Por Carla! —gritó sofocada.

Esta se tumbó en el césped para recuperar el aliento, y Emma continuó la búsqueda. Fue hacia el huerto, donde encontró a Manuel labrando la tierra.

—Por allí —susurró guiñando un ojo mientras señalaba las cuadras con la cabeza.

Dando zancadas, llegó hasta el lugar. Margarita pastaba relajada a sus anchas, y Constantino gruñía recorriendo el espacio. Entornó los ojos concentrada en no hacer ruido. Cruzó la valla que la separaba de los animales y se quedó quieta, esperando algún movimiento. Dos colitas perfectamente estiradas salieron de entre la paja. Era Olga, que, de un salto y esquivando al cerdito, dejó su escondite. Las dos niñas corrieron empedernidas, pero Emma había salido con una ventaja que supo aprovechar.

—¡Por Olga! —gritó haciendo aspavientos.

La chiquilla paró de correr a medio camino y llegó andando. Tras atusarse el vestido y estirarse las coletas, se sentó junto a Carla.

Emma miró hacia la verja de la entrada. No le pareció ver a nadie entre las plantas. Dirigió su vista al resto de los árboles frutales y fue hacia ellos. Los sorteó y, de detrás del viejo almendro, salió Lara disparada. Se retaron en una carrera sin precedentes donde estaba en juego el honor de ganar, de ser la mejor. Cuando parecía aventajada, Lara impactó contra una raíz y cayó al suelo de rodillas, perdiendo todas las posibilidades.

—¡Por Lara!

No quedaba mucho por donde mirar. O Isabel estaba en el cobertizo o había estado cambiando de escondite, opción que Emma descartó de inmediato y se encaminó hacia el lugar donde el padre de Lara y Olga guardaba sus herramientas de campo. Avanzó con paso resuelto hacia la esquina de la parcela, atravesó los círculos irregulares de claveles que recortaban la hierba y pasó de largo la pared de las gitanillas. Evitó que cualquier estímulo la desviara de su objetivo y fijó la mirada en el viejo cobertizo, cuyo tejado acabado en punta le daba apariencia hogareña. La puerta estaba abierta, como siempre. La luz del sol no llegaba a iluminar el espacio, así que Emma tuvo que encender la bombilla que colgaba del techo. Era un habitáculo de cuatro por cuatro metros. Las paredes estaban cubiertas de paneles con herramientas. En el centro, una gran mesa de madera y, pegado a una esquina, un viejo sofá color ocre. A la derecha, una trampilla que ocultaba el trastero. Un lugar que Manuel llenaba de tiestos, de los que Herminia siempre quería que se desprendiera. Emma tiró de la anilla con todos los músculos rígidos. En ese momento, Isabel salió a gatas de detrás del sofá y comenzó a correr, gritando por la adrenalina. Emma dejó caer la trampilla y salió tras ella, pero chocó de golpe con el cuerpo de Herminia, que se había quedado parada en el hueco de la puerta.

—No juguéis en el cobertizo —dijo en tono imperativo—. Os podéis hacer daño.

Emma asintió sobrecogida, y la mujer se echó a un lado.

—¡Por mí y por todos mis compañeros! —chilló Isabel eufórica.

—No vale —protestó Emma al llegar al árbol. Las demás vitoreaban entre risas—. Herminia me ha reñido y no he podido correr. No quiere que juguemos en el cobertizo.

—¿Crees que sabrá que cogemos cosas de allí para la fortaleza? El martillo, las puntillas, las cuerdas… —intervino Carla.

Lara la mandó callar con un codazo, señalando con la mirada a una distraída Olga, que celebraba con Isabel.

—No creo que sepa nada —aseguró sin remilgos.

Mentira

Cuando la fiesta hubo acabado y toda la vajilla había sido fregada, Lara salió al jardín a fumarse un cigarrillo. Chaqui fue tras ella. Se quedó bajo el porche para refugiarse del relente que caía esa noche. La luz de la luna iluminaba tenuemente el jardín, haciendo que los árboles formaran sombras monstruosas que asustaron al perro. A la segunda calada, ya había echado a correr a ladrarles. A Lara no le importó. Disfrutaba de los últimos efectos del vino en su cabeza, que la hacían apreciar aún más el sabor de la nicotina. No había estrellas, pero aun así estaba maravillada. La belleza del paisaje le transmitía una sensación liberadora. Oyó el rumor del viento. Las ramas del ceniciento almendro se golpeaban con el tronco, arrancando trozos de escama de la corteza.

Sacó el móvil del bolsillo y comprobó que Susana28 le había escrito justo en ese momento.

[21/01 00.03] **Susana28:**
Siento haberte dejado en leído.
Me surgió un imprevisto y he estado desconectada.

Lara decidió que en esta ocasión sería ella la que no contestaría. En su lugar, le escribió a Emma.

[21/01 00.03] Lara Ortiz:
Duermo en tu casa.

[21/01 00.03] Emma:
No tardes, trabajo mañana. Hasta ahora.

Herminia dobló la esquina y salió de entre la oscuridad dándose calor con los brazos.

—Por Dios, ¿de dónde vienes? ¿Por qué no has encendido las luces?

—Me gusta caminar en la noche —dijo con semblante malhumorado—. Cada una tiene sus vicios, ¿no? Los hay más o menos sanos. Yo ando, y tú chupas palitos de cáncer. —Señaló con la mirada el cigarro y se quedó callada a su lado mirando el horizonte oscuro—. Sé que me has seguido hoy.

Lara se quedó inmóvil sin poder quitarle ojo. Expectante. La sombra de alguna rama le ensombrecía el ceñudo rostro.

—El ladrido agudo de ese chucho es inconfundible —explicó sin pestañear—. También he visto en el cubo de basura la cera y la canela.

Lara no se atrevió a decir nada. El sudor que le caía por la espalda le hizo cosquillas. Herminia hablaba con la frialdad de un témpano de hielo. Se volvió hacia su hija atravesándola con ojos de bruja y un tajo como boca.

—Encontraré la manera de sacarte de ella —sentenció.

Dobló el cuello de forma teatral sin que un solo pelo de su recogido se moviese y volvió a entrar en la casa, inundándolo todo de olor a laca. Lara se quedó perpleja y solo pudo dar otra calada. Olga salió al porche casi cruzándose con su madre. Se puso una rebeca sobre los hombros y acarició el áspero pelaje de Chaqui, que acababa de volver de plantarle cara a los árboles.

—Ha estado bien, ¿verdad? —dijo.

—Ha estado muy bien, Olga —concedió—. Enhorabuena por la niña. No sé si es lo que querías, pero...

—Es lo que quiere mamá, así que está bien —añadió complaciente.

Ahí estaba de nuevo. Esa necesidad de agradar a Herminia a toda costa. Apagó el cigarrillo en el suelo y sostuvo la colilla en la mano.

—¿A dónde va mamá cuando sale a andar por las noches?

—Por las noches y a todas horas —la corrigió Olga—. Cuando me despisto, está en el jardín. Le encanta pasear. O se va por el pinar.

—¿Va al Pinar del Hierro? —preguntó con énfasis.

—Sí, a veces. —Olga la miró extrañada por su interés—. Como te digo, le encanta pasear. Te sorprendería la resistencia que tiene.

—¿Y cómo pudo caerse si está tan fuerte y hábil?

—Un mal pie lo tiene cualquiera —aseveró convencida—. Menos mal que la encontró la cartera, que si no... —Se santiguó nerviosa.

—Se está tomando las pastillas, ¿no? —quiso saber Lara.

—Sí, no te preocupes. Me aseguro de que se las tome todos los días.

—Voy a dormir en casa de Emma de todas formas... Por si acaso —dijo alzando un hombro—. Mañana me quedaré aquí.

Olga no dijo nada, pero pareció estar de acuerdo. Miró pensativa el paisaje como si buscara la fuerza para algo.

—Me alegro de que estés aquí —soltó sin levantar la vista del perro—. Mamá es una mujer muy especial. —Lara reparó en que ya había oído esas palabras de la boca de Lucas—. Pero puede ser muy complicada también. A veces cuesta sobrellevarla sola.

—Pero ¿Lucas?

—Lucas la quiere muchísimo, casi tanto o más que yo. Se le nubla el juicio con ella. Es como su madre. De su familia no quiso conservar ni la casa de sus padres. La vendió en cuanto le salió un comprador. Quería deshacerse de los recuerdos a toda costa y con toda premura. Para él, nosotras somos su verdadera familia, ya sabes.

—Sí.

Las hermanas se dedicaron una sonrisa íntima. La primera en mucho tiempo. Lara no pudo evitar mirarle la barriga y volver a sorprenderse. Luego, con un golpe de vista se percató de algo.

—Oye, ¿no fuiste a la peluquería hace unos días?

Olga se tocó las puntas distraída y se volvió hacia la puerta.

—Estaba cerrada —dijo cortante.

Lara se quedó sola en el porche, convencida de que todo el mundo en esa casa mentía.

Una tortura interminable

Despertar fue como destensar los amarres de sus pensamientos. Volvía a tener la sensación de tener muchos frentes abiertos, incógnitas sin resolver. Puede que no se alejara demasiado del ente con asuntos pendientes que su propia madre se figuraba que era. Realmente se sentía una nueva Lara, diferente a la que vivía en Sevilla al margen de los problemas de su casa, de las mentiras, de las tensiones familiares. Haciendo referencia de nuevo a su psiquiatra, Ángel, y al sabio Heráclito, aquel escrito tomaba más consistencia y veracidad que nunca. La Lara que volvería a su piso sería muy diferente de la que se había ido. Y de una cosa estuvo segura: esta vez le dolería mucho más marcharse.

Salió a correr por las marismas acompañada de Chaqui. Era uno de los puntos clave de la bahía de Cádiz por su valor paisajístico y su enclave estratégico a medio camino entre el estrecho de Gibraltar y el Parque Natural de Doñana. Lugar de descanso de aves migratorias y de convivencia entre el ecosistema terrestre y el marino: águilas, halcones, mochuelos, verdecillos, carrucas, petirrojos y cigüeñas. Chaqui ladraba como loco de un lado a otro del sendero, asustando a cualquier ser vivo que viera a su alcance. Lara mantenía un buen ritmo, concentrada en el movimiento de sus zancadas. Disfrutó de las vistas y del tiempo, que, ralentizado por la certeza de estar fuera de su zona de confort, parecía correr más lento o incluso haberse detenido por completo, dando saltos hacia atrás, devolviéndola a una infancia que había decidido dejar aparcada.

Llegó a tiempo para darse una ducha y recoger a Emma del trabajo. Habían quedado para comer en casa de los padres de esta. Lara miró de soslayo la triste fachada, que pedía a gritos una capa de pintura. Era evidente que el cuidado de la vivienda había pasado a un segundo plano. El interior era triste y desolador. Tras el portón, una puerta con cristalera daba paso al salón, estancia central que comunicaba con el resto de las habitaciones. De las paredes, emergía un intenso olor a verdura hervida debido a la falta de ventilación. A Lara le llamó la atención la numerosa colección de crucifijos, sobre la mesa camilla y en la pared frontal, de diversas formas y tamaños. Además, apreció una rama de laurel sobre el marco de una foto en la que aparecían todos los miembros de la unidad familiar, incluida la pequeña Isabel. Se sentaron alrededor de una mesa oval sobre la que se disponían diferentes piezas de vajillas distintas. De hecho, Lara observó que no había un plato o un cubierto igual. Junto a la mesa del televisor, varias cajas de medicamentos. A pesar de la poca luz que lograba entrar en la casa, la única ventana que tenía el salón estaba cubierta por una cortina clásica con volante superior que llegaba hasta el suelo. Los cojines del sofá estaban hechos de la misma tela. Y, en opinión de Lara, la habitación estaba excesivamente cargada, como si hubieran querido meter todos los muebles posibles.

Emma la había llamado esa mañana en el descanso del trabajo para comunicarle la alegría de su madre al enterarse de que había vuelto al pueblo y las ganas que tenía de verla. También la advirtió de manera muy sutil de su situación. Había estado entrando y saliendo de un bucle depresivo que la tenía atormentada. Su padre había tenido que echarse a la espalda el trabajo, la casa y toda responsabilidad. Pero, a pesar del aviso, verlo con sus propios ojos fue desgarrador.

La mujer fuerte y vivaracha que recordaba había menguado de tal forma que pesaba unos cincuenta kilos. Tenía el rostro demacrado: ojeras profundas, sus verdes ojos tristes de haber llorado recientemente y los huesos de la mandíbula marcados. Se movía con languidez, como si fuera a partirse en cualquier momento. El padre, un hombre robusto y elegante, también había perdido peso y escondía sus facciones con una abundante barba tras la que ocultaba cualquier emoción.

—Pero qué guapísima estás, cómo has crecido —dijo dándole un buen achuchón—. Mira, Rodrigo, es Larita, la hija de la Herminia, la chica.

—Por el amor de Dios, Catalina, que la vas a asfixiar. Deja que la chiquilla se siente tranquila —protestó el hombre y la invitó a sentarse arrastrando una de las sillas—. ¿Una cerveza?

—Sí, por favor —contestó Lara compartiendo una mirada divertida con Emma.

Catalina trajo de la cocina una fuente de ensalada, una tortilla de patatas y una bandeja de boquerones fritos.

—¿Habrá suficiente, Rodrigo? —Miró a su marido preocupada—. Te dije que compraras pijotas frescas o salmonetes.

El hombre la miró enfurruñado, dejando dos litros de cerveza Cruzcampo sobre la mesa.

—Está bien, Catalina —concedió Lara.

—¿Cómo está tu madre? —dijo la mujer—. Emma me lo ha contado. Qué fuerte, ¿no? —Lara asintió—. Hace tiempo que no la veo, años diría yo, ¿verdad, Rodrigo? —Miró a su marido, que afirmó con la cabeza—. ¿Vas a quedarte mucho?

—No tengo ni idea —respondió sirviéndose boquerones.

—Échate más, mujer, que en Sevilla el pescado no es fresco —la animó Rodrigo.

Lara dejó caer algunos más en su plato.

—Qué alegría me da veros juntas, como en los viejos tiempos. —Pasó la vista de una a otra—. ¿Y tu hermana qué tal? Tiene que estar de varios meses ya.

—De cinco, creo, va a ser una niña.

—Anda, qué bien. Una niña, Rodrigo. —El hombre volvió a hacer un gesto afirmativo. La falsa alegría de Catalina se esfumó y se le ensombreció el rostro—. Nuestra Isabel haría ahora veinticinco años. Claro, porque le sacáis dos, vosotras tenéis veintisiete. —Fingió hacer cuentas con los dedos—. Sí, veinticinco, mi niña, tan chica.

Contuvo un llanto inminente taponándose la boca con la servilleta.

—Ya, Catalina, que Lara ha venido a echar un buen ratito —la riñó el hombre.

—No pasa nada —dijo Lara incómoda.

Emma miraba cabizbaja a su madre, que emitía hipos aguantando la llorera.

—Lara quiere escribir un libro —anunció para romper el hielo.

Esta la atravesó con la mirada.

—Ah, ¿sí? —preguntó Catalina alzando el mentón.

—Bueno… —Aprovechó para saborear el amargor de la cerveza y ganar tiempo—. Me gustaría escribir una novela. Tal vez de mi infancia aquí.

—Anda, qué interesante, pues puedes incluirnos, ¿no? Puedes hacernos preguntas, y nosotros te contamos cómo era la vida en el pueblo antes. Lo que necesites, Larita.

La comida estaba exquisita y, aunque todo era de supermercado y la vajilla estaba desparejada, prefirió mil veces la energía que se respiraba en ese cuartucho oscuro que el clima ominoso a punto de romperse en su espectacular comedor, presidido por una aborrecible Herminia. Lara pensó en lo unidos que estaban, en la piña que formaban. Esa ayuda incondicional e indestructible que solo la familia te puede brindar. Salvo excepciones, claro. Aunque sabía que comparar nunca es aconsejable, no podía dejar de visualizar a una espléndida Olga haciendo lo imposible por lograr que la cena de la revelación del sexo de su bebé fuera inolvidable. Con toda seguridad, el vino de la noche anterior estaba por encima de las posibilidades de Catalina y Rodrigo, pero Lara agradeció beberse una cerveza con gente real. No hacía falta más.

Para terminar, Rodrigo sirvió café en pequeñas tazas de porcelana, que Lara pronosticó que tendrían un mínimo de treinta años. Emma y su padre se quedaron conversando en el salón, y Lara y Catalina salieron al pequeño patio trasero, donde un limonero daba sombra a dos sillas de plástico en las que se sentaron. Chaqui aprovechó para estirar las patas y olisquear el tronco del árbol.

—La comida ha estado deliciosa, Catalina. Muchas gracias por invitarme.

—Oh, por favor —dijo la mujer haciendo un gesto de modestia—. Puedes venir siempre que quieras, Larita. Esta es tu casa. Mi hija te quiere muchísimo.

—Y yo a ella —afirmó Lara mirando su café aguado—. Estoy preocupada. He visto que está tomando antidepresivos y… —Evitó mencionar la visita al frigorífico en el Pinar del Hierro—. Sus comportamientos me hacen pensar que no está bien.

Catalina sonrió con los ojos cerrados y la barbilla levantada al cielo. Lara tuvo la sensación de que controlaba de nuevo las lágrimas y se arrepintió de inmediato de haber sacado el tema.

—Lo siento, no quería…

—No te preocupes —la cortó, se volvió a mirarla y le cogió la mano—. Mi psicólogo dice que no podemos negarlo. Hay que hablarlo. —Lara asintió, protegiendo la mano de la mujer entre las suyas en un intento de brindarle apoyo—. Ninguno estamos bien. ¿Cómo vamos a estarlo? ¿Quién se recupera de esto? Es una tortura interminable. No tengo un lugar donde ir a rezarle, no tengo donde felicitarle el cumpleaños. No está en ningún campo santo. No sé dónde está, y eso hace que se me cree una úlcera en el estómago que no me deja vivir, pero tampoco morir. ¿Y si está viva?, ¿y si la cogieron los locos esos que prostituyen a crías chicas?, ¿y si le quitaron cuatro órganos y la echaron a un río? A lo mejor, un enfermo la cogió, le hizo las fechorías que quiso y está enterrada en cualquier agujero sucio. —Las lágrimas le resbalaban por el cuello—. Solo quiero su cuerpo para que pueda descansar como se merece, y yo pueda ir a hablar con ella y llevarle flores.

—Si no es mucho preguntar, Catalina, yo solo tenía catorce años cuando ocurrió todo, no me enteré ni de la mitad, y luego, cuando me fui, evité a toda costa buscar información. ¿Qué pasó con el caso? —preguntó emocionada sin soltarle la mano a la mujer.

—El caso nada. Se cerró al mes y pico. Llegó un punto en el que se quedaron sin pistas, estancados, y mi vida se detuvo. —Se acercó un pañuelo a la nariz—. Mi niña salió más tarde porque estaba acabando los deberes y fue a buscaros por la zona. Se me juzgó muchísimo en la prensa, ¿sabes? Como si no tuviera una madre suficiente con su propia carga de conciencia. La gente no entiende cómo vivimos aquí. En la nacional vieja no pasan apenas coches. En San Andrés Golf somos una gran comunidad. Isabel se movía por la barriada como pez en el agua y fue sola a buscaros, por supuesto que fue sola. ¿Cómo iba a pensar yo que algo iba a pasarle?

Se dio un golpe en el pecho con la mano libre y esperó a recuperar la compostura para seguir hablando.

—Luego, Emma volvió a casa y no había visto a su hermana en toda la tarde. No llegó a encontraros. Fue entonces cuando llamamos a la policía y se armó todo el revuelo. —Tragó saliva y adoptó un tono distinto, mucho más suave—. Ven conmigo.

Catalina la guio hasta el dormitorio principal, se subió a un taburete de madera de dudosa estabilidad y abrió el altillo de un armario empotrado. A Lara se le llenaron los ojos de lágrimas al instante. Montones de regalos envueltos en papeles de colores amontonados unos sobre otros ocupaban todo el espacio. Catalina cogió al azar una caja forrada de papel amarillo con dibujos de abejas. Acarició los vértices con cariño, con sumo cuidado. Agitó la pieza de cartón y sonrió al recordar su contenido. Luego, volvió a dejarla en su sitio y le dedicó una mirada dulce y serena a Lara.

—Son los trece regalos de cumpleaños que no he podido darle. Te parecerá una tontería, pero me mantiene con vida la esperanza. No puedo acallar esa parte de mí, que cada año se hace más pequeñita —dijo reduciendo un espacio con los dedos— y que me dice que Isabel está ahí fuera, en algún lugar, esperando ser encontrada, clamando por su libertad.

—¿Crees que está viva?, ¿que alguien la tiene retenida?

—Si Rodrigo o Emma me escucharan decirte esto, hablarían con mi psicólogo. —Perfiló en su rostro una sonrisa que nada tenía de alegre y se bajó del taburete—. Antes daba largos paseos con un grupo de amigas con las que formé una asociación; un colectivo que se negaba a olvidar la desaparición de mi niña. Era joven y tenía fuerzas que ya no tengo. Ahora solo permanezco aquí por si ella regresa. Quiero pensar que sí, Lara. ¿Estoy loca por ello? —Lara hizo el ademán de negar, pero se vio frenada por la siguiente pregunta—. ¿Me harías un favor? ¿La buscarás?

—Catalina…

La mandó callar.

—Miénteme si hace falta. Dime que el tiempo que estés aquí la buscarás.

Lara, entonces, hizo una promesa que reverberaría en sus oídos por mucho tiempo y le brindó a aquella mujer algo a lo que aferrarse, un bálsamo para sus heridas, sabedora de que el estéril pacto sonaría hueco en su voz.

—Haré todo lo que esté en mi mano, Catalina.

—Que tengas toda la suerte del mundo, toda la suerte del mundo —repitió por si así se hacía realidad.

Un número

La tarde se alargó con el café, las pastas y las partidas de cartas. Luego, Emma y Lara recogieron a Carla, compraron un pack de latas de cerveza y se tumbaron en el césped del campo de golf de la urbanización. Era espectacular ver atardecer desde allí. El cielo anaranjado se iba difuminando hasta arañar las pupilas, perdiendo por completo su luz y dejando al mundo en plena oscuridad. Aunque el frío la hacía temblar, Lara pensó que aquella estampa lo merecía.

—No sabía que tu madre fuera tan devota —comentó dando un sorbo de la lata.

—A raíz de lo de mi hermana se obsesionó muchísimo. ¿Te ha enseñado lo que guarda en el armario? —Lara la miró sorprendida—. Lo hace con todo el mundo que llega a casa —dijo enarcando las cejas preocupada.

Carla las miró con interés.

—¿Qué guarda?

—Regalos para mi hermana —contestó Emma apoyando su cabeza en sus manos sobre el césped. Luego, sin más dilación, preguntó lo que le aturullaba la cabeza—. ¿Qué recordáis de aquel día?

Las amigas guardaron silencio un momento hasta que Carla se aventuró.

—Recuerdo la niebla. Hacía muchísimo frío, tanto que era imposible mantenerse caliente por muchas capas de ropa que llevásemos. No llovía, pero tenía mojado el pelo. Las nubes estaban bajísimas. Llegué a casa y mi madre me preparó un baño de agua caliente. —Paró un momento para coger aire—. Catalina, tu madre, llamó a mi casa preguntando por Isabel. Recuerdo que mi madre se quedó petrificada. Me hizo preguntas. Yo no tenía ni idea de que Isabel nos había estado buscando.

Lara volvió la cabeza para verla, a escasos centímetros de ella. Su respiración se había entrecortado, estaba a punto de emocionarse.

—Yo recuerdo salir en bici y dejar a Olga en casa. Mi madre se había enfadado con ella porque había estropeado la alfombra del salón. Olga lloraba muchísimo. —Lara pensó la importancia de las palabras que iba a decir—. Recuerdo el pinar. Estábamos las tres, pero la fortaleza ya no estaba. Y luego… —Cerró los ojos con fuerza y apretó los puños, dejando la frase inconclusa.

—Yo lo recuerdo todo. Es mi castigo —continuó Emma—. Isabel quiso venir conmigo, pero saqué su agenda del colegio y le enseñé a mi madre la cantidad de deberes que tenía. Le había mentido, ¿sabéis? Para venir a jugar conmigo. —Hizo un ruido con la garganta—. Y yo hice que se quedara.

—No es culpa tuya —dijo Lara.

—Lo sé, pero formé parte de la cadena de minúsculos detalles que componen una tragedia. —Se incorporó y su contorno se desdibujó en la oscuridad—. Luego, al llegar a casa, una tormenta de preguntas, la peor pesadilla de mi madre, la caída en picado de mi vida. Mi ancla, aquella que me sostenía, que le daba valor a todo, que se entusiasmaba con mis boberías y me sacaba una sonrisa de la nada, no estaba. Se la había tragado la tierra.

Lara creyó que su amiga rompería a llorar, pero en lugar de eso se volvió hacia ellas con fuerzas renovadas.

—¿Había alguien que nos acechara? ¿Hicimos algo malo? ¿Molestamos a alguien? —preguntó aumentando el volumen paulatinamente—. Carla creyó ver a alguien en los arbustos. No me olvido de ese momento. Se repite una y otra vez en mi cabeza, y me veo con el palo en la mano golpeando el matorral. —Hizo un gesto negativo—. Pero allí no había nadie.

—No sé lo que vi, Emma —intervino Carla—. ¿Y si fue sola al pinar? ¿Cruzaría la nacional vieja? Isabel tenía solo doce años.

—Eso pensó la Guardia Civil, que vino a buscarnos al pinar. Centraron la búsqueda en esa zona. Incluso revisaron las cámaras de seguridad de las gasolineras de la N-340. No encontraron nada. Se registraron veintidós secuestros en 2006, ¿sabéis? Veintidós —repitió—. Eso es mi hermana ahora: un número.

Las chicas se quedaron en silencio un buen rato con la vista perdida en el cielo. La primera en irse fue Carla. Luego, Emma y Lara anduvieron hasta el viejo caserío de Herminia, seguidas de Chaqui.

—Puedes volver a mi casa cuando lo necesites —dijo Emma mientras abrazaba a su amiga.

—Lo sé, muchas gracias. —Sonrió.

Lara se quedó mirando cómo su amiga se alejaba hasta el coche. Había ido sumando distintos sentimientos a lo largo del día a la boca de su estómago, que se revolvía inquieto. Parecía que no hubiera pasado el tiempo, que nunca se había ido y volvía a tener catorce años. Y eso la hacía sentir extremadamente vulnerable. Catalina había dado en la diana con su ruego: «Dime que el tiempo que estés aquí la buscarás». Sin meditarlo, un sentimiento nuevo se había afincado en su pecho, un objetivo que no había previsto. Era imposible autocompadecerse con semejante tragedia sobrevolando su entorno más cercano. Había mirado a la tristeza a los ojos, y esta le había suplicado ayuda. Con su repuesta, Catalina se agarraba al último clavo ardiendo que le quedaba. ¿Cuántos años tienen que pasar para que una madre considere a su hija desaparecida oficialmente muerta? Toda la vida. «Haré todo lo que esté en mi mano», se repitió.

Emma la sacó del influjo en el que la había sumido su encuentro con Catalina.

—¿Qué plan con Carla? —preguntó con el coche en marcha.

—¿Qué plan de qué? —contestó Lara ensimismada.

—A mamá le vas a decir cómo se hacen los niños… —Esbozó una sonrisa maliciosa y se perdió en la oscuridad de la calle.

Lara suspiró y se humedeció los labios. Esperó un momento a que Chaqui hiciera sus necesidades antes de entrar. El perro, perezoso, daba pequeños pasos sin intención de hacer nada. Arrojó una mirada nostálgica a la calle, iluminada por farolas pintadas de verde botella que despedían un tímido halo de luz. Todas las casas de los alrededores yacían apagadas, dormidas. Todas, excepto una, desde la que notó dos ojos punzantes clavados en su espalda. Dio un respingo al ver que el vecino de enfrente la estudiaba desde una ventana de la segunda planta. Se le erizaron los pelos de la nuca. Acto seguido, este corrió la cortina, y fue Lara la que se quedó mirando su fachada.

El péndulo

A través de la ventana de su dormitorio, el día amenazaba con no llegar a amanecer. La luz quedaba detenida tras los densos bancos de nubes que ocupaban todo el cielo, dejando que solo algunos rayos caliginosos iluminaran pobremente aquella mañana. Había llovido toda la madrugada, lo que hacía que el campo estuviese oscuro por efecto de aquel enero interminable. Lara sostuvo la taza de café con las dos manos para darse calor en los dedos entumecidos por las bajas temperaturas. Volvió a invadirla esa sensación de desconcierto y desconfianza, de repulsión, de no entender qué era lo que se le escapaba, el porqué de tantas mentiras y el peso de una misión impuesta. Sintió en sus hombros el destemple de madrugar, ese frío inexorable de los que se despiertan antes que el sol.

Tomó su teléfono y revisó las notificaciones. Sostuvo la mirada en el último mensaje de Susana28. Pensó en lo que le había dicho Carla; en la posibilidad de que Susana fuera un *catfish*, una persona que hubiera robado una identidad. Valoró su oportuna ausencia cuando le sugirió una llamada de teléfono y llegó a la conclusión de que las llamadas que no se hacen y, en definitiva, las oportunidades que se dejan pasar dicen más que muchas palabras. Susana tendría sus razones para ser tan evasiva, pero el tiempo seguía corriendo. «Para todos —pensó Lara—, para las dos». Y, si seguía dándole esquinazo, se vería obligada a pasar página. A fin de cuentas, ¿quién era? No sabía apenas nada de ella y, por lo que había aprendido recientemente, lo poco que conocía podía ser una sarta de mentiras.

Tras la ducha, se tomó un tiempo para mirar el reflejo de sí misma en el espejo. Unas ojeras hondas circundaban su rostro. Su pelo, recogido en una cola baja, parecía una acumulación irregular de ramas de paja. Se colocó de perfil y observó la incipiente curva que doblaba su cuerpo. Turbada, torció el gesto de la boca. Un tiempo atrás, si Herminia hubiera visto esa panza, le habría escondido todos los helados del mundo. Pero Lara, que había aprendido la lección, ocultaba sus kilillos de más bajo ropa ancha y cómoda. Sintió crecer el enfado dentro de ella mientras postergaba una dieta que nunca llegaría. ¿Por qué tenía que peinarse, vestirse de una determinada forma y ocultar su barriga? Tenía veintisiete años, catorce de ellos los había vivido fuera de casa. Sin embargo, aún estaba contenida, coartada y asustada bajo el techo de su propia madre a causa de sus crueles comentarios.

Después de la ducha, se le ocurrió que tal vez podía ponerse el único vestido que había traído. Era de seda azul, simple y femenino. Sacó el vestido de la bolsa y lo miró con detalle. Demasiado corto, demasiado incómodo. Volaría a la mínima, con la primera ráfaga de viento. Lo volvió a guardar hecho un bulto y se vistió con ropa casual. Avanzó a trompicones hasta la cama. Se notaba especialmente cansada y abatida. A pesar de haber dormido mejor que otras veces, no conseguía conciliar un sueño reparador entre esas cuatro paredes. Tuvo la necesidad de dejarse caer sobre el nórdico. Los párpados le pesaban una barbaridad, como si portara sobre ellos el peso de una pérdida, de una desaparición, del abandono. Sucumbió al sueño.

Por más que intentara abrir los ojos, no se sentía con fuerzas. Percibió distintos destellos, luces, colores. Oía voces; hablaban entre ellas. Reconoció a su madre. Sintió que le daban la vuelta y quedaba bocabajo sobre la cama. Intentó mover las manos e impedirlo, pero no pudo. El sueño cada vez era más cargante, agotador. Dio un último tirón. Solo consiguió mover un dedo. Y entonces, vencida, todo quedó negro.

Cuando despertó, estaba tumbada sobre su propia cama con las manos atadas por detrás de la espalda. Le dolía la cabeza y, de nuevo, esa sensación de somnolencia en sus ojos. Se incorporó hasta quedar sentada en el borde, y lo que vio la dejó estupefacta. Frente a ella, dos bichos. Dejó caer su cabeza, haciendo que la barbilla le tocara el pecho y se quedó inmóvil unos segundos. Luego, emitió un sonido gutural y la voz le salió rota, como si llevara mucho tiempo sin hablar.

—Mamá, ¿qué coño estás haciendo?

Herminia no contestó. Le mantuvo la mirada y se relamió el labio. El olor a incienso era fatigante. Lara examinó a la mujer que la acompañaba. Su cara, arrugada y delgada, señalaba la calavera. Llevaba el pelo corto de color violeta. Sintió un escalofrío que le sacudió toda la espina dorsal. La mujer de pelo tintado dejó caer de su mano un reloj de bolsillo que colgaba de una cadena de plata y comenzó a oscilarlo con balanceos periódicos.

—Observa el movimiento del péndulo. Quiero que imagines que cada viaje del reloj es un año atrás en tu vida; como las gotas de lluvia volviendo a subir a la nube, la cuerda desenredada que vuelve a enrollarse, el sol que acaba de ponerse saliendo por el oeste. Imagina que corres hacia atrás, como si a cámara lenta deshicieras todos tus pasos dados. Oye cómo mi voz se aleja. Piensa en la primera vez que fuiste al colegio, el primer paso que diste, vuelve al día en que naciste. —Detuvo el movimiento del reloj atrapándolo con la mano—. Vuelve a tu vida anterior.

Los ojos de Lara se abrieron de golpe, en una expresión congelada. Era la voz femenina que había oído hablar con su madre en el patio. La bruja. Emitió un grito ahogado.

—Ya no hablo con Lara. Hablo con el ente invasor que habita en su cuerpo. —Alzó la voz, lo que hizo que esta diera un brinco—. ¡No se te ha invitado! ¿Quién eres?

Lara supo que le hablaban a ella, aunque se tomó unos segundos para contestar.

—¡Soy Lara! —Alternó la mirada con Herminia—. Soy tu hija, mamá, soy yo.

Esta inclinó lentamente la cabeza hacia un lado, incrédula, buscando el gesto, la arruga perfecta, la marca delatora, el pestañeo clave que le desvelara que aquel ser mentía.

—Desvélanos tu identidad, solo así podremos ayudarte a alcanzar lo que buscas en esta vida. Luego, te irás, dejando el cuerpo que has invadido.

Aquello era más que un desvarío. Era la conversación desquiciada e insana con un enfermo.

—¿Me habéis drogado?

—Solo han sido unos sedantes en el café. No podemos dañar el cuerpo —dijo la bruja con tono pausado.

Herminia asintió dándole la razón, como la que aprende de su error, y enseñó una cajita de pastillas que luego guardó en el bolsillo de su rebeca.

Los ladridos histéricos de Chaqui hicieron que lo buscase con la mirada.

—¿Dónde está mi perro? ¿Qué habéis hecho con él?

—Está encerrado.

El rostro de Lara se ensombreció. Entornó los ojos y apretó las cejas.

—Sé a dónde vas cuando paseas —dijo vocalizando en exceso cada palabra.

Herminia se quedó muda con la boca entreabierta.

—No dejes que te perturbe —intervino la bruja.

—Te he visto por las noches —insistió Lara, dejando la frase en pausa—. Y te he visto en el pinar.

Herminia se puso la mano en el corazón y se levantó de la silla. Lara la desafió con la mirada. La vio acercarse hasta sentir el aliento en su cara. Iba a decir algo cuando Olga entró en el dormitorio.

—Pero ¿qué está pasando aquí? —Hizo un recorrido visual: desde las manos atadas de su hermana hasta la señora del pelo púrpura y la cara de chiflada de Herminia—. Mamá, ¿qué has hecho?

Se acercó presurosa a Lara y le desató las manos con avidez. Luego, se dirigió a la bruja con rabia.

—Debería darte vergüenza aprovecharte de una mujer enferma. ¡Sal de esta casa! Si vuelvo a verte con ella, llamaré a la policía.

Lara se quedó de piedra. Jamás había oído hablar a Olga con ese tono firme y autoritario. La mujer le dedicó una última mirada de desprecio y bajó la vista hacia su barriga de embarazada.

—Ten cuidado, cielo. No soy yo quien se aprovecha de las personas —dijo maliciosa.

Olga dibujó una expresión de odio y cerró la puerta del dormitorio, dejando a la bruja fuera. Se puso frente a Herminia colocándole las manos sobre los hombros y, adoptando un tono mucho más suave, dijo:

—¿Dónde escondes las pastillas? Porque es evidente que no te las estás tomando.

Herminia bajó la cara en un gesto de niña que está siendo regañada.

—Las tiro al váter —susurró.

—Pues tienes que tomártelas, mamá. Es la única manera de que esto funcione. Lara es tu hija. No es ningún extraterrestre ni ningún ente extraño, y va a quedarse en esta casa unos días. Los que ella estime —se apresuró a añadir—. No puedes armar estos numeritos, no puedes —negó tajante apretándole los hombros—. Se acabó este juego de brujería. No verás más a esa mujer, ¿entendido?

Herminia asintió en un gesto que a Lara le pareció excesivamente infantil. Luego, salió del dormitorio abatida.

—Lo siento mucho, Lara. Sé que intentaste advertirme. Pero esto se acaba aquí. Me aseguraré de que se traga las pastillas y ahora mismo llamo a un cerrajero para que ponga un pestillo en tu dormitorio.

Lara la miraba sorprendida.

—¿Sabes, Olga? Vas a ser una muy buena madre. Riñes de maravilla.

Olga esbozó una torpe sonrisa que iluminó su cara.

La casa de enfrente

Los pocos claros que habían iluminado la mañana se esfumaron por la tarde. La luz blanquecina había sido sustituida por un gris estaño que se quedaría toda la jornada. Lara perdió la vista en el fuego de la chimenea. Las llamas generadas hacían crepitar la madera, como si esta pudiera quejarse. Acariciaba inconscientemente a Chaqui, que dormía entre sus piernas más calmado. Su cuñado posaba el dorso del dedo índice sobre su labio superior. Lo notó preocupado, taciturno. Olga se unió al salón portando una bandeja con tres tazas de café, que sirvió y dejó en la mesita frente al sofá. Se tomó un tiempo para degustar el sabor de la mezcla que contenía su taza.

—Le he dado un tranquilizante y está acostada —dijo—. He llamado al doctor y me ha repetido la importancia de los antipsicóticos. Yo me encargaré de que se los tome. Si tengo que pedirle que me enseñe la boca, lo haré. —Lucas asintió conforme—. Vamos a tener que vigilarla. Es evidente que mamá no puede quedarse sola, al menos hasta que esté en sus cabales; si no, acabará ingresada o, peor, en un psiquiátrico. —Dejó sobre la mesa un folio con casillas y anotaciones—. Me he tomado la molestia de elaborar un cuadrante con turnos, horas y días libres. —Lara compuso un gesto de angustia, y Olga debió de darse cuenta—. Es temporal. Solo hasta que las pastillas hagan efecto. Luego, cada uno volverá a su rutina.

—No hay nada que debatir. Por supuesto, cariño —añadió Lucas, cogiéndole la mano desde el sillón de al lado.

—¿Te parece bien, Lara? —preguntó Olga.

Los ruidos de unas pisadas bajando de forma torpe la escalera interrumpieron la conversación. Entró en el salón un hombre con un mono azul oscuro y aspecto desaliñado. Era el cerrajero.

—Siento molestar —dijo con voz grave—. El pestillo ya está.

Lucas se levantó en el acto y lo acompañó a la puerta, sacando de su bolsillo trasero la cartera. Las hermanas se quedaron a solas.

—¿Te parece bien? —repitió Olga.

Lara contuvo la respiración y luego dio una profunda bocanada de aire. Necesitaba fumar a toda costa.

—Mamá necesita estar en un centro, Olga. Me ha dormido con sedantes y me ha amarrado las muñecas. No quieras minimizar lo preocupante de sus actos. ¿Crees que poner un pestillo en mi dormitorio arregla los problemas? Hoy ha sido a mí, ¿mañana a quién le tocará? El paciente con síndrome de Capgras puede creer que una o varias personas, animales o incluso objetos no son los originales. No sabemos si va a ir a más —dijo evocando las palabras de su psiquiatra.

—Sabemos que puede ir a menos si le controlamos el tratamiento —objetó Olga comedida—. ¿Dónde va a estar mejor que en casa?

Lara suspiró y entrelazó los dedos de sus manos. Estaba ciega. Olga estaba ciega y no veía la gravedad del asunto; aun así, ella era la que tenía la última palabra.

—Si es lo que has decidido… —Alzó los hombros con desgana—. Aunque me gustaría pillarme hoy libre. Creo que me lo merezco —dijo en tono serio.

—Claro, sin problemas —aceptó—. Empieza Lucas. Yo tengo cosas que hacer.

Sin más preámbulos, Lara se dispuso a salir. Tomó su abrigo. La rebeca que su madre había llevado puesta hacía un momento colgaba de un brazo del perchero. Echó un vistazo a su alrededor, asegurándose de que nadie la viera, y metió la mano en el bolsillo. Palpó la caja de sedantes y, como en un juego de magia, se la llevó a su abrigo. Se sentía más segura teniéndolos ella. Entonces, salió al frío del invierno. Necesitaba tomar el aire e invadir sus pulmones de nicotina, así que le puso a Chaqui el arnés y pasearon por la calle. Sacó el mechero del bolsillo interior de la prenda y percibió algo más aparte de las pastillas. Estudió la pieza con los dedos y la sacó a la luz. Era un diente de ajo. Lo lanzó con todas sus fuerzas y vio cómo caía por una alcantarilla. Otro de aquellos medios para atraer protección y alejar malas vibraciones. Brujería blanca. Deseó que las pastillas hicieran su trabajo con Herminia y aspiró de la boquilla.

El viento de poniente le consumía el vicio con prisa. Estiró las mangas del abrigo y cedió a los jalones de Chaqui. Este la llevó hasta la casa de enfrente. La fachada tenía un curioso color a canela, fruto de las lluvias, los líquenes y el tiempo. En la planta baja, un arco flanqueaba la puerta de acceso. Tenía terreno a ambos lados y, a pesar de estar atestado de plantas, era un lugar agradable, impregnado de aroma a césped recién cortado. Los portillos de las ventanas de la planta superior estaban abiertos dejando entrever el empapelado antiguo que cubría las paredes. Las cortinas que habían ocultado a su vecino de forma subrepticia estaban corridas. Era una casa preciosa, tuvo que admitir. Traspasó la verja y se acercó a la puerta principal, que aporreó con los nudillos. Esperó paciente, comprobando la vista que desde allí había de su casa y, entonces, la puerta se abrió.

Un hombre de complexión media, entradas incipientes y labio leporino la estudió con la mirada. Lara sopesó que podía tener alrededor de cuarenta años.

—Perdone, no quería molestarle —dijo haciendo excesivos gestos con la mano libre—. Soy Lara, la hija menor de Herminia. Vivo enfrente. Creo que lo vi anoche —dijo señalando con el dedo la segunda planta—, por la ventana.

El hombre pareció confundido y, como si acabara de ser consciente de algo, recobró la calma en sus facciones.

—Debió de ser Dani, entonces. Un momento.

Se retiró, dejando a Lara sola ante el espacio abierto de la puerta.

Al momento, regresó sujetando del hombro de forma cariñosa a un hombre de entre veinticinco y treinta años con síndrome de Down, que la miró con ojos asustados.

—Este es Dani, mi hermano —aclaró—. Le encanta la astronomía. Se pasa las noches en vela observando las estrellas con su telescopio. ¿No es así, Dani? —El chico asintió ruborizado—. Esta chica, Lara —añadió, esperando la confirmación del nombre en su interlocutora—, es nuestra vecina. Dice que anoche la estabas mirando. ¿Qué te tengo dicho de espiar a la gente?

—Que es de mala educación —respondió entre dientes.

Lara se alarmó.

—Oh, no, no. No me ha molestado ni mucho menos. ¿Qué tal, Dani? —saludó, tendiéndole una mano, que este rápidamente estrechó.

—Yo soy Javier, pero puedes llamarme Javi —intervino el hermano—. Así que eres hija de Herminia y Manuel. Mi padre, Bartolo, era muy amigo de tu padre.

El recuerdo le vino de pronto, y tuvo una reminiscencia del fenómeno eureka de Arquímedes que Ángel le había contado. Lara visualizó al hombre, regordete y simpático, que vivía enfrente de su casa cuando ella era pequeña. Bartolo siempre vestía con pantalones de pinzas casi a la altura del pecho y camisas estrechas que aprisionaban su barriga cervecera. En alguna ocasión, lo había visto ayudando a papá a arar la tierra o a mover muebles de mucho peso. No es que hubieran intercambiado muchas palabras, pero siempre tenía una florecilla que había arrancado por ahí para Lara. Recordarlo la hizo sonreír. A su mente llegó la imagen de un niño asustadizo de apenas quince años siempre escondido tras su padre y encerrado en casa. Era Dani.

—Lo recuerdo, ¿cómo está?

—Murió hace un año —dijo torciendo el gesto—. Él siempre había vivido aquí con Dani, así que, para no sacarlo de su entorno habitual, me mudé. Y estamos como en un apartamento de estudiantes desde entonces, ¿verdad? —añadió mirando a su hermano.

Este sonrió y enredó palabras en su boca con entusiasmo.

—¿Quieres ver mi colección de películas?

Lara dirigió una mirada prudente a Javier, que asintió de inmediato.

—Pasa, por favor —la invitó.

—Bueno, en ese caso estaré encantada de ver esa colección —concedió, llevada por la marea de la conversación—. Pero… —Señaló a Chaqui con la vista.

—Puede entrar también, no te preocupes.

El interior no desmerecía la apariencia exterior de la casa. De inspiración victoriana, la sucesión de adornos le pareció desorbitada a Lara. Pensó que Javier no haría otra cosa salvo quitar el polvo todo el día de estatuillas, jarrones y figuritas. Desechó la idea de inmediato al observar la nube de partículas en suspensión que dejaban al descubierto las líneas de luz. Estas entraban por las ventanas enclavadas en los toscos muros. Siguió a Dani al segundo piso hasta llegar a su habitación. El dormitorio presentaba una inclinación del techo que embellecía la casa por fuera, empequeñeciendo el interior. Dejó a un lado el telescopio y se apoyó en el vano del ventanal para contemplar su casa. Desde allí podía verse todo el jardín delantero, el huerto, el cobertizo, una bellísima fachada, quedando solo protegidas de la vista de los vecinos las cuadras. A pesar del frío, la habitación estaba templada. Lara contempló un triste radiador en el lateral y de ahí fue posando sus ojos en cada detalle que la rodeaba. Las paredes estaban repletas de pósteres de diversos superhéroes, desde los más antiguos hasta los más modernos: Batman, Spiderman, el Capitán América, Iron Man, Thor, Visión, la Capitana Marvel, Bruja Escarlata y muchísimos más que Lara no conocía. Sobre el escritorio encontró diversos libros. *Mi primer libro de astronomía* estaba abierto por la página de los eclipses. Tras apartar algunos peluches, se sentó en la cama y dirigió la vista a su anfitrión, que la estudiaba en la distancia. Se acercó ilusionado con una montaña de DVD que comenzó a explicarle. Lara escuchó con atención la retahíla de sinopsis hasta que Dani estuvo satisfecho. Entonces, llegó su turno.

—Me acuerdo de ti y de tu padre. No salías mucho por aquel entonces, ¿no?

—Tampoco salgo ahora —dijo con un movimiento incontrolado de lengua.

—¿Te acuerdas tú de mí? —El chico asintió—. Yo vivía en esa casa cuando era pequeña. —La señaló por la ventana.

—Sí. —Rio nervioso—. Os veía jugar a veces al escondite. ¿Ya no vives aquí?

—No, hace mucho que me mudé, pero he venido de visita unos días. —Lo miró indecisa, pensando cómo abordar el tema. Apartó la columna de DVD, retirando así cualquier distracción y prosiguió—: Dani, estoy preocupada por mi madre. Las personas con la edad se vuelven torpes y olvidadizas. Me consta que le encanta andar y dedica sus días y sus noches a recorrerse el jardín. Por casualidad, algún día sin querer, aunque no esté bien espiar a la gente, ¿la has visto?

Dani detuvo el pulso chino que estaba disputando con sus pulgares.

—Sí, todo el tiempo.

Lara intentó contener su exaltación.

—¿Y dónde va? ¿Qué hace?

—Anda por el jardín y trabaja.

—¿Trabaja? —se extrañó ladeando la cabeza.

—Sí, con plantas y cacerolas —dijo sin más.

—¿Cacerolas? —preguntó. Dani apretó su lengua del esfuerzo. Miró de reojo el baúl de muñecos. Lara le cogió la mano para captar su atención y lo intentó de nuevo—. ¿La has visto hacer algo más?

—Cocina.

—¿Eso hace con las cacerolas?, ¿cocinar?

Este se encogió de hombros. Lara probó otra vía. No tenía nada que perder.

—Has dicho que nos veías jugar al escondite cuando éramos pequeñas. A mis amigas y a mí —recalcó imprimiendo espacio y sonoridad a sus palabras—. Tal vez recuerdes a la más pequeña de nosotras. Solía elegir los mejores escondites. Hace mucho mucho que nadie la ve. Desde aquí tienes una vista privilegiada y con ese armatoste —dijo señalando el telescopio— apuesto a que eres testigo de muchas escenas divertidas. ¿Te cuento un secreto? —Bajó la voz—. A veces ponía en funcionamiento los aspersores solo para ver cómo el chico de Correos se mojaba.

Dani emitió una risa histérica.

—Cosa que está fatal, por supuesto. —Fue al grano—. ¿Recuerdas haber visto algo extraño, inusual? ¿Alguna vez viste a alguien hacerle daño a mi amiga?

Pasaron cinco segundos en los que estuvo segura de haberse precipitado. Buscó en sus ojos achinados una respuesta y, por un momento, intuyó que iba a decir algo realmente importante.

—¿Quieres jugar? Vamos a jugar, vamos a jugar.

Lara se mordió los carrillos y posó su vista en aquel crío que, arrodillado frente al baúl de juguetes y entre hipos de risa, hacía pelear a Bob Esponja contra Mickey Mouse. Sintió la necesidad inexplicable de protegerlo. El mundo ahí fuera se había vuelto loco. Los más vulnerables quedaban al capricho de los pirados. Un propósito se había tejido en sus entrañas. Supo entonces que había comenzado la búsqueda de Isabel, su amiga desaparecida hacía catorce años.

Verano de 2004

El calor era sofocante, infernal, casi tropical. Manuel trabajaba a pleno sol recogiendo los frutos antes de que estuviesen demasiado maduros. Era un hombre robusto, de espalda ancha y brazos fuertes, aunque no musculosos. Tenía la cara y los hombros muy morenos, fruto de estar a la intemperie todo el día. Un firmamento de lunares surcaba su rostro. Sus manos, principales herramientas de trabajo, eran duras y resistentes. La mayor parte del tiempo estaban sucias y cubiertas de callos. Constituía el precio del trabajo duro, de la mano de obra. Era un hombre sencillo y humilde. Más de actuar que de hablar. Su filosofía de vida era simple: «Lo primero es mi familia, lo segundo es mi familia y lo tercero también». Desde la huerta oía a las niñas gritar y reír en la alberca. La banda sonora perfecta.

Al otro lado de la casa, Herminia se acercó con una cámara de fotos, la primera que compraban.

—Venga, poneos, que os hago una —dijo.

De un impulso, Emma se sentó en el bordillo. Sacó la lengua. Carla se zambulló y salió del agua con Isabel sobre los hombros, que reía como loca. Lara cogió carrerilla y saltó en bomba haciendo que el agua salpicara por todos lados. Herminia no pudo reprimir la sonrisa, que se le borró *ipso facto* cuando vio a Olga de brazos cruzados, lloriqueando sobre una toalla en el césped.

—¿Qué pasa, vida? —preguntó acercándose.

—No me dejan jugar a encontrar pinzas de la ropa —dijo hipando.

—Pues vaya tontería. Ven conmigo, vamos a preparar la merienda.

Las niñas intercambiaron miradas cómplices mientras la aburrida Olga y la coronel Herminia se alejaban.

—Venga, yo con Carla y Emma e Isabel juntas —dijo Lara orquestando los equipos—. Quien saque más pinzas gana.

Al unísono, las tres amigas se sumergieron en el agua de cabeza, elevando sus pies para que el resto del cuerpo cayera en picado. Lara sentía estirar su tronco, todas sus extremidades flotando, fuertes, luchando contra la inercia del agua, deslizándose hacia donde su cerebro gobernara. Abrió los ojos y percibió una vista borrosa, como si una cortinilla blanquecina le cayera desde las pestañas. Los colores vivos de las pinzas destacaban en el fondo azulado de la alberca. Impulsó todos sus músculos para bucear hacia una esquina en la que se agrupaban varias de ellas. Allí tropezó con Carla, que justo quiso coger la misma. Ambas amigas se miraron y se atrajeron para sí uniendo las manos. Entonces, Carla puso sus labios sobre los de Lara. Un instante, un momento. Un beso de mejilla, pero en la boca. Una punzada en el estómago. Un hormigueo en la nuca. Y luego se despegó de golpe, quitándole la pinza a Lara de la mano. Una distracción y un robo.

Cuando el sol empezó a ponerse y sus amigas se habían marchado, Lara se quedó sentada en la toalla contemplando el horizonte. La poca luz que quedaba huía hacia el oeste, dando paso a un cielo que esa noche sería muy estrellado. El pelo mojado le caía a un lado de la cabeza, recogido en una cola improvisada que ella misma había hecho. El tacto del bikini húmedo con su piel hizo que un escalofrío le atravesara todo el cuerpo como una descarga eléctrica. Aun así, se quedó allí, impasible. Manuel, que había terminado su jornada, la observaba desde la silla de mimbre bajo el porche. Con la sospecha que solo un padre tiene, se acercó hacia ella y compartieron toalla, disfrutando de la misma vista.

—Si no te secas, te vas a resfriar, Larita—dijo.

La niña no contestó. Bajó la vista hasta las manos de su padre. Manos rudas, de hombre de campo. En su dedo corazón llevaba siempre una alianza, símbolo del matrimonio con su madre. Un anillo sencillo, liso, de oro, con el grabado de las iniciales de ambos. No se lo quitaba nunca. Manuel esperó lo suficiente, porque sabía que las personas que tienen algo que decir necesitan su tiempo, libran su propia lucha interior.

—Papá —pronunció con la voz entrecortada.

—¿Sí?

Lara dirigió toda su frustración contra las ramitas de césped que hacía trocitos con los dedos. Un miedo que no había experimentado hasta entonces le comía las tripas a punto de hacerla llorar. Cogió aire e intentó plantarle cara a su vacilación.

—Hoy Carla me ha besado.

Manuel no se inmutó.

—¿Te ha dado un beso? ¿Dónde?

—Aquí. —Se señaló la boca cabizbaja.

—¿Y? —Lara lo miró confusa—. ¿Te ha gustado?

La niña se encogió de hombros.

—Creo que sí.

—Pues ya está. No pasa nada, Lara. —La miró a los ojos—. No importa a quién beses si eso te hace feliz. Las personas aman a otras personas, ya sean hombres o mujeres. Cómo, por qué y en qué momento son las preguntas erróneas. No podemos responder por qué hemos nacido con el pelo rizado o con la piel llena de pecas, ¿verdad que no? —La niña negó con la cabeza—. Pues tampoco podemos explicar a quién decidimos amar. Sucede y punto. Y está bien, Lara.

—Pero mamá…

—Mamá y muchas otras personas no lo entenderán, pero tú tendrás un superpoder que la mayoría no tiene. Para ello, vas a vivir cosas, seguramente muy desagradables, cariño. Situaciones incómodas, mentiras, dolores de barriga, conversaciones que no quieres tener y explicaciones innecesarias. Problemas con los que ellos no tendrán que lidiar, pero todo eso te hará todavía más fuerte. Ese es tu superpoder, Lara. Serás más fuerte que todos ellos. Piensa en dos palillos chinos, ¿sabrías distinguir cuál es el tenedor y cuál es el cuchillo? —Lara volvió a negar—. Claro que no, porque no es importante. Da igual si es tenedor, cuchillo, hombre o mujer. Somos palillos chinos y todos servimos para amar.

Lara lo miró con ojos de súplica antes de formular la pregunta.

—¿Me guardarás el secreto?

Su padre la rodeó con el brazo como toda respuesta. Ambos contemplaron el cielo rojizo que perdía su fuerza y se ocultaba hasta un nuevo día. El abismo ante sus ojos. Ese que solo miran los que tienen que vivir vidas difíciles.

Encajando piezas

Lara tuvo que rechazar dos veces la cerveza a la que Javier quería invitarla. La acompañó a la puerta y volvió a despedirse. Reposó la vista en la fachada de la casa. Dani movía la mano con efusividad desde la ventana de su dormitorio. Lara hizo lo mismo. Observó que Javier había abierto el garaje con un mando de control remoto. Aprovechando que Chaqui se había parado a olisquear el bajo de una farola, siguió al hombre con la mirada. Javier sujetaba un trapo húmedo que deslizaba sobre la chapa de una Vespa gris. Lara alzó la ceja meditabunda. A la mente le vinieron las huellas de ciclomotor frente al frigorífico. Alguien había merodeado por la zona conduciendo una moto, y lo había hecho recientemente. De lo contrario, la erosión y las precipitaciones habrían borrado el rastro. Tampoco tenía por qué significar nada. «El pinar es público», pensó, intentando arrojar luz sobre sus cavilaciones. Cruzó la calle hasta su casa y liberó a Chaqui del arnés. Se sentó en el escalón que elevaba el porche del jardín y lo contempló correr por la hierba.

La maquinaria de su cerebro movía los engranajes buscando el sitio de cada detalle, encontrándole el sentido al orden de las piezas de un puzle que esperaban ser encajadas en el lugar correcto. Tenía la certeza de que la grieta reabierta en su alma al volver a casa tenía un fin. Hilvanó un razonamiento con otro: su madre ocultaba algo, puede que su hermana también, alguien husmeaba por la zona del frigorífico e Isabel, viva o muerta, necesitaba reunirse con su familia. La sensación de que las sospechas flotaban a su alrededor como globos aerostáticos crecía por momentos. Aún sentía la musculatura tensa bajo la ropa y las muñecas entumecidas por las bridas que le habían robado toda movilidad hacía unas horas. Olga había tomado una decisión determinante. Por segunda vez, su madre había actuado como una lunática, y todos habían aceptado mirar para otro lado, reducir la gravedad de sus actos y mantenerla en casa. Cuidarla y protegerla, en lugar de ingresarla. Lara tenía la impresión de que eran como la orquesta del Titanic, tocando canciones armoniosas y haciendo caso omiso a todas las evidencias de que el barco se hundía. Una cosa estaba clara: Olga era quien llevaba el timón y sobre ella pesarían las consecuencias de las malas decisiones, como ya le había ocurrido a Edward John Smith, tripulando un trasatlántico insumergible, al ordenar máxima velocidad con un avistamiento de iceberg en la mano.

Tras descartar entrar y tener que tropezarse con Herminia, decidió quedarse fuera un rato más. Chaqui se revolcaba eufórico en el césped. Quiso fotografiar las piruetas del perro y pulsó la cámara frontal por error. Quedó asqueada con su aspecto. Los pelos de paja le caían ondulados a ambos lados de la cara, víctimas de una humedad que azotaba a diario. Suspiró hondo y decidió poner fin al crimen que llevaba en la cabeza. Dejó a Chaqui en su dormitorio a regañadientes y montó en su viejo Citroën C3.

La N-340 era la carretera que más había recorrido de pequeña. Competía de forma inútil con la autovía de la Costa de la Luz, que la acompañaba en casi todo su trayecto de forma paralela. Al otro lado, un bosque bucólico y descuidado filtraba entre sus ramas haces luminosos. Era poco transitada por su firme en mal estado y por haberse convertido en una carretera secundaria. Lara intentó no prestar atención a su recorrido para evitar dejarse llevar por las pesadillas que la atormentaban. Sin embargo, su estómago no estaba para nada de acuerdo y le advirtió de sus intenciones rugiendo como un demonio.

Se desvió a la Venta Campano para comer algo. Se sentó en una de las mesas más alejadas de la terraza y aprovechó para fumarse un cigarro mientras le traían la comida. Miró a su alrededor. La clientela era masculina. Un ochenta por ciento camioneros, un veinte por ciento jubilados, sopesó. Un camarero de pelo plateado y abundante barba le dejó un variado de tapas sobre la mesa: ensaladilla rusa, croquetas de puchero y carne al toro. Comenzó a degustar la comida con ansiedad. No había platos en el mundo más típicos y necesarios en la dieta de Lara. Disfrutó cada bocado, ahogando el sabor en la fría cerveza de barril. Llamó la atención del camarero y preguntó por los postres.

—Arroz con leche, tocino de cielo, flan de huevo y tarta de la abuela —recitó de memoria.

—Tarta de la abuela —eligió ella sin dudar.

Al momento, regresó con una porción de tarta hecha de galletas mojadas en leche y chocolate. Simple y exquisito. Cuando estaba a punto de marcharse, Lara le habló de nuevo.

—Disculpe, ¿puedo hacerle una pregunta?

—Mi experiencia me dice que cuando alguien pregunta si puede preguntar es mala señal. —Dibujó un amago de sonrisa.

Lara lo tomó como un sí y le enseñó en su móvil una foto de su madre.

—¿Ha visto a esta mujer por aquí?

—Doña Herminia —dijo inmediatamente—. Claro que sí. Doña Herminia viene de vez en cuando a desayunar cuando se pone andarina.

—¿Andarina, dice?

—Sí, no he visto mujer más fuerte en los días de mi vida. Tiene unos gemelos de exposición. Coge la carretera y pam, pam, pam. —Imitó el sonido de pasos golpeando sus manos—. Se da una vuelta por el pinar y para aquí a repostar. —Se rio de su propio chiste y luego la miró inquieto—. ¿Quién lo pregunta?

—Soy su hija. Me tiene preocupada que pasee tanto. Se ha caído y anda con achaques de la edad. —Se mordió el labio fingiendo desasosiego.

—Anda, mujer. Que no anduviera sería preocupante, pero que ande, que ande, que eso es bueno para la circulación. Pero escucha. —Se acercó demasiado y bajó la voz—. Que hace dos o tres días estuvo aquí, así que achaques pocos. Yo creo que la mami lo que quiere son mimos de su niña. —Le miró la barriga—. Tenía entendido que estabas embarazada.

—Ah, no, esa es mi hermana, yo soy la menor.

—No sabía que doña Herminia tuviera dos hijas —añadió contrariado—. Bueno, pues encantado de conocerte…

—Lara.

—Encantado de conocerte, Lara. —Sonrió con ternura y se marchó satisfecho con la atención que prestaba al cliente.

Esto era nuevo. La afición senderista de Herminia ya la conocía, pero que ni siquiera contara la existencia de su segunda hija era inédito e incomprensible para Lara. Por primera vez, fue consciente de la hora. Hasta las cuatro no abría la peluquería. Pidió un café con leche para hacer tiempo. Tomó su móvil y tecleó en el buscador: «Prensa en biblioteca de Cádiz». Como ya había hurgado entre sus recuerdos y metido de lleno el dedo en la llaga, ansiaba recopilar toda la información para cubrir los parches que había puesto en los traumas de su infancia. Una vez sabidas las versiones de Emma, Carla y Catalina, la madre de las hermanas, supo que no tenía suficiente. La sed de verdad y una promesa imposible la hicieron navegar por el listado de prensa antigua perteneciente a la Biblioteca Pública Provincial de Cádiz. En él encontró infinidad de números de distintos periódicos que iban del año 1700 hasta la actualidad. Centró su búsqueda en el *Diario de Cádiz* y comprobó que existían varios ejemplares de estado dudoso del año 2006. Observó que el material no estaba sujeto a préstamo domiciliario y que los números que querían consultarse debían ser solicitados con, al menos, un día de antelación. Así que llamó al número de teléfono que facilitaba la web y concretó una cita para el día siguiente.

Continuó su camino y, tras unos minutos en coche, llegó a su destino. Por suerte, al ser la primera de la tarde, pudieron hacerle un hueco. La peluquería Antonio Ruiz había cambiado de ubicación y agrandado sus dimensiones. Le constaba que era la favorita de Olga. De estilo escandinavo, la decoración funcional y minimalista le produjo sensación de bienestar nada más entrar. Agradeció el lavado de cabeza. Con los ojos cerrados, disfrutó de aquel placer y llegó a la conclusión de que un requisito fundamental para dedicarse a la peluquería debía de ser tener las uñas largas. Oliendo a mascarilla para el pelo, pasó a las manos del joven y entusiasta peluquero que se había metido a todas las generaciones de mujeres en el bolsillo. No había otro como él en kilómetros a la redonda. Usó sus manos mágicas en el pelo ajado de Lara y lo convirtió en seda.

—¿Cerráis los martes? —preguntó.

—Cerramos domingos y lunes, pero los martes estamos abiertos mañana y tarde —contestó resuelto.

—Mi hermana es una cliente habitual, Olga se llama. Olga Ortiz —puntualizó—. ¿Hace mucho que no viene?

—Olga… —Pensó unos segundos—. Bastante, más de tres meses, diría yo. Dale un saludo de mi parte —añadió jovial.

Salió de allí siendo otra, sintiéndose especialmente guapa. Dichosa por darse mimos en un día tan duro como ese y con el foco de las sospechas apuntando hacia su hermana. ¿Por qué diría que la peluquería estaba cerrada? ¿Por qué mentir en algo tan insignificante? ¿Qué había detrás de la dulce y pausada Olga?

La biblioteca

Un túnel muy oscuro la hacía caminar en una única dirección, volviéndose más estrecho a cada paso que daba. El calor era insoportable. Sentía que le faltaba el aire. Por mucho que inspirara, no conseguía recoger todo el oxígeno que sus pulmones demandaban. El sudor era tan abundante que le caía sobre los párpados. Tenía los codos pegados al cuerpo. Se le clavaban. No podía moverse. Sintió sus costillas contraerse. Iba a explotar. Oyó el desagradable sonido y, entonces, despertó.

Cogió aire como si acabara de salir de una inmersión en mar abierto. Fijó la vista en el pestillo de su dormitorio, que seguía cerrado, y luego en el reloj de su mesita de noche. Eran las siete de la mañana. Se secó el sudor de la frente y esperó a que sus pulsaciones bajaran. Abrazó a Chaqui contra su pecho, que había subido a los pies de la cama en algún momento durante la noche. Enterró la nariz en sus rizos negros y aspiró el olor a la colonia de perro con la que lo rociaba. Ese día tampoco podría acompañarla y se sintió culpable por dejarlo solo en esa casa de locos. Locos de camisa de fuerza y locos por mirar a otro lado. Se regaló unos minutos así, solos Chaqui y ella, como antes. Al menos, habían pasado toda la tarde del día anterior juntos haciendo maratón de una de sus series favoritas. Al salir de la peluquería, había hecho una última parada para comprar provisiones en un McDonald's que le pillaba de paso. A hurtadillas, había subido hasta su dormitorio y se había encerrado hasta la noche.

Tampoco le apetecía ver a nadie en la mañana. Oía desde la cama conversaciones ininteligibles entre Herminia y Olga. Se perdía cosas continuamente. Momentos de tertulia, de acercamiento, de conocerse, de limar asperezas. Como un espectador ajeno a la trama, veía pasar las escenas entre madre e hija que vivían su hermana y Herminia. Cierta desazón la invadía, pero entonces volvía a abrumarle todo el daño, todo el dolor causado, y prefería seguir perdiéndose cosas. Asaltada por la urgencia de salir de esa casa, decidió que desayunaría fuera. Condujo hasta casa de Carla y esperó a que saliera. La tarde anterior le había pedido que la acompañara a Cádiz y esta había aceptado sin rodeos.

—Vaya —saludó mirándola de aquel modo suyo.

—¿Qué?

—¿Has ido a la peluquería?

Lara sonrió y alzó el mentón, segura de sí misma. Pararon a desayunar en la churrería El Pájaro. Comentaron los últimos acontecimientos ahogando churros en chocolate espeso. Carla puso el grito en el cielo y expresó su preocupación por que Lara viviera en esa casa con el mismísimo demonio. Y al final, como ocurre siempre en situaciones de máxima tensión, acabaron encontrándole el lado divertido.

—Esta noche lo mismo soy yo la que se cuela en su dormitorio y le reproduce una psicofonía —advirtió Lara.

—Ahora sí que tienes razones de sobra para no volver nunca, vaya. —Carla se puso la mano en la boca para reírse—. Lo de tu madre es alucinante, pero más serio es lo de Olga.

—Le recrimina a Lucas que está cegado con ella, pero Olga no piensa ni actúa como una persona normal. Está influenciada por el poder de mi madre.

—Espero que no tenga que arrepentirse. —Se quedaron calladas, borrando las sonrisas de sus caras—. Conozco a esa mujer. A la bruja —explicó Carla—. Se llama Teresa. Se quedó viuda muy joven y no tiene hijos. Se mudó a San Andrés unos meses después de que te marcharas a Sevilla. No habla con ningún vecino. Me consta que a veces no paga la comunidad y eso hace que esté enemistada con casi todo el barrio. A veces, viene gente a visitarla. Mujeres como tu madre, de la quinta. Supongo que vive de eso, de ofrecer sus servicios como bruja de magia blanca.

—De aprovecharse de la gente —puntualizó Lara tajante.

—Te sorprendería la de personas que tienen creencias paranormales. A diferencia de lo que piensas, esta tendencia no se le puede atribuir solo a la falta de formación o ignorancia de la persona. Alguna vez, todos, en mayor o menor medida hemos acercado posturas con las supersticiones. Cuando leemos el horóscopo o llevamos un amuleto a un examen, por ejemplo. Leí en algún sitio un artículo que explicaba que esto se debe a las relaciones causa-efecto. Contaba los resultados de un experimento en el que a los participantes se les mostraba un interruptor conectado a una bombilla que se encendía de forma aleatoria, independientemente de pulsar o no el botón. Sin embargo, la mayoría de la gente acabó convencida de que la luz se encendía cuando ellos pulsaban. Son los mismos que luego piensan «Esperanza Gracia tiene razón». —Lara contuvo una sonrisa—. Se descubrió que las personas con creencias paranormales pulsaban continuamente el interruptor, mientras que las no creyentes lo pulsaban menos. Por lo que estas llegaban a la conclusión de que la bombilla se encendía por puro azar, y las creyentes, al no detectar el patrón aleatorio, pensaban que la luz se encendía por efecto de ellas.

—O sea, que ellas mismas retroalimentaban sus creencias —intervino Lara.

—Tendemos a buscar información que corrobore nuestras creencias, exacto. Todos vemos lo que queremos ver.

—Ahora que lo dices, no solo he visto tendencia a las supersticiones en mi madre. —Hizo una pausa evocando el recuerdo—. El día que comí en casa de Catalina, la madre de Emma, en una pared del salón había un marco de fotos de toda la familia. También salía Isabel. Y sobre la parte superior colgaba una rama de laurel.

—Mi abuela secaba laurel en un crucifijo horrible del dormitorio. Llena el hogar de paz y prosperidad. —Hizo comillas con los dedos.

—Pamplinas.

Carla sonrió.

—No se trata de cuestionarse la funcionalidad del ritual; si el laurel es efectivo o no. Se trata de hasta dónde es capaz de llegar una persona guiada por sus creencias. —Realizó un gesto elocuente con las manos.

Lara se quedó pensativa unos segundos, procesando aquello.

—¿Por qué sabes tanto de todo esto?

—Ya te lo he dicho, lo leí. —Levantó las cejas de forma sugerente y le dio la espalda para pagar la cuenta en la barra.

Emprendieron el camino a Cádiz y, unos minutos más tarde, por obra de un dios divino, encontraron aparcamiento en la plaza de España. Cruzaron los jardines a paso distraído. El olor a sal, el ruido de su gente, los turistas en chanclas y el exceso de coches la tenían desorientada hasta que fijó la vista en un punto. Era imposible pasar por allí y no mirar el monumento conmemorativo de las Cortes de 1812, construido cien años después a los pies del puerto de la capital. A Lara le gustaba pensar que allí donde ella paseaba habían tenido lugar cientos de años atrás las guerras que hoy daban paz al país. Con ese pensamiento fluyendo en su cabeza, entró en la biblioteca, decorada con techos altos y arcos de medio punto. Lara se quedó boquiabierta. La inmensidad del lugar, sumada a la cantidad de libros, lo hacía impresionante a sus ojos. La bibliotecaria encargada de la prensa, que vestía prendas sobrias y apagadas que le echaban diez años más en su DNI, las condujo con paso obstinado a la tercera planta, a la que Lara llegó por las escaleras, evitando el ascensor. Las invitó a sentarse en unas sillas dispuestas en torno a una mesa moderna extensible y se marchó un segundo. Cuando volvió, llevaba consigo una caja de cartón.

—Tengan cuidado con el material, por favor, es muy sensible —las avisó antes de irse.

Las amigas se miraron. Lara volcó el contenido de la caja. Sobre la mesa se deslizaron varios periódicos envueltos en plástico protector. Aquello les llevaría un buen rato. Sin necesidad de hablarlo, Carla cogió uno y Lara otro. Inmediatamente, entendió el porqué de la funda protectora. Su aspecto tronado y deslucido daba repelús. Las páginas de papel reciclado tenían las esquinas dobladas. Daba la impresión de que por sus hojas habían pasado todas las manos del mundo. Lara emitió un largo suspiro y comenzó la búsqueda. Página a página, periódico a periódico, fueron comprobando dónde se hablaba de la desaparición de Isabel Díaz, recopilando titulares de interés y cualquier información nueva o esclarecedora. Leyó en diagonal las columnas que trataban el caso. Después de diez periódicos, la tarea se volvió peliaguda. La pequeñez de las letras hacía que se le cansara la vista. Perdió el enfoque. La calefacción de la biblioteca la obligó a deshacerse de la chaqueta de cuero negra que vestía y dejarla reposar en el respaldar de la silla. Miró de reojo a Carla. Leía concentrada, repasando con un dedo la curvatura de su barbilla. Se sorprendió contemplando el dibujo perfecto de sus facciones, que se apretaron de golpe.

—Creo que tengo algo —dijo acercándole el periódico a Lara—. «Encuentran uno de los guantes que vestía Isabel Díaz en el momento de la desaparición. La prenda fue hallada a las diez y cuarto del día de ayer en una cuneta de la N-340, carretera que une San Andrés Golf, barrio residencial de la niña, con el Pinar del Hierro y la Espartosa, a donde se cree que se dirigía. Catalina Roldán, madre de Isabel, confirma que su hija salió de casa el pasado 12 de diciembre con el guante que ha sido localizado por la Guardia Civil. Este descubrimiento hace que el cerco de búsqueda se estreche aún más y reaviva las esperanzas de la familia» —leyó.

—¿Qué fecha tiene? —preguntó Lara inquisitiva.

—16 de diciembre de 2006.

—Cuatro días después de la desaparición —pensó en voz alta.

—¿Te dijo Catalina que la Guardia Civil encontró un guante?

—No, no me dijo nada —respondió reparando en el detalle.

—¿Qué piensas? —quiso saber Carla.

—No lo sé. —Unió las palmas y apoyó los codos sobre la mesa componiendo un gesto intelectual—. ¿Quién te dice a ti que ese guante no lo pusieran ahí por alguna razón? Para desviar la atención y dirigir la búsqueda a un punto concreto.

—¿Crees que fue un señuelo?

—No lo sé —repitió—. Lo que sí sé es que no encontraron pruebas en las cámaras de seguridad de las gasolineras y que alguien sabía que íbamos por el pinar; no era descabellado pensar que Isabel fuera por esa carretera sola. Improbable sí, pero no imposible. Pudo aprovecharse de la información y montar una pista falsa.

—Que alguien supiese que íbamos por allí no tiene por qué estar relacionado. —Se encogió de hombros—. Y, de todas formas, mis padres sabían que íbamos al pinar, Catalina también. No era un secreto, Lara. Que tú no quisieses que tu madre se enterase no significa que el resto lo ocultáramos.

—Ya lo sé. Pudo ser cualquiera: el camarero de la Venta Campano, un coche que pasó por allí en ese momento o mi propio padre.

—¿Por qué dices eso? —preguntó Carla asombrada.

—Por lo que sé, él nos abandonó días después de aquello. Podría haberse ido con Isabel.

—No digas eso, Lara. Lo dices porque estás enfadada con él. Tu padre era un hombre maravilloso. —Lara no contestó—. ¿Por qué estás empeñada en que la desaparición de Isabel está trucada?

—No sé si está trucada o no. Lo que sí sé es que no puedo seguir corriendo un velo cada vez que encuentro algo que no me gusta. Solo quiero llegar hasta el fondo de todo esto. Por nosotras, por Isabel.

«Por Catalina», calló.

La expresión de Carla se dulcificó un segundo y luego cerró el periódico. Lara hizo lo mismo y cogió otro número. Intentó focalizar toda su atención en la lectura, pero su cabeza era un mar de dudas imposible de contener. A propósito de ello, le vino a la memoria un concepto que conoció de la boca de Ángel: *multitasking*, la capacidad de realizar dos o más tareas simultáneamente. Ángel decía que la calidad de las acciones depende en gran medida de la focalización que la persona es capaz de ejercer. Es consecuencia de las limitaciones de la atención que todos los accidentes ocurran cuando la persona coge el móvil para ver el último wasap. El conductor piensa que puede conducir y leer un mensaje, pero no es así, la atención se reparte, haciendo que el desempeño de ambas tareas empeore. Entonces, Lara se dio cuenta de que llevaba un minuto leyendo la misma oración sin enterarse de nada.

—Necesito un café, ¿quieres uno? —dijo con los ojos entornados por la falta de sueño.

Carla no contestó, se limitó a asentir sin levantar la vista del papel.

Lara bajó las escaleras hasta la planta baja y se dirigió a una tétrica máquina de bebidas que, dedujo, haría un café horroroso.

Con una fuerza débil e intermitente, el chorrillo fue vertiéndose sobre un vaso de plástico. Lara miró a su alrededor. Multitud de jóvenes estudiaban absortos algo que les debía de parecer interesantísimo mientras ella tenía problemas para, simplemente, mantener los ojos abiertos. Divisó a lo lejos a la bibliotecaria de ropa apagada, ocupando su lugar tras el mostrador. Hablaba en susurros con un motorista que ni siquiera se había quitado el casco. Solo pudo ver la parte trasera, que enseñaba los colmillos de un dragón rojo. Un pitido irritante la despertó del embrujo. El café estaba servido. Recogió los vasos y volvió a subir las tres plantas escalón a escalón. Cuando llegó a la sala donde se encontraba Carla, esta la miró con ojos vidriosos, fruto del cansancio o la conmoción. La agarró del brazo y la atrajo hasta la silla. Se sentaron frente a otro periódico que esta portaba ansiosa con las dos manos.

—Con fecha de 18 de diciembre de 2006 —dijo antes de empezar a leer—. «El testimonio que puede cambiarlo todo. La Guardia Civil recibió el día de ayer una llamada anónima. Un testigo ocular manifestó haber visto una paquetera blanca estacionada durante varias horas en la zona donde se estima desapareció Isabel Díaz, la joven chiclanera de doce años cuyo paradero es desconocido desde el 12 de este mes».

Lara dejó los endebles vasitos de café sobre la mesa, lo que hizo que el contenido se derramara un poco. Cogió los periódicos que seguían al que Carla acababa de leer. Con ímpetu, pasó las páginas hasta dar con lo que buscaba.

—Carla, escucha, del 19 de diciembre. «La UOPJ de la Guardia Civil investiga a un vecino del barrio chiclanero en el que residía Isabel Díaz con su familia, cuya matrícula de vehículo pertenece a la paquetera blanca que un testigo ocular situó en el supuesto lugar de la desaparición de la menor. Las siglas corresponden a JUF». —Lara contrajo la expresión de sus cejas—. ¿Recuerdas esto?

—Recuerdo muchísimo revuelo cuando todo ocurrió, pero no que culparan a nadie.

—Busca el periódico del día 20 —ordenó impaciente.

Carla revisó la montaña de papeles arrugados y sacó otro *Diario de Cádiz*. Lo abrió como si de un acordeón se tratase y posó un dedo acusador en un párrafo.

—«JUF fue entrevistado en el cuartel la tarde de ayer y apartado de la investigación. La Guardia Civil lo descarta como posible sospechoso».

—Investigaron a alguien de San Andrés —repitió Lara asimilando la información.

—JUF, pero no encontraron nada que lo relacionase. Tendría la paquetera aparcada allí y ya está.

—¿Y por qué el testigo que lo señaló no lo hizo la primera vez?

—¿Qué quieres decir?

—Aquí dice que la Guardia Civil recibió una llamada anónima días después de la desaparición y de los pertinentes interrogatorios a los vecinos. Puede que alguien quisiera culpar a nuestra persona X.

Carla aspiró hondo intentando infundir orden a sus ideas.

—A veces, cuando sucede algo traumático, las cosas no se recuerdan inmediatamente. Quizá no le diera mayor importancia en un principio.

—¿Y por qué daría la información de forma anónima?

—¿Para no quedar marcado?

—Puede ser. —Envolvió el vasito de plástico con sus manos para darse calor—. Estoy agotada —reconoció.

La risa inconfundible

Salieron de la biblioteca aturdidas por la luz blanca artificial. Fuera, la temperatura había descendido unos grados. Lara tuvo que ponerse la chaqueta de cuero de inmediato. La humedad se percibía en los aros difuminados que desprendían los focos automáticos de los coches. La lluvia se volvía más intensa a medida que se alejaban de Cádiz capital. El limpiaparabrisas esparcía las gotas en la luna produciendo un suave siseo adormecedor. Pararon a almorzar en San Fernando. Habían quedado con Emma en un restaurante de la calle Real. Latascona ofrecía comer en el interior o en la terraza. Decidieron lo segundo para que Lara pudiera fumar. Cuando iban por la segunda ronda de cervezas, distinguieron a Emma aproximándose entre los transeúntes.

—Mejor que Emma no lo sepa —dijo Carla—. ¿Para qué vamos a decirle dónde hemos estado?, ¿para remover y hacerle pasar un mal rato?

—Ella misma sacó el tema el otro día en el campo de golf. No te preocupes —contestó Lara disconforme.

Al momento, Emma se unió a la mesa. La hicieron partícipe de las últimas novedades: Herminia y la bruja, la visita a la biblioteca y el vecino mirón del telescopio.

—¿Sabías lo del guante? —preguntó Lara.

—Por supuesto que lo sabía. Fue lo único que encontraron. Un atisbo de esperanza para mis padres. Pero eso fue todo. Ni una prenda más ni una menos. Ni señales de neumático ni pista alguna —dijo compungida.

—Pero sí investigaron a alguien —añadió Lara—. JUF.

—Eso no llegó a nada.

Lara suspiró pesarosamente y continuó con sus sospechas:

—Hablando de neumáticos, ¿adivináis quién tiene una moto que podría encajar con las huellas que vi alrededor del frigorífico? Mi vecino Javier.

—Sí, y todas las personas del mundo que tengan moto —soltó Carla risueña.

—Bueno, sí —aceptó Lara—. Pero él me quiso invitar a una cerveza.

—Vaya —se sorprendió Emma.

—Pero es su hermano quien tiene unas vistas privilegiadas de mi casa desde su dormitorio.

—¿Y eso? —quiso saber Carla.

—Resulta que le encanta la astronomía, tiene un telescopio en la ventana y no hace otra cosa que mirar. Supongo que como mi casa está enfrente es inevitable. Se llama Dani, es un chico con síndrome de Down, de nuestra edad aproximadamente. ¿Lo habéis visto por San Andrés?

—Ah, Dani —dijo Carla—. Sí, vive desde siempre allí. A Javier lo habré visto un par de veces si acaso. No salen mucho. No se los ve.

—Sí, eso me dijo.

—¿Su hermano tiene el labio leporino? —preguntó Emma.

—Sí.

—Dani es uno de los alumnos del centro de educación especial donde trabajo. Lo veo casi a diario. No falta nunca. Ha vivido con su padre toda la vida.

—Bartolo —apuntó Lara—. Trabajaba a veces con mi padre en la huerta.

—Sí. Era un hombre chapado a la antigua. Tenía al chiquillo encerrado en casa como si fuera a romperse, pero estaba muy implicado en su educación. El año pasado se murió de un ictus y apareció en el centro Javier, su hermano. No sabíamos de su existencia hasta entonces. Es cierto que no tenemos que saber cuántos miembros tiene una familia, pero es algo que se suele comentar. Los padres hablan del entorno familiar, de las relaciones, del clima que hay en casa, de la autonomía que tienen sus hijos en el barrio... O, si no, nos enteramos por ellos mismos. Lo cuentan todo. Todas las intimidades las sueltan como si nada, sin filtro, pero Dani nunca ha sido muy hablador.

—A mí me pareció simpático —admitió Lara.

—Sí, por supuesto, se relaciona bien, pero no suelta prenda. —Se encogió de hombros—. No es como los demás.

—¿Es más retraído? —preguntó Carla.

—A ver, aunque hay que tener en cuenta las diferencias individuales, en el ámbito socioemocional, las personas con síndrome de Down suelen presentar necesidades relacionadas con la adquisición de habilidades sociales que les permitan desenvolverse en su día a día. —Paró de hablar para dar un sorbo de cerveza—. La importancia del entorno está más que argumentada. Es necesario crear entornos saludables que proporcionen oportunidades para que pueda darse un desarrollo integral.

—Bla, bla, bla —se mofó Lara.

—Ya sabemos que tienes un máster, Emma —dijo Carla sin poder contener la risa—. Ahora dilo para todos los públicos.

—Lo que quiero decir es que es fundamental el papel que desempeña la familia, en este caso, Javier, en la vida de Dani. Lo pasó muy mal a raíz de lo de su padre. Tiene que habituarse a convivir con otra figura paternal.

—Pobre —se lamentó Carla.

—Yo no sé de necesidades ni de entornos saludables, pero el polvo que vi en esa casa necesita ser limpiado para que vivir allí sea sano —añadió Lara causando las risas de sus amigas.

—¿Y Javier? —preguntó Carla—. ¿Cómo es?

—Un cuarentón solitario. Vivió en San Andrés un tiempo, me dijo que se fue a trabajar fuera a los veintitantos, por la crisis y todo eso. Pero, claro, a raíz de la muerte de su padre tuvo que volver a cuidar de Dani —explicó Emma—. Aunque, ya te digo, no teníamos ni idea de que Dani tuviera un hermano. Tampoco recuerdo verlo por San Andrés, pero si salían tan poco como ahora... ¿Lo recuerdas tú, Lara?

—Apenas veía a Dani. Puede que sí viera a Javier. No lo sé. —Se encogió de hombros.

—Entonces, a ver, ¿un cuarentón solitario de labio leporino te invitó a una cerveza? —inquirió Carla.

—A dos. —Vaciló.

—Un momento —pidió Emma con el rostro torcido—. ¿Cuáles dices que eran las siglas del sospechoso?

—JUF.

Emma estrujó sus facciones y tragó el nudo que se le había formado en la garganta para poder hablar:

—Los apellidos de Dani son Utrera Fernández.

—Javier Utrera Fernández —hiló Lara—. ¡Entonces es él! Lo investigaron.

—Quedó descartado como sospechoso —dijo Carla—. El único sospechoso del caso, de hecho.

—¿No es mucha casualidad? Vive en San Andrés, encuentran su vehículo en la supuesta zona donde desapareció Isabel, lo investigan, se marcha del país y vuelve años después.

—Eso no prueba nada. La Guardia Civil hizo su trabajo y lo dejaron libre. Como dices, San Andrés es muy pequeño, con esas siglas expuestas públicamente cualquiera pudo haber dado con el nombre igual que nosotras. Si albergaba una pequeña duda, la gente puede llegar a ser muy cruel. Pudo haberse ido por esa razón —opinó Carla.

—Creo que ser misterioso no te convierte en un secuestrador de menores —dijo Emma dando por finalizada la conversación.

Degustaron un arroz con carabineros que causó un silencio sepulcral en la mesa. Todo era comer y disfrutar del manjar. Después de la quinta cerveza y de pagar la cuenta, Lara sintió la urgencia de ir al servicio. Notó el contraste de calor al entrar en el restaurante y le volvió a sobrar la chaqueta, que sin embargo se dejó puesta. Cruzó el largo pasillo con la mirada perdida en el fondo. Rebuscó en su bolso un pañuelo, previendo que no hubiera papel higiénico. Al subir la vista, se quedó mirando a una pareja que ocupaba la última mesa. El perfil de la mujer le fue extrañamente familiar. Tenía el pelo recogido en un elegante moño que dejaba caer dos mechones de forma sensual a cada lado de su cara. El exceso de colorete le encendía las mejillas. Tenía los labios pintados de rosa claro. Inclinaba su esbelta figura hacia delante, enfrascada en la retahíla de su acompañante, un hombre atractivo de unos treinta y tantos que hablaba distraído. Se dieron un beso del que él se retiró mordiéndole el labio inferior. Bebían vino y comían ajenos al resto del mundo. Era una cita. Lara iba a retirar la mirada cuando ella rio. Una carcajada sincera y con ganas. La risa inconfundible de Olga. A trompicones, se encerró en el cuarto de baño. El corazón iba a salírsele del pecho. No podía ser. ¿Qué sentido tendría eso? Nerviosa, se pasó las manos por la cabeza. El espejo le devolvió el reflejo de una mujer histérica que sudaba bajo la chaqueta. Se echó agua en la cara y salió de nuevo. Sin volverse lo más mínimo, desanduvo el camino con pasos presurosos y llegó a la terraza con la respiración entrecortada. Su cara de espanto hizo saltar las alarmas.

—¿Qué te pasa, Lara? —preguntó Emma.

La chica se tomó un momento para acompasar el aire que entraba en sus pulmones.

—Creo que he encontrado el motivo de las mentiras de mi hermana. La razón de sus paseos, de que nunca esté en casa. —Dudó en cómo decirlo y sin quererlo creó expectación—. Está ahí dentro con un hombre. Comiendo. Se han besado.

—¿Qué dices? ¿Estás cien por cien segura? —Carla se alarmó.

—Los he visto.

—Joder con Olga, le pone los cuernos a Lucas esperando un hijo suyo.

—Baja la voz —musitó Lara sin dejar de temblar.

—Pero bueno, tranquilízate, que no ha matado a nadie.

Emma le cogió la mano, y Lara se soltó al instante.

—No es solo eso. —La angustia le rompió la voz—. No tiene barriga.

—¿Qué estás diciendo?

—No tiene barriga. Está delgada, como si se la hubieran vaciado o...

—Como si no estuviera embarazada —terminó Emma.

El amor de una madre

Lara trastabilló con el bordillo de la acera, agazapada tras un coche. En compañía de sus amigas, asomaba su cabecita por encima del capó delantero mientras escudriñaba con la mirada la estampa. Su hermana y aquel desconocido que la hacía reír a carcajadas caminaban uno al lado del otro, tan cerca como para rozarse los dedos con el balanceo de los brazos y tan lejos como para no levantar sospechas en caso de cruzarse con alguien conocido. San Fernando no dejaba de ser un pueblo colindante con Chiclana. Quedar con otro hombre a apenas veinte kilómetros del lecho conyugal suponía mucho riesgo y muchas ganas. Lara pensó que Olga llevaría bastante tiempo quedando con su amante. Solo entonces se explicaría esa falta de cuidado y disimulo.

Observó que su cara desprendía un brillo diferente, una luz especial. Sus ojos, vivos y distraídos, caían ligeramente hacia fuera a consecuencia de la sonrisa de idiota que le adornaba la cara. La pareja se detuvo frente a una moto espectacular; una Harley Davidson de tonos rojos y gris metalizado que exhibía su motor de manera altanera. Se quedaron uno frente al otro unos segundos, endulzándose los oídos un poco más. Entonces, Olga dejó caer su delgado cuerpo hacia delante, él la envolvió en sus brazos y se dieron un beso de película. Lara no bajó la vista ni un segundo, presa de la telenovela venezolana que se estaba reproduciendo ante sus narices. Olga separó los labios con cuidado y se colocó los mechones que le colgaban del recogido detrás de las orejas con un movimiento coqueto y femenino. Luego, se protegieron con cascos modulares de la marca SRV. Lara la conocía. Hacían diseños selectos y personalizados. Él llevaba el dibujo de un pato maquiavélico, y ella un modelo de figuras abstractas. No pudo evitar sentirse impresionada. Aquel tipo desprendía un aura pretenciosa, cuidaba cada detalle. Bajaron las viseras de plástico opaco y con una estridente cilindrada despejaron la zona. Lara dejó caer su peso y se quedó sentada en la acera. Aún le temblaban las manos. Carla la estudiaba con rostro circunspecto. Emma continuaba mirando en la dirección en la que se habían ido.

—No entiendo por qué si ella es la que ha sido descubierta, tengo el corazón a punto de explotar —dijo con una sonrisa nerviosa, la de las situaciones incómodas—. No me di cuenta cuando la bruja la amenazó, no me di cuenta… —Carla la miró desconcertada—. Ayer, cuando Olga interrumpió la pantomima que Herminia y Teresa estaban haciéndome en el dormitorio, esta la miró. Le hizo un escáner con los ojos y se detuvo en su barriga. Le dijo algo que entonces no entendí. No recuerdo las palabras exactas, pero le vino a decir que era ella la que se aprovechaba de las personas.

Emma devolvió su atención a la conversación.

—Esto es muy fuerte. Habéis celebrado una americanada de esas para revelar el sexo del bebé. Un bebé que no existe. —Se puso la mano en la boca consciente de lo que acababa de decir.

—No lo entiendo. ¿Por qué haría algo así Olga? —preguntó Carla.

—¿Y cómo se finge un embarazo, por Dios? —siguió Emma.

—Necesito hacer una llamada, pero no aquí.

Lara echó una mirada repentina a la calle Real y se montó en su coche. Una media hora después, se encontraba aparcada en su calle con la mirada perdida en un punto entre la valla de su casa y la acera. El matrimonio perfecto, la relación ideal que la hacía vomitar, el mejor equipo en la cocina. Todo era una farsa. Su recatada hermana, la hija ejemplar, la esposa excelente, tenía un amante y una barriga falsa. No amaba a Lucas. Aquel hombre apegado a la familia, aquel niño muerto de miedo que llevaba toda una vida a su lado vanagloriando todo lo que hacía y a los pies de Herminia vivía una mentira. La misma que había descubierto Lara. Se apretó las sienes con las manos y aguardó un momento con los ojos cerrados. Esa jaqueca terminaría por matarla a latigazos. Necesitaba dormir, poner los pensamientos en off o, al menos, reordenarlos. Tomó su móvil y habló con quien mejor se entendía. Una voz masculina le contestó al otro lado de la línea.

—Buenas tardes, Ángel —saludó Lara titubeando—. ¿Te pillo en buen momento?

—Ando con prisas. Tengo una sesión con un paciente a primera hora de la tarde.

Lara oyó cómo entraba en el coche y activaba el manos libres.

—Solo te robaré un poco de tiempo.

—De acuerdo, Lara. ¿Qué tal todo por allí? ¿Qué tal tu madre?

Toda la información acontecida en los últimos días se arremolinó en su cabeza. Hizo un resumen poco detallado.

—Bien, bueno, esperando que le hagan efecto los antipsicóticos. No se los ha estado tomando como debiera. Pero ese no es el motivo de la llamada.

—Te noto nerviosa —dijo tan observador como siempre.

—He descubierto algo que, de saberse, tendría mucha repercusión en mi casa. No puedo quedarme callada y mirar para otro lado. Estoy nerviosa porque no lo esperaba en absoluto, no de esa persona al menos. Se trata de mi hermana.

—Lara, antes de que me cuentes nada, debes saber que no encontrarás los motivos que buscas. No intentes comprender la razón que lleva a una persona a hacer algo. No sin antes haber vivido lo mismo que ella, en su propia piel, en sus zapatos —respondió Ángel con parsimonia, como si todo lo que dijera fuera obvio—. Pretender entender por qué una persona hace lo que hace sin estar en su cabeza es ilógico. Sería querer conocer el mundo, la sociedad en la que vivimos y sus reglas, sin tener ni idea de las vicisitudes históricas que nos han llevado a ella. Sus guerras, sus desastres naturales, su hambruna, sus cambios climáticos y sus hecatombes. ¿Me permites un inciso? —Carraspeó—. ¿Qué pensaría el mundo entero si no conocieran que Helena de Esparta fue raptada y dio pie a toda una guerra mundialmente conocida entre Grecia y Troya?

Lara dudó unos segundos. Ángel siempre acostumbraba a ponerla a prueba con acertijos que daban lugar a pensamientos más profundos.

—Que los griegos atacaron Troya para obtener el dominio de los mares de la región.

—Exacto, pensarían que fue por interés político, pero Homero nos contó en un poema que uno de los príncipes troyanos, Paris, raptó a Helena, lo que desencadenó uno de los conflictos bélicos más veces representado en libros y películas. Sin embargo, si no tuviéramos esta perspectiva, si desconociéramos estos datos y entráramos en una sala de cine en mitad de la película, nos habríamos saltado la parte del rapto.

»Podemos procurar comprender qué sucede a partir del momento en el que entramos en la sala, pero jamás tendremos la seguridad de conocer la historia completa. Puede que incluso la clave que desencadena todo esté precisamente en esa parte que no vimos.

—Pero es imposible que conozcamos todos los pasos que da alguien a lo largo de su ciclo vital hasta llegar a ser la persona que es —replicó.

—Claro que es imposible, ¿a qué te suena esto?

—A los diferentes yos de Heráclito —aseveró atando cabos en su cabeza.

—Ahí está la clave, Lara, la razón de sus actuaciones. Nunca podrás entenderlo a menos que lo hagas desde la perspectiva del tiempo, de la evolución. —Oyó cómo el coche se detenía y Ángel se volvía a acercar el teléfono a la oreja—. Tu hermana ya no es la persona que conocías. Han pasado catorce años. No esperes encontrar a la niña que dejaste en casa.

Lara se mordió el labio pensativa.

—Está cegada con mi madre.

Ángel sonrió al otro lado.

—Tú misma has hecho referencia en numerosas ocasiones a la presión que ejerce Herminia sobre las personas de su alrededor, y en especial en tu hermana, que siempre fue más sumisa que tú. Desconozco los motivos que la mueven a hacer lo que hace, pero conozco lo que alguien puede hacer por buscar amor en otro.

Reconoció las palabras como propias. Visualizó a su hermana con trece años lloriqueando por haberse manchado el vestido, la vio jugando a las casitas con Lucas, besando a otro hombre en un restaurante, siendo la reina de la fiesta de los bebés, en el salón negando el problema de Herminia y la vio haciendo lo inimaginable por ella.

—El amor de una madre mueve personas, Lara —dijo Ángel leyéndole la mente.

—Estoy de acuerdo —concedió—. Puede que Olga no sea la persona que aparenta ser. No está tan enamorada de mi cuñado como nos hace creer y… —Razonó cómo explicarlo—. Creo que igual no quiere ser madre.

—A lo mejor no hay que preguntarse por qué hace lo que hace, sino más bien por quién. —Dejó la frase en el aire.

—¿Cómo podría querer tener un hijo por complacer a Lucas si se ve con otro hombre?

Ángel se quedó en silencio un momento.

—¿Y si no lo hiciera por Lucas? ¿Y si lo hiciera por ella misma? Por salvar su matrimonio, por recibir atenciones y cuidados, por ser el centro de las miradas… Se me ocurren mil cosas. Quiero decir, no des nada por sentado. Que tu primer pensamiento haya sido que lo haga por su marido no quiere decir que sea así. Ella no piensa en absoluto como tú, con lo cual pueden moverla otras razones que ni te has planteado. No lo sabemos, nos faltaría conocer el recorrido vital completo de Olga. ¿Por qué simplemente no me cuelgas y hablas con ella?

Lara asintió, considerando la idea.

—Lo haré. Muchas gracias, Ángel. Siento haberte molestado.

—No es molestia. Cuídate, Lara.

Tenía que hablar con ella. Sabía que tenía que hacerlo. Ángel solo le daba el empujoncito que necesitaba para hacer las cosas que le daban pereza. No le apetecía para nada volver a sentarse frente a su hermana a hablar temas serios, descubrir mentiras y destapar vidas maravillosas que en absoluto lo eran. Hurgó en uno de los bolsillos interiores de su bolso y sacó una aspirina, que tragó con saliva. Por inercia, miró la casa de Javier. Inclinó su cuerpo hacia delante desde el asiento del coche para ver si Dani estaba en su ventana. La cortina lucía corrida sin dejar ver el interior del hogar. Barajó un segundo sus opciones torciendo el labio. Comprobó el estado de sus ojeras en el espejo retrovisor. Se sentía peor de lo que estas reflejaban. El tono azulado aún podía volverse violeta. Sin dudarlo más, salió del coche y fue a parar al portal de su vecino. Golpeó los nudillos contra la dura madera con la autoridad de quien sabe que será recibido. Oyó pasos acercándose; pesados y torpes, una tos grave al otro lado, el chirreo de los engranajes de la puerta y la cara de un sorprendido Javier.

—Vaya, vaya… Tú por aquí otra vez. ¿A qué debo el placer? —dijo con fingida cortesía.

Lara compuso algo similar a una sonrisa.

—Creo que aceptaré esa cerveza.

Javier pareció satisfecho, simuló una elegante reverencia y dejó pasar a su invitada.

La cerveza más fría

Lara pensó en lo absurdas que se verían Carla, Emma y ella misma escondidas detrás de un coche, espiando cómo Olga se despedía de otro hombre. La escena le pareció ridícula y divertida a partes iguales. Sonrió al recordarlo y su gesto captó la atención de Javier, que la miraba sin reparo.

—¿Qué te hace tanta gracia?

Las palabras la hicieron aterrizar. La cantidad de adornos en repisas, mesas y estantes le pareció, de nuevo, abrumadora. La casa de Javier bien parecía un museo de pequeñas y valiosas antigüedades. Percibió sobre la mesa una cobertura de polvo que la recorría de principio a fin. Fingió acomodarse en el sofá, ignorando cualquier escrúpulo.

—Oh, nada —dijo sorprendida—. He recordado algo… No importa.

Él la observaba con interés. Puso sobre la mesa del salón dos botellines de cerveza Cruzcampo y un plato de frutos secos, que no pensaba tocar.

—No voy a negar que me ha sorprendido verte en mi puerta.

—A mí también, pero he pensado ¿por qué no? —Alzó la cerveza en señal de brindis. Él hizo lo mismo—. ¿Y Dani? ¿Está en casa?

—Está en su habitación, absorto en uno de sus libros. No nos molestará.

La intención de sus palabras la desconcertó. Se aclaró la garganta.

—Cuéntame sobre ti. ¿Qué hacías antes de venir a parar aquí?

—Podría preguntarte lo mismo —dijo dando un sorbo de su cerveza.

Los ojos oscuros de Javier apenas pestañeaban. A Lara le pareció que no quería perderse ni un solo detalle de aquella conversación y que para recibir tendría que dar. No se dejó intimidar.

—Me fui a Sevilla siendo una adolescente. He estado viviendo allí, trabajando como redactora de contenidos.

Javier frunció el ceño.

—¿Y eso en qué consiste?

Lara se arrepintió de inmediato de la mentira. Nadie preguntaba cuando decía que era seguridad de un museo. Debería haber dicho eso. Ahora tendría que dar explicaciones.

—Existen diversas webs donde te inscribes como redactor y diferentes empresas solicitan tus servicios para que escribas sobre un tema determinado. Cobras por palabra. No se gana mucho, pero… —Se encogió de hombros—. Al menos hago lo que me gusta.

—¿Que es…?

—Escribir. Quiero ser escritora. Lo he sabido no hace mucho, de hecho.

Lara retorció una comisura. Si había trabajado como redactora durante años, no tenía sentido que hubiera descubierto hace poco lo mucho que le gustaba escribir. Sus mentiras tenían las patas muy cortas. Javier, sin embargo, sonrió.

—Me parece interesante que escribas sobre lo que quieras y no sobre lo que otros te manden.

En esa ocasión, no pudo estar más de acuerdo. Asintió.

—¿A qué te dedicas tú? —preguntó.

—Trabajo en una inmobiliaria de la Barrosa.

—Pero no siempre has trabajado en eso —añadió cortante—. Quiero decir, me dijiste que llevabas aquí un año. ¿Dónde estabas antes?

Javier se tomó un tiempo para contestar. Tiró del papel que rodeaba el botellín haciendo una bolita y jugó con él entre sus dedos.

—En Reino Unido. Fabricando prótesis —aclaró.

—Me comentaste que te fuiste por la crisis económica.

Él alzó la vista y la atravesó con sus ojos negros de felino. Lara se revolvió en su asiento.

—Me fui porque la situación así lo requería —dijo sin más—. Pero, sin duda, mi vida es mucho más aburrida que la tuya. Por favor, ilumíname, ¿sobre qué te gustaría escribir?

Lara reparó en que su interlocutor no se sentía nada cómodo hablando de sí mismo. Tuvo que poner en marcha otra estrategia.

—Sobre mi infancia. Cómo era Chiclana entonces, San Andrés, mi familia… —Hizo una pausa para beber y recargar fuerzas—. No sé si sabes que en 2006 desapareció una chica del barrio. —Observó su reacción. Javier no mostró ni la más mínima emoción—. Era mi amiga. Me gustaría narrar los hechos, cómo lo viví, cómo sufre un acontecimiento de esa magnitud una preadolescente. Por aquel entonces, tú aún vivirías aquí. —Detuvo su monólogo esperando una respuesta que no se dio—. Mi intención es plasmar el suceso en papel. Cualquier ayuda, cualquier recuerdo puede serme de utilidad.

—No recuerdo mucho de aquella época, lo siento, no puedo ayudarte.

—Pero vivías aquí, ¿verdad?

Javier dibujó una sonrisa burlona.

—¿Estás ejerciendo conmigo ese periodismo de investigación tan incisivo de la tele?

—Solo intento reordenar datos de interés.

Adoptó una mueca que Lara no supo interpretar, calibrando quizá sus opciones, y luego su rostro se relajó.

—Mi madre murió en el parto de Dani. Yo tenía trece años. Fue un mazazo para mí, pero sobre todo para mi padre. —Dejó caer sus ojos de gato en el botellín—. Era un hombre de otra época. De los que se pasan el día trabajando fuera y cuando llegan a casa se tumban en el sofá con un plato delante. No sabía ni freír un huevo. Cuando aquello pasó, tuvo que aprender todo. Se vio solo en una casa enorme con un adolescente y un recién nacido. Desde bien pequeño lo ayudaba en la huerta. Aprendí a trabajar en el campo en lugar de estar jugando. Luego sucedió lo de esa chica, Isabel.

Lara sintió un pellizco en el estómago. Había dicho su nombre. Estaba segura de no haberlo mencionado antes. Javier se rascó la garganta con un sonido peculiar. Fue un acto inconsciente, pero Lara supo que había perdido el temple en su discurso.

—El pánico se palpaba en el ambiente. Los padres acompañaban a sus hijos a la escuela de la mano. Si antes mis posibilidades de salir de casa eran pocas, entonces fueron mínimas. No podía perdernos a nosotros también, así que no nos dejaba salir. Dani iba del colegio a casa y de casa al colegio. Fueron tiempos complicados. No estudié nada y me dediqué en cuerpo y alma al campo. —Se le resquebrajó la voz—. Yo no quería esa vida. No me la merecía. Tenía veintiocho cuando empaqué todo y me fui sin mirar atrás.

—A veces, se necesita algo de distancia para desprenderse de lo que nos daña —dijo Lara mostrando empatía deliberadamente.

—La muerte de mi padre fue tan repentina que, en cuanto me avisaron, tuve que regresar. Dani es autónomo para algunas cosas, ¿sabes? Pero necesita la supervisión constante de un adulto. No quería internarlo en un centro día y noche, así que aquí estoy. ¿Quieres otra? —Alzó la cerveza.

—Claro —aceptó Lara.

Al cabo de unos minutos, Javier regresó con cuatro botellines más.

—Provisiones —dijo sonriendo—. Supongo que tu vuelta tiene que ver con el accidente de tu madre.

Lara maldijo los correveidiles, los chismes del barrio.

—Sí. Tuvo un percance. Cómo vuela la información… Había olvidado lo discretos que somos por aquí —ironizó.

Él rio.

—Eres divertida sin pretenderlo. Me gusta. —Su tono no admitía duda—. ¿Está ya mejor? Tu madre —precisó.

Lara pensó la respuesta.

—Sí, está mejor.

—Si viniste por ella y está bien, ¿por qué sigues aquí?

—Supongo que quiero asegurarme.

Javier bebió de la cerveza sin levantar la vista de su interlocutora. Unos pasos torpes la salvaron del polígrafo al que estaba siendo sometida. Dani pareció sorprendido al verla. Se acercó entusiasmado y le dio un beso en la mejilla.

—Hola, Lara —saludó eufórico.

—¿Qué tal, Dani?

—Tengo hambre.

Javier se levantó del sillón y le puso una mano en el hombro.

—¿Por qué no le enseñas a Lara cómo haces una tortilla a la francesa? —sugirió guiñándole un ojo a la chica.

—¡Sí!

—Acompáñanos, Lara —la invitó.

Entraron en la cocina, una de las estancias más antiguas de la casa por lo que Lara pudo apreciar. La placa de gas tenía solo dos fogones. Un pequeño frigorífico ocupaba una de las esquinas. La encimera de mármol llegaba hasta la entrada. Las paredes estaban cubiertas por muebles de madera y en el suelo identificó al menos cuatro garrafas de agua. Javier se acercó a uno de los estantes y sacó un bol. Luego, cogió un huevo del frigorífico y una loncha de queso.

—Deja que lo haga él, pero recuérdale los pasos —susurró al pasar por su lado.

Lara obedeció. Se puso al lado de Dani, que cogió con premura el huevo.

—Un golpe rápido y no muy fuerte, Dani —advirtió Javier observándolo desde atrás.

Dani sopesó sus palabras e hizo varios amagos antes de golpear el huevo contra la encimera. El golpe fue tan extremo que la cáscara se partió en dos. La clara se derramó. Lara la recogió lo más rápido que pudo vertiéndola en el bol. Dani reía.

—Soy el increíble Hulk.

—Hazlo como sabes, que Lara te está mirando —lo riñó Javier.

El chico se puso serio y apretó las cejas.

—Ahora coge el tenedor y bate el huevo —dijo Lara.

Dani lo hizo con movimientos torpes y arrítmicos.

—Echa un poco de sal.

Cogió el bote indicado y lo zarandeó hasta que vio caer la suficiente.

—Y ahora un poco de aceite en una sartén.

Javier le acercó una sartén y se la entregó.

—Solo una gotita, Dani —insistió el hombre por precaución—. Ayúdale —añadió encendiendo el fuego.

Lara cogió la botella de aceite por encima de las manos de Dani y, entre los dos, vertieron una gota en la sartén.

—Echa el huevo batido —relató Lara observando a un obediente Dani, que hacía muecas imposibles del esfuerzo—. Muy bien.

Aplaudió ilusionado.

—¿Quieres ver mi colección de películas?

—No has acabado, Dani. No puedes dejar el fuego encendido e irte —lo reprendió Javier.

—Es verdad, es verdad, el fuego encendido —repitió entre dientes afligido.

—Coge una pala de madera —advirtió Lara al ver que la tortilla se hacía rápido.

Dani miró la infinidad de instrumentos que reposaban en un jarrón de cerámica.

—Esta —lo aconsejó.

El chico cogió la pala. Lara volvió a poner sus manos sobre las suyas guiándolo en el movimiento.

—Le damos así a los bordes para evitar que se pegue y ahora… —Le dio la vuelta a la tortilla—. Esperamos a que se haga por el otro lado.

—Es momento de echarle el queso —intervino Javier.

Dani abrió con dificultad el envoltorio y echó la loncha encima de la mezcla. Luego, dobló la tortilla con ayuda de Lara y la sacó en un plato.

—Anda, estás hecho todo un cocinitas —afirmó ella sonriendo.

—También sé hacer bizcocho —añadió con orgullo.

—En otra ocasión, Dani. Coge una servilleta, un tenedor y agua, y come en la mesa tranquilo —le dijo su hermano con cariño.

Ambos observaron cómo Dani se marchaba con el plato. Cuando este hubo terminado, volvieron al salón y a las cervezas.

—Dúchate y espérame en tu cuarto —indicó Javier mirando por el hueco de la escalera.

—Es un encanto —concedió Lara.

—Lo es. ¿Entiendes ahora por qué tuve que volverme de Inglaterra?

Lara asintió, balanceando el botellín vacío.

—Eres una muy buena rival bebiendo —aseveró.

—No sé cómo tomarme eso.

—Tómatelo como un cumplido —dijo pícaro.

—Voy yo a por la siguiente ronda.

—Ya conoces el camino. Coge las más frías.

Lara sacó del frigorífico los dos botellines más helados que encontró. Abrió los tapones y volvió a mirar al salón. Javier tenía la mirada perdida en algún punto de la ventana. No volvería a tener una ocasión como esa. Sacó del bolsillo de la chaqueta, que no se había quitado a propósito, la caja de sedantes de Herminia. Comprobó que el pulso le temblaba. «Tranquilízate», se dijo. Si Herminia y Teresa habían conseguido dormirla, ella también podría noquear a aquel hombre. Cogió un par de pastillas. Mejor tres. Con un rodillo que encontró en la encimera, las golpeó, tosiendo a la vez.

—¿Las encuentras? —Javier alzó la voz.

—Voy a dar con la más fría para ti —gritó Lara sin perder el foco de lo que estaba haciendo.

Recogió el polvillo y lo echó por la corona de la botella con prisa. Balanceó el vidrio y volvió a guardarse la caja de pastillas en el bolsillo.

—¿Todo bien? —inquirió Javier a su lado mirando por encima de su hombro.

Dio un respingo.

—Aquí tienes. —Le entregó el botellín—. La cerveza más fría.

Malas lenguas

Lara se inclinó y agitó su mano delante de la cara de Javier para comprobar que se había dormido. Respiraba relajado. Había dejado caer su cabeza contra el respaldar del sillón, perdiendo toda energía. Tenía la boca entreabierta y los párpados cerrados. Lara le retiró el botellín de cerveza vacío que agarraba entre sus dedos y lo dejó sobre la mesa baja del salón. Sobre esta se acumulaban ya más de diez botellas. El volumen de su conversación había ido decayendo a medida que hablaba, como si las palabras pesaran en su boca. Los ojos habían empezado a pestañearle en exceso, refulgentes, soportando una carga insufrible. Y sus brazos, pesados como el cobre, se habían vuelto lánguidos y torpes.

—La cerveza ya no me sienta como antes. He de confesar que hacía tiempo que no bebía tanto. Voy a descansar la vista un segundo —había dicho momentos antes de desfallecer.

Entonces, el caudal de su voz se había apagado por completo, vencido por los sedantes en polvo que Lara había echado en su cerveza. Chasqueó los dedos junto a su oído para estar del todo segura. No reaccionó. Se desprendió de todo el aire de sus pulmones en pequeñas dosis emitiendo una curiosa sinfonía. La luz de la luna atravesaba las cortinas del hogar iluminando pobremente el salón. Había anochecido. Ella también notaba los efectos del alcohol en la sangre aturdiéndole los sentidos. La visión se le había nublado y se le entremezclaban los planos. No sabía de cuánto tiempo disponía antes de que Javier se espabilase, así que, sin más dilación y esperando que Dani se hubiera dormido, comenzó a hurgar buscando el más mínimo detalle que inculpara a su vecino de la desaparición de Isabel Díaz.

Abrió muebles, revisó cajones, estantes y repisas. Cuidó que ninguna figurita fuera desplazada de su lugar original. Encontró numerosos trastos inservibles y más decoración victoriana. Era evidente que Bartolo, el que fuera padre de ambos hombres de la casa, se había negado a desprenderse de cualquier antigüedad. Lara supuso que la vivienda lucía igual que cuando su esposa aún vivía. Anegada de recuerdos y de objetos decorativos que solo valían para quedar amparado en el pasado y acumular polvo a tutiplén. En el salón encontró un armario que hacía las funciones de mueble bar. Al parecer, Javier bebía más de lo que decía o acostumbraba a coleccionar botellas de ginebra para visitas que nunca se daban. Se preguntó qué tenía que ahogar bajo copas de alcohol. ¿Sería resentimiento, culpa, deshonestidad?

Mantuvo su cabeza cuerda, focalizada en lo que estaba haciendo, evitando dejarse llevar por el coraje que la reconcomía de solo pensar que pudiera estar bebiendo con el hombre que le había arrebatado la vida a tantas personas, inclusive a Isabel, a ella misma. Del salón pasó a la cocina, de la cocina al aseo y del aseo al pasillo principal. Le quedaba por revisar la segunda planta. Unió sus labios en un beso al aire, pensativa, confusa, cansada. Se debatía entre subir o no subir cuando se topó con otra habitación. Junto a una vieja estantería de libros que rozaban los cincuenta años por las distintas capas de polvo que acumulaban, dio con una puerta que dedujo que sería la entrada a la despensa. Dudó unos segundos antes de abrirla. Los engranajes sonaron como si se adentrara en un castillo del siglo pasado. Para su sorpresa, se encontró con una escalera que descendía a lo que parecía un sótano. Deslizó su mano por la pared contigua hasta dar con el interruptor. Una bombilla que colgaba del techo parpadeó varias veces antes de encenderse. Los escalones dejaban ver el suelo que se extendía bajo sus pies. Lara no pudo evitar pensar que alguien le agarraría los tobillos por alguno de los huecos. Al poner las botas en tierra firme, se encontró en un pequeño sótano de forma irregular atestado de cajas. Dio gracias de no ser alérgica a los ácaros. Si la casa estaba sucia, aquello era otra dimensión.

No supo por dónde empezar. Destapó solapas, caja por caja, para ver qué guardaban en su interior y encontró de todo. Lámparas, ropa de otras generaciones, piezas cascadas de vajillas dispares, libros de texto, bolsos de cuero cedido por el uso, botellas de ginebra vacías, dibujos de Dani… Se secó el sudor de la frente con el revés de la mano. La tensión le pegaba el jersey a la piel. Aún llevaba puesta la chaqueta. No es que hiciera calor, pero su cuerpo acumulaba toda la adrenalina posible. Un sonido proveniente de la planta superior la hizo ponerse en alerta. Aguzó el oído. Si Javier se había despertado, estaba perdida. Hubiera podido justificar su presencia en la cocina, incluso en la segunda planta, pero no en el sótano, no allí. El corazón le dio claras señales de estar viva. Viva y a punto de un ataque cardíaco. Había perdido la noción del tiempo. No sabía con exactitud cuánto llevaba buscando. Sin embargo, había llegado tan lejos que no podía no intentarlo, no encontrar algo. Siguió buscando. Movía las manos con rapidez de una caja a otra. Levantando libros, desplazando trastos, hurgando en cada esquina. Pasó a la siguiente columna de nidos de deshechos. La primera caja contenía una colección de cuentos para niños. La apartó de inmediato. La siguiente, tacos y tacos de panfletos. Carteles. La cara de Isabel sonriendo. Olvidó respirar durante dos segundos. Allí estaba. Su amiga de la infancia. En el papel destacaba en mayúsculas el título de DESAPARECIDA. Luego, una foto de un primer plano de la niña que ocupaba casi todo el cartel. Y en el pie de foto leyó: «Isabel Díaz se encuentra desaparecida. Por favor, si alguien la ha visto, llame a las fuerzas de seguridad, gracias». Casi pudo oír su cabeza funcionando a toda velocidad. ¿Qué significaba eso? ¿Por qué el captor de Isabel dedicaría sus tardes a pegar panfletos en farolas? ¿Para guardar sus espaldas? ¿Para fingir preocupación y conciencia ciudadana? Apretó las cejas y volvió a mirar el bello rostro de Isabel. Apenas tendría doce años en esa foto. Sonreía feliz, tranquila.

—¿Qué haces aquí?

Una voz tras su espalda la trajo de vuelta. Lara se sobresaltó. Giró la cabeza de forma mecánica visualizando a aquel hombre distraído que la miraba con ojos inocentes. Era Dani. Parecía aturdido. Vestía un pijama de los X-Men.

—Dani, ¿no deberías estar durmiendo?

—Me he desvelado. He bajado a por unas natillas de chocolate. Has dejado la puerta abierta —explicó—. Hay que cerrarla cuando se baja al sótano.

Lara miró hacia la escalera y fingió caer en la cuenta de su fallo.

—Ay, es verdad, lo siento, he olvidado cerrarla.

—Javi está dormido. ¿Tú también te quedas a dormir?

—No, es más, debería irme ya.

—¿Quieres ver mi colección de películas? —insistió.

Lara sonrió.

—Tal vez puedas ayudarme, Dani —se aventuró—. ¿Sabes qué es esto? —Le mostró uno de los carteles.

El chico se acercó y lo cogió con sus manos. Miró la fotografía como si ya la hubiera visto antes. Sin sorpresa.

—Es Isabel.

Lara volvió a sentir una punzada en el estómago.

—¿La conoces? ¿La has visto? —Atropelló sus palabras ansiosa por saber.

—Cuando era pequeño la vi —confesó.

—¿Hace cuánto que no la ves? ¿La has visto hace poco? Negó con la cabeza.

—Ha desaparecido —dijo de forma aprendida.

—Sí, tienes razón, Dani. Ha desaparecido y la estoy buscando.

—¿Crees que está viva?

La pregunta formulada así, directa y concisa, y a la vez ingenua y sin gota de maldad, la desconcertó.

—No lo sé —logró responder.

—Mi hermano dice que las personas que desaparecen más de una semana están muertas —recitó de memoria.

—¿Te cuenta tu hermano más cosas de la desaparición de Isabel?

Volvió a negar y se mantuvo cabizbajo. Lara sintió que había dado en la diana.

—No puedo hablar —se limitó a decir.

—¿Te lo tiene prohibido?

No contestó. Lara se acercó a él, le quitó el cartel de la mano y volvió a dejarlo en la caja. Le tocó el hombro con dulzura y le habló casi al oído.

—Puedes confiar en mí. Solo quiero encontrar a Isabel. Debe de estar muerta de miedo —susurró con un hilillo de voz—. Por favor, Dani, si sabes algo…

—No.

Su negación era innegociable. «Bien enseñado», pensó Lara.

—¿Qué está pasando aquí? —dijo Javier arrastrando las palabras. Bajó a trompicones sujetándose a la barandilla de la escalera.

Lara se quedó blanca. La angustia le atenazó el pecho. Pillada como una niña pequeña faltando a clase.

—Dani me está enseñando el sótano —arriesgó con voz temblorosa.

—No —negó Dani—. Ella quiere saber de Isabel.

Toda expresión amistosa que pudiera quedar en el rostro de Javier se borró en un instante.

—Fuera de mi casa —ordenó tajante.

—Javier, lo siento, te lo puedo explicar…

—¡Fuera de mi casa!

Lara se acercó a un desquiciado Javier, que hacía esfuerzos para sostenerse en pie.

—Solo intento buscar información para mi libro.

—A la mierda tu libro —replicó con fuerza—. Eres periodista, ¿verdad? Van a hacer algún documental de crímenes sin resolver. Te han dado una columna a lo CSI. No tienes ni idea, ni idea, del daño que hacen las malas lenguas.

—Explícamelo, por favor.

—Tuve que irme de este maldito pueblo por gente como tú. Aunque no encontraran nada sólido, siempre seré el principal sospechoso de la desaparición de Isabel. —Su voz sonaba rota—. Me hicieron la vida imposible. Pintadas, huevos en la puerta, pinchazos en las ruedas del coche, de todo. Tenía la costumbre de fumarme un porro de marihuana cuando salía de trabajar y me quedaba grogui en el coche antes de volver a casa. Soy culpable de eso, sí. Ponlo en tu maldito libro.

—Javier, lo siento, no sabía…

—No me vengas con que no sabías. Has venido aquí por esa razón y casi pude olerlo, pero quise confiar. Encima, metes a mi hermano por medio. Intentando aprovecharte de él, de su torpeza, de su discapacidad.

—No, por Dios —rogó con ojos llorosos.

—¡Sal de mi puta casa! ¡No vuelvas por aquí! Y da gracias de que no te denuncie por drogarme.

Lara subió las escaleras temblorosa, pasando por al lado de aquel hombre fuera de sí. Atravesó el salón y salió a una fría noche de enero. Las lágrimas comenzaron a mezclársele con la lluvia.

Otoño de 2004

A través de la persiana a medio bajar entraban los primeros rayitos de sol, dando fin a una noche fresca. El viento, furioso, hacía que las ramas de los árboles golpearan contra los cristales de las ventanas. Uno de esos tintineos despertó a Lara, que se había quedado dormida en posición fetal con el televisor encendido. Carla la observaba a su lado. Ella también estaba despierta. Tenía los ojos brillantes. Vestía el viejo pijama de Snoopy que Lara ya no usaba y le había prestado. La película que habían visto la noche anterior era alguna cinta de Disney, en la que las princesas todavía no se salvaban solas.

Una pequeña lamparita, que ambas habían olvidado apagar, arrojaba una luz débil en el dormitorio de la chiquilla. Las paredes color pastel contrastaban con la personalidad ruda que emergía de los muebles oscuros. La puerta cerrada y el colchón de invitados hinchado a su lado la hicieron recordar. Había invitado a Carla a dormir en casa. Esta sumergió sus dedos en la melena de Lara. Eso mismo la había hecho dormirse antes de acabar la peli. No podía resistirse a que le tocaran el pelo. Era superior a sus fuerzas. Entonces, bajó con un dedo por la frente, dibujando pequeños círculos que pintaba al azar sobre su piel. Se deslizó por la curva de su nariz, posando la yema en sus labios, que repasó con dulzura e inocencia. Lara notó las pulsaciones bajo el pijama. Entreabrió los labios y fingió morderla. Rio. Contempló su propio reflejo en los ojos de Carla, que la miraba sintiendo el mismo vértigo, el mismo temor. Supo entonces que ambas miraban el mismo abismo. Avanzó con audacia y, como aquella vez en la piscina, la besó. Solo que esta vez ya no era un juego. Era un impulso, un sentimiento, un deseo. Sintió la humedad de su boca contra la suya mientras le daba la mano en un gesto tierno. Sin embargo, el vuelo duró poco. El ruido de la puerta abriéndose de sopetón hizo que se despegaran de forma inesperada y se volviesen hacia el origen de la interrupción. Herminia las miraba estupefacta, con ojos de no dar crédito.

—Tu madre ha venido a recogerte, Carla —balbuceó.

Estudió el rostro de Lara intentando encontrar algún atisbo de arrepentimiento, de vergüenza. Esperó paciente a que Carla se marchara, sin mediar palabra, y se quedó entonces a solas con su hija. Se acercó componiendo una sonrisa displicente. Se sentó en el borde de la cama sin apartar la mirada. Lara sintió que enfermaba, que algo dentro de ella le daba mordiscos y le devoraba los intestinos. El nervio más puro, el que tambalea el mundo y hace que el cuerpo flote sin levantar un palmo del suelo. Se incorporó para quedar a la misma altura que su madre. Tragó saliva. Tenía miedo.

—¿Es la primera vez? —preguntó en un tono carente de emoción.

«Pregunta equivocada», pensó en su cabeza. «Cómo, por qué y en qué momento son las preguntas erróneas», había dicho su padre. No obstante, contestó a sabiendas de que no se trataba de interés por conocerla, sino de poseer conocimiento para juzgarla.

—No —dijo asustada.

Herminia asintió, valorando la respuesta.

—¿Y cómo es eso posible? ¿Me lo puedes explicar?

La chica se encogió de hombros, incapaz de contestar preguntas para las que no tenía respuestas. Herminia levantó una ceja reprobatoria y dijo:

—Como se lo cuente a tu padre, le vas a dar un disgusto.

—Ya lo sabe.

Herminia la miró sorprendida.

—Me cuesta entenderlo. ¿Por qué?

—¿Por qué qué, mamá? —la retó.

Irguió el cuello alzando el mentón con la soberbia de quien posee una verdad absoluta. Lara leyó el desprecio en sus labios, que habían dibujado un tajo recto. Salió de la habitación y volvió una media hora después, en la que Lara no había encontrado fuerzas ni motivos para levantarse de la cama. Traía consigo una rama de laurel y una cabeza de ajo, que colocó sobre la palma de la mano de la niña.

—Póntelo bajo la almohada todas las noches.

Acto seguido, volvió a salir del dormitorio. Lara hizo caso y metió el laurel y el ajo bajo la almohada, sintiéndose inmensamente desamparada. ¿Por qué si debía estar llena de ilusión por haber dado su primer beso, no lo sentía así? En lugar de felicidad, de pajaritos en el aire y de sonrisa de tonta, se sentía sucia y depravada, con la vergüenza y el concepto de haber hecho algo malo que su propia madre repudiaba. Las mariposas de su estómago habían muerto sin alzar el vuelo.

Epicentro

Esperó en el porche hasta encontrarse calmada para enfrentar el siguiente round. La lluvia golpeaba el techo con furia, haciendo agujeros en el camino y zarandeando las copas de los árboles. Había sido una estúpida, cometido errores de principiante. Si cabía alguna posibilidad de que Javier se mostrara colaborativo, se la había cargado. La había echado de su casa soltando odio por su boca. No se merecía menos. Seguida por su instinto, había hurgado en sus cosas, entrado en el sótano sin permiso y vaciado cajas que no le incumbían. O sí. Porque ella quería saber la verdad. No podía quedarse de brazos cruzados si su vecino estaba involucrado en la desaparición de Isabel. Pero ¿cómo podría saberlo? Javier ya no le permitiría respirar a dos metros de su propiedad ni tampoco acercarse a Dani. Puede que el pilar débil fuera él. Una fuente de información menos violenta, pero igual de obcecada en el no.

Iba a volverse loca. Sintió la necesidad de hablar con alguien que no la juzgara, que la escuchara sin más. No podía volver a molestar a Ángel. Pensó en Emma y en Carla. La matarían solo de enterarse de lo que había hecho. Tendría que soportar un chaparrón que no estaba preparada para oír. Todavía no. Estaba demasiado frágil, demasiado afectada. Su prima Carolina no entendería en qué estaba metida ni el porqué de sus movimientos. Casi ni ella le encontraba lógica a su manera de actuar en los últimos días. Descartados quedaban tío Alfredo y tía Carmen, que en cuanto supieran la mitad la llevarían de regreso a Sevilla. Olga era un enigma por sí sola. Lucas jugaba en el bando contrario. Sus opciones terminaban ahí. A su cabeza acudió Susana28. Ella sí que era un ente extraño e incierto. No había vuelto a saber de ella tras dejarla en leído. Tal vez era momento de retomar ese viejo hábito. El de hablar con desconocidos para no sentirse sola, para fingir ser otra persona, para mostrar su verdadera sexualidad sin escrúpulos. Se limpió las lágrimas y entró en casa.

Nada más rebasar la puerta, Chaqui corrió a lamerle los tobillos. Lara lo cogió en peso y le dio un beso en su peluda cabecita. La paz perruna en sus brazos. Luego, se cruzó con Olga. No pudo evitar mirarle la barriga. La llevaba puesta o le había vuelto a crecer. No estuvo segura de cómo llamarlo. Era una curva perfecta en su vientre. Pensó en todas las veces que la había visto abrazarse la tripa con aquel gesto tan maternal, fingir patadas, dejar descansar sus manos sobre ella, las caricias de su cuñado sobre la ropa, fatigarse subiendo escaleras, comer fresas como si no hubiera un mañana, ir a médicos y a clases de preparación al parto, a las que casualmente siempre iba sola. Se preguntó entonces si Lucas también estaría metido en el ajo. La locura le parecería entonces descomunal. Una familia de locos. A propósito de estos, Olga agarraba a su madre del brazo mientras caminaban por el pasillo. La loca mayor. No por su síndrome, sino por su actitud, su odio empedernido, su vida de amargura, sus ojos de arpía.

—Oh, Lara, qué oportuna. Coge la bandeja de la cocina y tráela al salón, por favor —pidió su hermana.

Herminia estaba de espaldas. No se volvió. Siguió caminando, ignorando su llegada. Lara soltó al perro en el suelo, que la siguió a la cocina y, tal y como Olga le había pedido, llevó la bandeja al salón. Salmón ahumado, verdura y antipsicóticos. «La cena de una demente», pensó. Miró a su madre de frente. Ella expulsó todo el aire por la nariz, como un toro a punto de embestir.

—Mamá —la riñó Olga apretándole el hombro desde detrás del sillón de la matriarca.

Esta se recostó en el asiento, sintiendo arder palabras en su garganta que se resistía a soltar.

—Mis más sinceras disculpas —dijo casi escupiendo.

Lara asintió, fría, fortalecida y calmada por el perdón de Herminia. Falso sí, pero dejándola en una clara posición de superioridad. Se le hinchó el pecho de poderío mientras su madre se hacía pequeña en su sillón frente al fuego.

—Olga, ¿podemos hablar? —dijo.

—Claro —contestó extrañada—. Cena, mamá. Luego vengo y te tomas la pastilla.

Se retiraron a la cocina y se sentaron una frente a la otra con la barra en medio.

—¿Quieres una? —preguntó sirviéndose una cerveza.

—No, gracias —rechazó Lara, que ya había bebido suficiente—. No deberías beber en tu estado —indicó mirando el vientre de su hermana.

—Por una no pasa nada. No se lo digas a Lucas. —Dibujó una sonrisa traviesa.

«Mis respetos, se merece un Goya», pensó Lara.

—¿Cómo estás? —quiso saber Olga con verdadero interés.

—Está siendo difícil adaptarse, no te voy a mentir.

—Has estado ausente estos días. Lo entiendo. —Dio un sorbo—. Quiero que sepas que me estoy asegurando de que se las tome. Es cuestión de tiempo.

—Espero que esta vez sea de verdad.

Olga miró la encimera abatida.

—¿Cómo estás tú? —le preguntó sintiéndose otra persona por hacerle esa pregunta a su hermana.

—Para mí también es complicado. De golpe y porrazo dejo mi casa y vuelvo a la de mi madre con Lucas. Apareces tú. No sabemos qué tiene mamá, cuándo mejorará, si podrá convivir con esto, si será un peligro para sí misma o para otros…

Sepultó su cara tras sus manos y emitió un sonido gutural seguido de un gemido. Cuando dejó al descubierto su rostro, estaba inundado de lágrimas que habían arrasado por completo con su rímel. El pecho se le movía arriba y abajo, arrancándole suspiros ahogados. Lloraba de manera tan íntima, intentando suavizar la congoja, que a Lara la conmovió. Se preguntó cuál era el motivo real de su llanto. Un matrimonio de mentira, una vida de teatro quizá, la patología de Herminia o todo a la vez. Pensó cómo abordarla, y no encontró manera de ser sutil.

—Hoy he comido en Latascona, Olga.

La llorera cesó *ipso facto*. Su gesto evidenció el esfuerzo por contenerse. Apretó la mandíbula. En sus ojos ya no había agua, sino fuego. Cuando habló, lo hizo con calma, inyectando tacto en cada palabra, como si con cuidado pudiera amenizar el mensaje. Era una profesional de la dialéctica. Su poder de confrontación era tal que Lara sintió escalofríos.

—¿Me estás siguiendo? Deja de jugar a los detectives. La verdad puede ser muy dolorosa.

Lara consiguió despegar los labios.

—Siento pasión por saber por qué haces lo que haces.

—No es tan fácil como sumar dos más dos. Tú no tienes ni idea. Te fuiste.

Lara rio a carcajadas.

—¿Qué me estás contando? ¿Los cuernos y la barriga de mentira son mi culpa?

—Baja la voz. —Sonó desesperada.

Miró hacia el salón, donde cenaba Herminia, y Lara supo que, en efecto, estaba desesperada.

—Así que se trata de ella. De mamá.

Olga la miró muy seria.

—Todo trata sobre mamá —dijo con orgullo—. Es el epicentro de mi vida. Siempre lo ha sido. Ella es la clave de mi felicidad. Pero no me ve, Lara, no me ve. —Una pena real anegó sus ojos—. Ha perdido el interés en mí. Me siento cargante y despreciada cuando me rechaza. Sin embargo, cuando le dije que estaba embarazada, todo cambió. Ahora me atiende, me cuida, me ama. Siento que nadie quiere más a esta niña que ella.

Lara se frotó los ojos intentando aclarar sus ideas.

—¿Y por qué no lo tienes de verdad?

—No puedo. —Su vergüenza fue patente—. Hace unos años fui sola a que me hicieran pruebas y no puedo. Mis ovarios no liberan óvulos.

—¿Cómo…? —Señaló el vientre con la mirada.

—Te sorprendería lo que se vende en Amazon.

—¿Y Lucas? —preguntó con énfasis.

—No nos acostamos desde hace meses. Ni siquiera ha notado que es de silicona.

—¿Piensa que es el padre?

—Obviamente, Lara. —Se había ofendido.

—Pero yo siempre os he visto muy bien. Sois la pareja perfecta.

Olga sonrió.

—Lo fuimos una vez.

—¿Y por qué sigues con él?

—El amor es complicado. Lo quiero. No quiero tirarlo todo por la borda tan rápido.

—¿No se da cuenta?

—Fingimos.

—Déjame adivinar. Por mamá.

Olga asintió. Lara se sujetó la cabeza con la mano. No pudo disimular la desazón, la cabeza en ebullición.

—¿Me guardarás el secreto? —rogó de manera infantil.

Conectaron miradas. Lara se sintió decepcionada. Sabía que su hermana le pediría lo imposible. Había ensayado una y otra vez decirle que no. Hasta había visualizado el gesto avinagrado de Olga ante la negativa. Pero aquella pregunta la trasladó a una tarde de verano en la que su padre la rodeó con el brazo y la hizo sentir segura cuando ella preguntó lo mismo. No pudo negarse.

—Te guardaré el secreto.

Entonces, con energías renovadas, su hermana volvió al salón, no sin antes darle un beso en la mejilla que Lara no vio venir. Sintió crepitar su cerebro debajo del cuero cabelludo. No había tregua. Sacó su móvil y clicó en la conversación de Susana28. Habían pasado cuatro días desde la última vez que hablaran. Le escribió en son de paz.

[23/01 22.36] Chaqui02:
No me importa si no quieres hablar por teléfono.
Simplemente hablemos. Lo necesito.

Un móvil en la encimera contigua se iluminó. Lara se acercó extrañada y vio la notificación en la pantalla. Un nuevo mensaje de Chaqui02, su nick en la aplicación. El que ella misma acababa de escribir. Se quedó inmóvil, sin poder reaccionar. Era el móvil de Lucas.

Agua salada

Lara exhaló un suspiro de forma inconsciente y tomó el móvil de su cuñado. Intentó desbloquearlo, pero estaba protegido con un patrón. Sin embargo, las notificaciones emergían en la pantalla de bloqueo. No cabía duda. El mensaje que había escrito para Susana28 había llegado al móvil de Lucas. No hacía falta ser un genio para atar cabos. Eran la misma persona. Pero ¿por qué? Deambuló por la cocina de los nervios. Se acercó al frigorífico y se echó la cerveza que momentos antes había rechazado. Definitivamente, la necesitaba.

Chaqui apareció en la cocina moviendo el rabo. Herminia habría terminado de cenar, y la ausencia de comida lo habría llevado de vuelta. Lara salió al porche seguida de su perro. Se sentó en una de las butacas de mimbre donde solía sentarse su padre y encendió un cigarro. Pensó concienzudamente. ¿Qué motivo tendría Lucas para hacerse pasar por otra persona y conversar con ella? ¿Qué lo llevaría a ser un *catfish*? En su mente aparecieron las palabras de Ángel. No podía pretender conocer las razones que mueven a una persona sin poner en valor el concepto del tiempo y su evolución. Sin conocer su ciclo vital. Lucas no era el adolescente enclenque y larguirucho que recordaba. Era un hombre hecho y derecho, y aparentemente ya no tenía miedo. Vio entonces pasar ante sus ojos la proyección de mensajes, que desde esa diáfana perspectiva cobraban sentido. Las preguntas de cortesía de Susana28 tenían ahora un significado distinto. El querer saber, el recabar información. El interés que había mostrado por la pareja de Olga y Lucas cuando esta la hizo partícipe del asco que sentía ante tanta perfección. Lo oportuna que siempre había sido, escribiéndole cuando lo necesitaba. Incluso segundos antes de la llamada de su hermana. Se dio un golpe en la frente por estúpida, haciendo que toda la ceniza del cigarrillo cayera en su bota.

Un taciturno Lucas corría por el sendero de gravilla sujetando un maletín negro en la cabeza para evitar mojarse y una caja de pizza en la otra mano. Cuando llegó al porche, se atusó la camisa y pasó el antebrazo por su frente, retirando los rizos que se le habían caído durante la carrera.

—La que está cayendo —dijo—. He llegado de la clínica y a tu hermana se le ha antojado cenar pizza. —Alzó la caja que portaba—. Te puedes unir si quieres.

Lara se quedó mirándolo pensativa. Él sonreía con esa sonrisa suya de niño travieso. ¿Cuánta verdad albergaba ese gesto? En un solo día había descubierto que su matrimonio era puro teatro. Probablemente mantenido a flote por la gracia de ser padre. Tampoco era consciente de que Olga le era infiel. Y, por supuesto, no llegaba a imaginar que la hija que esperaba en realidad era de silicona. Para colmo, en su tiempo libre chateaba con su cuñada haciéndose pasar por una mujer. Costaba creer que sonriera de verdad.

—No tengo hambre —contestó rechazando la invitación.

Lucas se sentó en otra de las sillas de mimbre y dejó la pizza en una pequeña mesita de exterior.

—Tu hermana me ha contado lo que pasó en tu dormitorio. No he tenido ocasión de hablar contigo. —Se frotó las manos del frío—. Quiero que sepas que si necesitas hablarlo…

Le sorprendió la proposición. Ni siquiera Olga había caído en que pudiera necesitar hablar del tema. Supuso que entre personas traumatizadas el entendimiento era mayor. Era consciente de que Lucas había tenido una infancia horrible. Su padre, Joaquín, no era un buen hombre y su madre, Hortensia, aguantó lo inaguantable. ¿Aún vivía ese niño asustadizo detrás de la fachada de hombre de éxito?

—Gracias, Lucas.

Se hizo el silencio. Un silencio necesario, como esa ausencia de sonido entre las notas de un pentagrama. La melodía fue entonces perfecta. El siseo del viento, de las hojas moviéndose a su son, el sonido de las gotas de agua que golpeaban el tejado siguiendo un mismo ritmo, orquestado por un cielo cerrado.

—Leí por ahí, en una de esas frases chorras que circulan por las redes, que la cura para todo siempre es el agua salada: sudor, lágrimas o mar. —Hizo una mueca simpática—. Y vivimos cerca de la playa.

Lara sonrió.

—No está el tiempo para bañarse.

—No, ahí tienes razón.

Siempre intentaba hacerla sentir mejor. Siempre atento.

—Voy adentro. Si cambias de idea, te guardamos una porción.

Lara hizo un gesto con la mano para decir que no hacía falta y volvió a quedarse sola en el porche aspirando el cigarrillo hasta el filtro. Estaba apagándolo en el cenicero cuando recibió una notificación nueva en su móvil. Por supuesto, Susana28 le había contestado.

[23/01 23.01] Susana28:

¿Estás bien? ¿Ha pasado algo?
Podemos hablar cuando quieras.

Arqueó las cejas incrédula. Menuda película la de su cuñado. Acarició a Chaqui, que, fiel, esperaba sentado a su lado a pesar del frío.

—¿Hay alguien cuerdo en esta casa, Chaqui? —le preguntó—. ¿Será que al final soy la más centrada?

La idea le hizo gracia y rio. El perro ladeó la cabeza y le lamió la mano.

Entraron en casa para resguardarse del mal tiempo. La cabeza le daba vueltas. Seguía teniendo alcohol bailando la conga en su cerebro. Comió un par de sobras del frigorífico y se encerró en su dormitorio con pestillo. Tumbada en la cama, con los muebles revoloteando a su alrededor, todo parecía más confuso. Cerró los ojos e imaginó que volvía a tener diez años. Todas estaban juntas. El frigorífico no era siniestro ni oscuro, sino un juguete en medio del pinar. Emma avistaba peligro desde un árbol. Carla defendía la fortaleza de una temible Lara. Las risas de Isabel lo llenaban todo. Salía de detrás de la encina y vencía a su adversaria. No importaba nada más. Sonrió, acurrucando su cabeza en la almohada. Sabía que habían sido buenos tiempos y que la vida no era solo lo que le quedaba por vivir, sino también lo vivido. Cuando fue feliz.

La fuerza más compleja

El día amaneció despejado. Las nubes de la tormenta se habían disipado a causa del viento y el cielo lucía limpio y azul. El sol se abría paso entre la traslúcida cortina arrojando su fulgor por toda la habitación. No supo qué hora era, pero se sintió totalmente descansada. Bajó a desayunar un café y una magdalena. Se encontraba en ese estado de desconexión habitual en el que su cabeza reposaba durante los desayunos cuando Olga irrumpió en la cocina.

—Buenos días —dijo en un tono jovial.

—Buenos días —contestó Lara con el bizcochito de la magdalena en la boca.

—Lucas se va ahora a trabajar y yo… —pensó cómo acabar la frase mientras se servía un café—. Tengo cosas que hacer.

Lara levantó las cejas. No hacía falta que lo dijera de forma explícita, ya sabía qué cosas tenía que hacer su hermana. No le gustaba sentirse cómplice de algo tan repugnante, pero, al fin y al cabo, Olga era familia biológica, y Lucas no, aunque este le transmitiese mejores sensaciones. Achinó los ojos. Hasta la noche anterior, cuando había sabido que suplantaba, al menos, una identidad.

—¿Estás bien? —preguntó Olga mirándola desde el otro lado de la barra.

—Sí, este café está fortísimo —mintió.

—¿Sí? A mí no me lo parece. —Hizo un gesto de recato tocándose el pecho—. Hoy te quedas con mamá. —Lara la fulminó con la mirada—. No me mires así. A eso has venido, ¿no? A cuidarla. Además, me ciño al cuadrante. Ya nos hemos quedado Lucas y yo. Ahora te toca a ti. Se está tomando las pastillas, no te preocupes, en serio.

—Si al final del día me ha clavado una estaca, asegúrate de que la prima Carolina cuide de Chaqui.

Olga negó con la cabeza componiendo una expresión aburrida y salió de casa. La magdalena se le cayó en la taza.

—Uf, presagio de un mal día —dijo Lucas pasando por la cocina como un rayo—. ¡Qué madrugadora! Te veo mejor cara. ¿Has dormido bien?

Lara lo observó sorprendida.

—Sí, gracias.

Se sirvió un café, que acabó en dos sorbos.

—Tengo prisa. Nos vemos luego.

Salió disparado, dejando a Lara y a su pobre magdalena nadando en un apático día.

Recogió las tazas que Olga y Lucas habían dejado desperdigadas por la cocina y las fregó. Luego, subió a la habitación de su madre. Llamó un par de veces y pidió permiso para entrar. Cuando abrió la puerta, encontró que Herminia ya se había duchado y vestido. Peinaba su melena lustrosa y abundante del color del acero en un perfectísimo recogido. El olor a laca le recorrió los pulmones haciendo que incluso la boca le supiese mal.

—Buenos días, mamá. ¿Te hago el desayuno?

Su madre hizo caso omiso. Con suma delicadeza, colocó varios pelos sueltos en su sitio. Luego, pasó un peine por ambos lados del casco. Echó un último vistazo a la mujer que le devolvía la mirada en el espejo y, dándose el aprobado, se volvió hacia su hija. Irguió la espalda, corrigiendo la postura, y se acercó.

—¿Has desayunado? —preguntó, y luego añadió—: ¿Por qué no desayunamos fuera?

Lara la miró desconcertada.

—Me he comido una magdalena y he tomado café.

—¿Y eso es desayunar? —reprochó con hastío.

Sin ánimo para rebatirle nada, apenas cinco minutos después circulaban por la N-340. Cuando pasaron a la altura de la Venta Campano, Herminia rompió el silencio y le indicó que se detuviera. Se sentaron en una de las mesas de la terraza, aprovechando el sol que regalaba aquella mañana. Su madre entrelazó las manos y perdió la vista en los árboles de enfrente del bar de carretera. Lara fingió buscar al camarero con la vista, que apareció al momento. Era el mismo que la había atendido la vez anterior; un hombre que debía de tener edad para estar jubilado, de pelo cano y densa barba.

—Oh, doña Herminia, ¿qué tal se encuentra? —saludó.

—Buenos días, Gregorio —dijo con una amplia sonrisa que no se correspondía en absoluto a lo que ella solía ver en su madre—. Estoy bien, gracias.

El camarero reparó en la acompañante.

—¿Lara era? —se aventuró y puso un dedo en su barbilla fingiendo pensar.

—Lara, sí. Buenos días.

—Buenos días —correspondió—. ¿Lo de siempre, doña Herminia, café y un mollete con aceite y tomate?

—Para mí también —apuntó Lara.

El camarero asintió y se marchó por donde había venido. Herminia aún estaba boquiabierta. No había visto venir ese encuentro.

—¿Conoces a Gregorio? —preguntó simulando indiferencia.

—He desayunado aquí alguna vez.

Lara disfrutó del misterio. Aunque percibió que su madre se moría por seguir fisgando, no lo hizo. Estiró su cuello como un cisne y se mantuvo distraída hasta que llegaron las tostadas. El tal Gregorio las dejó sobre la mesa junto a los cafés en vaso corto y se secó las manos con un trapo que llevaba amarrado a la cintura.

—Pues me alegra verla tan bien, doña Herminia. Su hija Lara me comentó que se había caído usted.

Herminia atravesó a Lara con ojos de bruja, y luego puso su cara más dulce para Gregorio.

—Un traspié. Me caí de una escalera.

Se mordió el labio, como si al recordarlo le pareciera una caída tonta.

—Bueno, mujer, poco te pasa para lo mucho que haces. Ya están tus niñas aquí para mimarte.

Herminia asintió componiendo una mueca incómoda.

—¿Vais al pinar a andar hoy? Hace un día estupendo, desde luego. Puedes enseñarle a Lara de qué pasta estás hecha.

—Puede que vayamos —contestó Lara sonriendo con intención.

Su madre emitió una risilla forzada.

—Que aprovechéis —dijo para despedirse derrochando simpatía.

Lara comenzó a comerse su tostada mientras sentía la punzante mirada de su madre. El tomate aliñado con ajo estaba espectacular y, aunque el segundo café le pondría el corazón a tope, se lo bebió igual. Se tomó la libertad de pagar y, cuando regresó a la terraza, su madre ya estaba esperando en la puerta del coche. Una vez estuvieron dentro, ninguna dijo nada. Lara condujo sin tener en cuenta la voluntad de Herminia. Cogió un desvío en el que tuvo que hacer grandes esfuerzos para sortear los desniveles del firme de la calzada. En cuestión de dos minutos, apagó el motor y salió del Citroën C3. Estiró los brazos en forma de cruz. Aspiró el oxígeno limpio de contaminación, el olor a pino y agradeció el espacio abierto. Sin edificaciones, sin cables de electricidad ni asfalto. Oyó cómo su madre se ponía a su lado.

—He pensado que, si tenemos que pasar tiempo juntas, no hay por qué estar encerradas —dijo Lara.

—¿Quieres andar? Andemos —la desafió Herminia.

Rebasó a su hija con paso decidido y cruzó la puerta, embellecida con un arco, que dictaba el nombre del lugar: PARQUE PÚBLICO FORESTAL PINAR DEL HIERRO Y LA ESPARTOSA. Antes de alcanzarla, Lara pensó en las opciones que tendría en caso de emergencia. Su madre era una mujer alta, de unos setenta kilos, hombros anchos y brazos fuertes. Nada débil. Si por cualquier motivo intentaba agredirla, solo podría librarse de ella en una lucha cuerpo a cuerpo por rapidez o agilidad. O por tener un palo a mano. La bruja Teresa le había advertido de que no debía dañar el cuerpo del ente. Esperó con todas sus fuerzas que Herminia lo recordara y fue tras esta.

Pasearon por el cortafuegos principal, recortado a ambos lados por la densa arboleda. Maldijo no haberse llevado a Chaqui. Habría disfrutado muchísimo el paseo. Ella misma no pudo evitar componer una media sonrisa por el solo hecho de oler la vegetación. Caminaron una junto a la otra sin dirigirse la palabra. No hacía falta. Cada una viajaba en su trance, lidiando con sus propios pensamientos. Como si fuera lo obvio, subieron la empinada loma de la Espartosa para llegar al Punto Mágico. El suelo arcilloso se volvió entonces más árido y pobre. Avanzaba a trompicones, sintiéndose una urbanita torpe con botas resbaladizas. Concentró todo su empeño en no perder el equilibrio. Por el rabillo del ojo, no se le escapó lo en plena forma que estaba Herminia.

Una vez arriba de la loma, anduvieron por un camino secundario. Las ramas se cruzaban a su paso, por lo que tenían que golpearlas o apartarlas con la mano. Su madre saltaba cada raíz, cada socavón, sin ni siquiera tambalearse. Cuando llegaron al mirador, se subieron en la plataforma de mármol escalonada. Desde allí la vista era extraordinaria. A sus pies, los cortafuegos que le habían parecido perfectos trazos dibujaban ondas y curvas. Las copas de los árboles parecían nubes de algodón verdes y esponjosas. Miró a su madre en busca de una conexión, un punto de encuentro, pero halló una mirada esquiva.

Continuaron el sendero hacia los depósitos de agua, torcieron por uno de los caminos secundarios y acabaron andando campo a través. Era la misma caminata que había realizado con Chaqui no hacía tanto y que, sin embargo, parecía haber sucedido en una vida ajena y lejana. Llegaron a la calera más sufrida por la pendiente y la vegetación. Se pararon frente al pozo cubierto de tierra, destinado en el pasado a la obtención de cal a partir de quema de piedras. Estaba en ruinas. Los cantos de la pared derruida yacían esparcidos en la superficie. No era fácil acceder ni verla de lejos. Los palmitos habían crecido hasta cubrir los alrededores. La erosión había hundido el camino, levantando los laterales. Herminia dejó caer su mano en la tosca piedra para recuperar el aliento. Pequeñas ramas de tomillo asomaban desde el terreno circular.

—¿Recuerdas las historias que te contaba de las caleras? —preguntó.

Lara no supo interpretarla. Puede que la estuviera volviendo a poner a prueba o puede que en realidad intentara acercar posturas, crear un tema de conversación. Por si acaso, no fue muy simpática.

—¿Qué historias?, ¿las de las brujas que cocían a los niños que se portaban mal?

Herminia pareció ofendida.

—He aquí el trabajo de nuestros antepasados —dijo con visible orgullo.

—¿Es aquí donde vienes cuando te paseas sola por el pinar?

Su madre se volvió para clavarle una de sus miradas.

—Me gusta venir aquí a hablar con tu padre.

Lara se quedó sin palabras. Herminia deslizó la mano por la piedra como si acariciara algo y dejó reposar su cuerpo en el pequeño muro.

—¿Ves el mundo a tu alrededor? —preguntó de forma retórica—. Pues todos construimos a la vez nuestro propio mundo interior; único e incomunicable. Cuando este mundo acaba, comienza nuestra miseria, la finitud y la muerte. Esa es la razón por la que nace la religión: para responder preguntas incontestables. Es la fuerza más compleja de la mente humana.

—El don de la fe —dijo Lara.

—No he conseguido que tú ni tu hermana heredéis mi sentimiento. Y, lo creas o no, es una parte inevitable de la naturaleza humana. En toda nuestra existencia hemos creado más de cien mil religiones. Todas acogen al creyente que está inmerso en su caótica y desorientadora vida, y le da sentido, lo guía en la sagrada alianza.

—También son el origen de los prejuicios, del miedo y de la intolerancia a lo diferente, a los que no forman parte de esa alianza que pregonas.

Herminia ignoró el comentario en un ataque de discreción. Aspiró hondo, sumida en una energía que solo ella veía.

—Yo vengo aquí a hablar con tu padre, igual que voy a la iglesia de San Juan Bautista.

—Papá no está aquí como tampoco lo hallarás en ninguna iglesia, mamá, porque papá no está muerto.

La miró por primera vez desde que hubiera empezado a hablar. Tenía los ojos enrojecidos como si hubiera despertado de un largo letargo.

—Tu padre está conmigo —discrepó.

Entonces, se levantó y comenzó a andar ladera abajo, emprendiendo el camino de regreso. Lara se quedó un momento más. Tocó con sus dedos las hojas de tomillo. Las palabras de su madre hervían en su racional y metódica mente. Tuvo que admitir que era imposible proceder de forma lógica cuando se trataba de papá.

Herminia había encontrado una forma de superarlo: la religión, el perdón, el recuerdo. Lara, en cambio, una vez vencida la fase de negación, se había quedado estancada para siempre en la del enfado, la indiferencia y la ira. Manuel había dejado grietas en cada alma que había tocado. En Lara, una fractura de coraza por donde entraban el miedo y la desidia. Eso la hizo pensar en una antigua filosofía japonesa: la técnica centenaria del *kintsugi*. En ella, las piezas de cerámica son reparadas con resina de oro para reflejar que los defectos forman parte de la belleza del todo, definiendo su identidad y sus grandes virtudes. Eso era ella. Un jarrón roto reparado con resina de oro. Una tela rajada y vuelta a coser. El parche de una gotera. Ya se lo había dicho su padre en una ocasión. Las fisuras que la habían marcado le hacían poseer un superpoder. El de ser fuerte, más fuerte que todos los que no tuvieran que lidiar con tanto vacío.

Invierno de 2004

Tanto la puerta que comunicaba el salón con la cocina como la que daba al pasillo principal estaban cerradas a cal y canto. Por debajo de la madera salía un olor inconfundible que a Olga siempre le recordaba a la Semana Santa. Era incienso. Su madre solía quemarlo cuando hacía alguno de sus rituales en casa. Entreabrió la puerta que comunicaba con la cocina y rellenó el hueco con su nariz redonda y sus ojos de catorce años. Lo suficiente para ver, lo necesario para no ser vista.

De la pared de la chimenea, colgaban varias cabezas de ajo que pendían de una cuerda. Identificó sin esfuerzo el origen de ese hedor tan placentero. El humo salía por los agujeritos de diferentes formas geométricas del incensario de barro mozárabe. La fotografía enmarcada de toda la familia, que siempre había estado en la mesa del comedor, se encontraba junto a su madre. Sobre ella distinguió una rama de laurel. A su lado, una vela encendida. La luz era tenue y misteriosa. Herminia había corrido las cortinas, dejando solo un espacio minúsculo para dejar pasar el sol. Sonaba en el radiocasete una bella música relajante. La estampa era tan hipnótica que no fue capaz de quitar ojo.

Su madre se había soltado el pelo y había vuelto a recogerlo en una improvisada trenza que le caía en el centro de la espalda.

Para la ocasión, había elegido un largo vestido oscuro en el que distinguió alguna mancha que no supo interpretar. Aunque no llegaba a verle la cara, sabía que estaba seria, que en su boca no había lugar para sonrisas cuando se entregaba a sus ritos. Supuso que sus labios formarían una línea recta de pura concentración.

Un movimiento brusco de Herminia la sobresaltó. Había estirado la mano para coger algo. Olga forzó la vista. Estaba tan oscuro que no pudo ver de qué se trataba. Pasó el objeto extraño por cada una de sus piernas inclinando el tronco hacia delante. Luego, lo sostuvo a la altura del ombligo. Subió por el pecho desviándose hacia el hombro izquierdo, recorriendo todo el brazo hasta llegar a la mano. Los movimientos eran lentos y estudiados. Cuando se cambió el objeto de mano, pudo apreciar que se trataba de un huevo. Deshizo el estiramiento y regresó al pecho. Desde allí recorrió su brazo derecho hasta llegar a los dedos. Y, por último, hizo un círculo imaginario alrededor de su cara.

La habitación se había llenado de una atmósfera mística y etérea. Olga imaginó a su madre como esas brujas de cuento que mueven con brío el brebaje de sus pócimas en marmitas gigantes. Entonces, Herminia rompió el huevo y dejó caer su contenido en un vaso de agua lleno por la mitad. Esperó un momento. Mantenía los ojos cerrados. Se movía con pequeños y casi imperceptibles espasmos al ritmo de la música. Mientras tanto, la clara y la yema reaccionaban al contacto con el agua mineral. Al despertar de su estado de paz, alzó el vaso, lo observó fijamente y compuso un gesto de contrariedad. Herminia giró su cuello con celeridad hacia Lara, que, con rostro escéptico, miraba la representación desde el sofá. Olga se quedó boquiabierta. No había reparado en la presencia de su hermana hasta entonces. Sintió envidia. Ella también quería estar en primera fila.

—¿Quieres saber qué estoy haciendo? —preguntó Herminia solícita con ojos ansiosos.

No vio ninguna convicción en su hermana, pero esta asintió.

—Coge el vaso. —La oyó indicar—. ¿Qué ves?

Lara se esforzó en mirar el vaso con el rostro crispado por la presión, pero solo vio lo obvio.

—¿Un huevo?

Herminia apartó la vista de su hija y le arrebató el recipiente, decepcionada por el intento infructuoso. Sonrió con acritud.

—Esto que ves aquí es un método para la detección del mal de ojo. Es una creencia del tercer milenio antes de Cristo. —Hizo una pausa para mirarla por encima del hombro—. ¿Ves como la yema está enturbiada y dibuja pequeños picos y burbujas?

—Sí, lo veo —mintió; no veía nada.

—Significa que alguien me ha echado un mal de ojo. He ahí la razón de la marea de desgracias que nos azotan últimamente. —Aguardó un segundo contemplando la extraña mezcla y, cuando volvió a hablar, dando fin al silencio melodramático, lo hizo con tono conciliador—: Pero tú puedes ayudar a mamá. ¿Quieres ayudar a mamá?

Desde su posición, Olga no pudo apreciar el temblor incontrolado de los labios de su hermana. Sin embargo, esta hizo un gesto asertivo y, sin tener tiempo para arrepentirse, Herminia tiró dos cojines al suelo con fuerza virulenta.

—Túmbate en el sofá. —Lara lo hizo y se quedó rígida, con los brazos pegados al tronco—. Cierra los ojos y relájate —continuó.

Herminia se colocó junto a la cabeza de Lara. Puso sus manos sobre la frente de la chiquilla. Olga pudo ver los ojos fríos e impertérritos de su madre, sumergida en una burbuja de olores y sensaciones. Sintió un escalofrío que le levantó cada vello de su piel. Los tambores de la música de fondo le retumbaban en los oídos. Aquello era mágico. Su madre puso las manos en la barbilla de su hermana usando diferentes inclinaciones. Y luego nada.

Ya no ejercía contacto. Tan solo sostenía las palmas sobre su pecho, iba bajando y deteniéndose en distintas partes de sus piernas sin llegar a tocarla. Entonces, relajó los brazos y le ordenó a Lara que se incorporara.

—¿Te encuentras mejor? —preguntó con interés—. He llevado a cabo contigo una armonización natural usando la energía. ¿Conoces el *reiki*?

Lara, confusa, negó con la cabeza.

—Proviene de Japón. *Rei* significa espíritu, alma, y *ki* hace alusión al aire, a la energía —explicó con tono erudito—. Es una terapia que se ejerce con las manos para tratar desequilibrios físicos, mentales y emocionales. Acabo de adentrarte en un camino espiritual que me encantaría que siguieras por ti misma. ¿Lo harás?

La niña no contestó. No había entendido ni una palabra. Olga tampoco. ¿Su hermana necesitaba terapia? ¿Estaba enferma?

—Te encontrarás con católicos que blasfemen de estas técnicas y las llamen ocultismo. «Venid a mí, todos los que estáis cansados y cargados, y yo os haré descansar»; Mateo, capítulo 11, versículo 28 —recitó de memoria con coraje—. No es así, es una manera de sanar el espíritu y relajar el cuerpo, de alcanzar la plenitud y el bienestar. Seguro que te encuentras mejor, ¿verdad? Ahora, vete —dijo—. Y no vuelvas a ensuciarte el alma con deseos sucios y antinaturales, ¿sí?

Olga no supo a qué se refería ni tampoco qué significaba *antinatural*. Vio que su madre se había vuelto para examinar la mezcla del mal de ojo. Observó que Lara, sin embargo, permaneció cabizbaja unos segundos y se frotaba los ojos. «De somnolencia», pensó Olga. «Las energías curativas siempre relajan los cuerpos, como las clases de yoga y las sesiones de spa», le había dicho Herminia. Entonces, Lara salió por fin de su abstracción. Se desplazó hacia la puerta del pasillo con los hombros inclinados hacia delante. Ahí estaba, como un posmasaje. No fallaba. Esa calma, esa quietud, ese desfallecimiento. Olga sonrió, apasionada por las labores de su madre. Esa mujer era una santa. Había curado a su hermana de cosas sucias. Satisfecha, se retiró de la puerta desde la que había asistido a todo el ritual, deseando ser ella alguna vez la receptora del *reiki,* la protagonista para Herminia. Bajo la luz de su foco, tocada por su gracia, marcada por su cruz.

Tomillo

Cuando Lara aparcó el coche junto a la casa de campo, un motorista, oculto bajo un casco con visera opaca, arrancaba una Harley Davidson de tonos rojos. La identificó al momento. Era la moto que había visto el día anterior. La Harley del amante de su hermana. Se preguntó qué estaba haciendo allí. Bajó del coche y la siguió con la mirada hasta que desapareció al doblar la esquina. Herminia, suspicaz, se dio cuenta.

—¿Qué miras? —le preguntó.

—No, nada... —dijo restándole importancia ante su madre—. Me apasionan esas motos.

Tras una mirada de incredulidad de Herminia, atravesaron el jardín, que lucía especialmente verde a consecuencia de las lluvias de aquel largo invierno. Chaqui las recibió con ladridos nerviosos y saltos incontrolados, que su madre esquivó aprensiva. Olga ya estaba en casa. Bebía una copa de vino sentada en la butaca de mimbre del porche con pose de emperatriz. Cuando llegaron hasta ella, Lara le lanzó una mirada despectiva. ¿Cómo era capaz de eso? De pavonearse con su amante en casa de su madre, donde dormía con su marido, donde celebraban fiestas de bebé. Olga evitó que sus ojos coincidieran y se esforzó en plantear un tema de conversación antes de que las recién llegadas lo hicieran.

—Vaya —dijo con aparente sorpresa—. Me alegro mucho de que hayáis limado asperezas y decidáis pasar algo de tiempo juntas. —Hizo como que aplaudía golpeando la copa.

Lara puso en cuarentena tal alegría.

—¿No es un poco pronto para beber? —hurgó.

—No solo eso. No deberías beber en tu estado —la reprendió su madre.

La sonrisa se borró de su cara.

—No me parece mal beber un poco antes del almuerzo. Solo es una copa. Con la que llevamos estos días, poco bebo —se defendió.

Herminia la traspasó con ojos gélidos y cruzó el umbral. Lara la vio recorrer el pasillo y entrar en el salón a través del cristal de la puerta.

—¿Qué hacía él aquí? —susurró.

—Solo ha venido a traerme a casa. No ha entrado, por Dios. No tengo tan poca vergüenza.

Lara, descreída, encorvó una ceja.

—Ten mucho cuidado. No voy a poder guardarte el secreto eternamente.

—¿Qué quieres decir? —El traqueteo hipnótico de sus piernas delató su nerviosismo.

—En algún momento tendrás que destapar la caja de Pandora. Estás de cinco meses. El embarazo no es para siempre. Es evidente que este bebé no va a nacer. Tendrás que hacer algo. —Le señaló el abultado vientre bajo el vestido de premamá—. Me parece muy extraño que te haya dado tiempo a ponerte la barriga cuando él apenas arrancaba la moto. A menos que esté al corriente del teatro que te traes entre manos.

—Dios mío, baja la voz. Marcos me conoce tal y como soy. Me respeta y le gusto así.

—¿Así cómo?, ¿desquiciada?

Su rostro se oscureció de inmediato. Lara se arrepintió del ataque gratuito e intentó reconducirlo.

—Marcos, ¿eh?

Olga la miró a los ojos con una luz diferente. Jugó con la copa, pasándosela de la mano izquierda a la derecha sucesivamente. Para hablar, apartó la vista de su hermana y miró un punto fijo idiotizada.

—Es un hombre encantador, de los que ya no quedan. Hacía mucho tiempo que no sentía lo que siento con él. Me ha hecho resurgir, tener ganas de vivir de nuevo. Ojalá pudieras conocerlo.

Lara evaluó las palabras de su hermana. Estaba pillada de aquel tipo.

—¿Él siente lo mismo?

Olga se sorprendió, dolida.

—Por supuesto que sí. No me presiona, pero tiene la esperanza de que... Ya sabes.

—¿Dejes a Lucas?

La mandó callar con un gesto. Lara suspiró.

—¿A qué se dedica?

—Trabaja en una tienda de mascotas.

A continuación, dijo el nombre de una conocida tienda de comida y accesorios de animales de San Fernando.

—Qué casualidad.

—No lo es. Lucas es veterinario, Marcos es dependiente. ¿Qué es casualidad ahí?

Lara sopesó que no la llevaría a ningún lugar rebatir aquella información. Se encogió de hombros y lo dejó estar. Se quedaron unos segundos en silencio, reflexivas, hasta que Olga tomó la palabra.

—Solucionaré esto —aseguró con firmeza.

Lara asintió, rendida ante los disparates de su hermana. Se sentó en la butaca de al lado y dijo sin fuerzas:

—Hemos ido al pinar.

Olga recobró el interés en la conversación.

—¿Habéis ido donde habla con papá?

—Sí. —Arrugó el ceño y volvió a mirar a su hermana.

—Te ha llevado pronto… Tardó años en enseñármelo. Sin embargo, tú te llevas aquí unos días y…

—Fue idea mía. La insté a que diéramos una vuelta por el pinar —la interrumpió.

Olga emitió un gemido valorando la información. Pareció satisfecha.

—Es bonito, ¿verdad? Se respira un aire diferente allí. Mamá ha plantado tomillo para purificar y embellecer el ambiente.

—¿Tomillo? —Se extrañó.

Había tocado y admirado las ramitas de la pequeña planta que asomaba en la superficie de la calera cubierta de tierra. No había nacido de forma natural. Su madre la había plantado.

—Por sus propiedades esotéricas. —Hizo un gesto de evidencia y la miró ofendida—. ¿No aprendiste nada de sus ritos? En el antiguo Egipto lo usaban en tiempos de epidemia para embalsamar a los muertos y evitar su putrefacción. Luego, los romanos lo incluyeron en sus baños y sus cocinas. El tomillo tiene numerosos fines curativos y propiedades mágicas. Fomenta el valor, la sabiduría y, sobre todo, la protección.

—No me digas que te crees todas esas milongas.

Olga hizo una mueca de dolor, como si la desfachatez del comentario la hubiera herido en lo más profundo.

—No me las creo, pero eso no quita que sea cuando menos interesante. ¿Qué tiene de malo que mamá plante tomillo en un pinar público porque piensa que protege el alma de papá?

—¿Eso hace?, ¿proteger el alma de papá?

Su hermana asintió y se bebió el resto del vino de un solo trago.

—Haré algo pronto, te lo prometo.

Lara no dijo nada. La observó entrar en casa y se quedó sola en el porche. Chaqui se había tumbado a sus pies. Respiraba con cadencia. Quiso ser él. Sin preocupaciones, sin problemas. Solo dormir y comer. Y tomar el sol. Esbozó una sonrisa de medio lado mientras le tocaba la pancita peluda. El movimiento de su rabo siempre era un buen motivo para estar feliz. Tomó su móvil y chequeó las notificaciones. Emma y Carla le sugerían quedar para almorzar. Aceptó de inmediato y pasó a la conversación de Susana28. Se lamió el labio pensativa y escribió:

[24/01 13.25] Chaqui02:
Lo sé todo.

Sintió un regusto malicioso. Imaginó la cara de espanto de su cuñado y tuvo que contener una risotada nerviosa que le subía por la garganta. Era hora de poner las cartas sobre la mesa. De coger la sartén por el mango por una vez en esa extraña e hipócrita relación virtual. Chaqui apoyó las patas delanteras en sus rodillas reclamando cariño. Lara le hizo un par de mimos y sumergió los dedos en los rizos del perro.

—Volveremos pronto a casa, te lo prometo —le dijo—. Pero vas a tener que quedarte otro rato solito. Pórtate bien.

Entró para avisar de que comía fuera con sus amigas y desanduvo sus pasos hacia el coche. Con la puerta abierta y a punto de subirse al vehículo, miró la majestuosa fachada de la casa de Javier. Recorrió cada arista de su forma, reparando en la ventana vacía del dormitorio de Dani. Se había convertido de nuevo en un fantasma. No lo había vuelto a ver desde el incidente en el sótano. Tragó la vorágine de pudor que se le formaba cada vez que recordaba esa noche y se montó en el coche.

Media hora después, las amigas degustaban platos exquisitos en El Árbol Tapas, situado en la playa de la Barrosa. El local, decorado con verdes enredaderas pintadas en las paredes, estaba atravesado por un pino centenario, el cual le daba nombre. Ofrecía sabores de la tierra y del sur, tanto en platos como en tapas, rindiendo culto a la buena calidad y dando oportunidad a las carteras menos adineradas. Pidieron croquetas de calamares en su tinta, pulpo asado con patata en mortero, tartar templado de tomate y *tataki* de retinto. Pura delicia. Lara se había desahogado a lo grande. Había contado su experiencia en casa del vecino, el paseo con Herminia y su conversación con Olga acerca del misterioso amante motero. Carla se había echado las manos a la cabeza. Escuchó atónita lo que decía su amiga. Emma se quedó con la croqueta clavada en el tenedor, sin dar bocado.

—La conclusión es que estás como una puta cabra —le recriminó.

—No sé cómo se te ocurre. Normal que te echara de esa forma, ¿qué esperabas? —intervino Carla.

—La cuestión es que, si Dani sabía algo, hemos perdido la oportunidad de sacarle nada. Después de esto, Javier estará más irascible que nunca y lo tendrá controladísimo —convino Lara.

—«¿Hemos perdido?». No nos incluyas en tus fechorías —soltó Emma.

—¿Te has parado a pensar que el amante de tu hermana tiene moto? Lo digo porque estabas obsesionada buscando motoristas —apuntó Carla.

—Es verdad...

Lara lo añadió al buzón de posibles mirones del frigorífico.

—Eso, tú alimenta su locura —la riñó Emma.

—¿Qué sabemos de él? —insistió Carla.

—Se llama Marcos, conduce una Harley Davidson y es dependiente en una tienda de animales —recopiló Lara—. Esta mañana ha estado en mi casa. Hace apenas unas horas.

Carla abrió la boca en un gesto sobreactuado.

—¿Para…?

—No lo quieras saber —contestó pellizcándose el entrecejo asqueada.

—De todas formas, ¿qué significa que tenga moto?

—Realmente nada: que sabe de nuestro escondite, que podía conocernos, haber fisgado por allí, tener relación con Isabel —relató Lara.

—Me parece desorbitado —afirmó Emma.

—Lo llevo diciendo todo el tiempo —dijo Carla satisfecha de que por fin le dieran la razón.

—Y lo de tu madre es muy fuerte. Respeto la religión y los rollos místicos que se trae. Si quiere hablarle a un horno de cal, que le hable. Si quiere plantar tomillo, que plante tomillo…

—Si quiere practicarle un exorcismo a su hija, que se lo practique —interrumpió Carla entre risas.

—No era un exorcismo, porque no tengo un demonio dentro. Solo un ente ajeno —apuntó Lara alzando un dedo con movimientos de sabelotodo.

—Si tú lo dices.

Emma las miró como si se disputara la final del Roland Garros. Olía la tontería a kilómetros a la redonda. Se rascó la sien.

—¿Ya? ¿Podemos continuar? —instó.

Lara sonrió.

—Aún no sabéis lo más fuerte. —Captó rápidamente la atención de sus amigas—. Susana28, la chica misteriosa de la app, es Lucas.

—¿Lucas?, ¿qué Lucas?

—Mi cuñado Lucas.

—No puede ser —negó Carla—. ¿Lo sabe Olga?

—No, ¡qué va a saber! No sabe nada. Tampoco yo he hablado con él. Hoy le he escrito para decirle… —Hizo una pausa y golpeó la mesa simulando tambores—. Que lo sé todo.

—A-lu-ci-no. ¿Será que le gustas? —se aventuró Carla.

—¿O que quería sacarte información? —siguió Emma.

—¿Qué información? Son ellos los que guardan secretos —dijo Lara—, no yo.

Su móvil sonó en ese momento. Lo tenía sobre la mesa. Desde su posición leyó: «Llamada entrante Olga». Se le oprimió el pecho. Su hermana nunca la llamaba. Solo en caso de emergencias, como hacía unos días para avisarle de la caída de su madre. La simple llamada ya constituía una razón de peso para temerse lo peor. Miró a sus amigas para indicar que tenía que atender el teléfono y, sin apartarse de la mesa, pulsó el botón verde.

—¿Olga? —tanteó con voz temblorosa.

—Lara, ha pasado algo grave. Tienes que venir a casa urgentemente.

Su voz sonó desgarrada. Había llorado.

—¿Qué ha pasado?

Olga enmudeció.

—¡¿Qué ha pasado, Olga?!

—Se trata de Chaqui.

Lara permaneció en silencio. El corazón se le detuvo un segundo.

—Ven a casa —zanjó colgando la llamada.

Pavarotti

Sin tiempo para reaccionar, Lara dejó caer el móvil en el bolso y se levantó de golpe, haciendo que la mesa temblara y se desplazara unos centímetros. Intentó ignorar el coro de voces que le taladraban la cabeza. Las palabras de Olga calaban más hondo cada segundo que pasaba, repitiéndose una y otra vez. «Ha pasado algo grave», «tienes que venir a casa urgentemente», «se trata de Chaqui». Fingió entereza y dijo:

—Tengo que irme. Le ha pasado algo a mi perro.

Las amigas compusieron gestos de sorpresa. Se ofrecieron a acompañarla a casa y, tras el rechazo de Lara, quedaron en llamarse.

El exterior la recibió con frío. El cielo velado y los apenas diez grados contrastaban con el bochorno del gentío y las luces blancas del interior del restaurante. Las risas de otros clientes le parecieron entonces una ofensa. ¿Cómo podía alguien reír? ¿Cómo podía acaso alguien beber y celebrar esa tarde? La humedad, debido a la cercanía del mar, era casi palpable. Nubes oscuras amenazaban con llover. Pareciera que todos los elementos climáticos se hubieran puesto de acuerdo para ir acorde al aura asfixiante y deprimente que emergía de Lara.

De manera mecánica, condujo hacia San Andrés. La poca iluminación solar no afectó a la nula atención que ponía en la conducción.

Sus cinco sentidos no estaban en absoluto al volante. Ángel la hubiera reñido por repartir su atención y perder así rendimiento en todo cuanto hacía o pensaba. Chaqui era mucho más que un perro. Solo las personas con mascota podían llegar a acercarse a ese sentimiento. Era un amigo, un hijo, un confesor, su apoyo incondicional, era todo amor. Desde que lo encontrara pernoctando bajo su piso en Sevilla no se habían separado. Formaban un equipo, el mejor equipo, un pack indivisible. Lo veía envejecer con el mayor de los temores, deseando y deseando que fuera eterno, que la acompañara para siempre, que nunca muriera. La sola posibilidad de no volver a verlo con vida hizo que llorara sin consuelo. Aparcó aterrorizada por lo que pudiera encontrar. Cruzó el sendero de césped mojándose el bajo de los pantalones. Llegó al porche. Oyó gritos. Una enardecida discusión. Estuvo a punto de santiguarse aunque no creyera en nada. Salvó el amago enfrentándose al miedo. Abrió la puerta.

La escena que vio solo le dejó más signos de interrogación. Olga y Lucas discutían fervientemente haciendo aspavientos con las manos. Herminia permanecía sentada ocultando su cara con la mano mientras emitía gemidos lastimeros. Buscó a Chaqui con la mirada. Lo encontró tumbado en el sofá. Su madre no dejaba que Chaqui subiera al sofá y, a pesar de eso, allí estaba. No le gustaba. Aquello no le gustaba nada. Se acercó presurosa. Nadie había reparado en su presencia. Lo abrazó con cuidado. Estaba vivo, respiraba, pero no respondía. Pese a hacer intentos por abrir los ojos, no conseguía mantenerlos abiertos más de dos segundos. La lengua le salía de la boca y quedaba reposada sobre la funda del sofá. Lo llamó, lo acarició, le besó la cabecita. Olga la estaba mirando cuando buscó respuestas en sus ojos.

—¿Qué le pasa? ¿Qué le pasa?

—Está dormido, Lara. Ha tomado un sedante analgésico y relajante muscular muy potente —dijo Olga acercándose y transmitiéndole su apoyo con una mano en la espalda.

Lara rechazó la ayuda, se irguió de golpe y enfrentó la situación con dudoso aplomo.

—¿Que ha tomado qué? Pero ¿cómo…? ¿Qué coño ha pasado aquí? —Se volvió hacia Herminia y la zarandeó—. ¿Qué le has hecho a mi perro?

Lucas la sostuvo por detrás.

—Vamos a calmarnos todos, por favor —rogó su cuñado sujetándole los brazos.

—¿Cómo quieres que me calme? Que alguien me diga qué ha pasado aquí.

—Quizá deberías sentarte —dijo Lucas haciendo un gesto hacia el sofá.

—No quiero sentarme. Quiero saber qué le pasa a mi perro —insistió brusca.

Su cuñado vaciló unos segundos. Se notaba que no sabía cómo abordar el tema.

—Tu perro ha sido intervenido. —Se puso frente a Lara y le agarró el antebrazo para evitar un nuevo ataque—. Es una cirugía legal en algunos países de América. Comenzó a llevarse a cabo a partir de la Segunda Guerra Mundial cuando el bienestar vecinal cobró importancia. No se ha quedado afónico, solo disfónico en los tonos agudos. Quiere decir que no es mudo, puede expresarse y comunicarse, solo que ya no será el Pavarotti ladrador. Algunos la llaman correctomía.

—¿Qué? —Lara negaba con movimientos nerviosos.

—No precisa que se corte la lengua ni la glotis. Es un proceso sencillo en el que solo se necesita un abrebocas o artilugio similar y unas tijeras. La intervención consiste en el corte de las cuerdas vocales: la ligamentosa y la carnosa.

Los ojos de Lara se abrieron de golpe. Podía soportar los comentarios crueles, los desplantes, la comparativa con Olga, la homofobia e incluso las historias de brujas, pero el camino que había seguido era ya irrefutable. El mal encarnado en su madre había llegado al tope de la paciencia de Lara. Todos los rechazos, las quejas y las muecas de asco hacia Chaqui se sucedieron en su cabeza. No lo había visto hasta entonces. No la había creído capaz de tanto. Era un bicho. Su madre era el mismísimo demonio. Las lágrimas de Lara se habían detenido. En su lugar, irradiaba una rabia incontrolable. Con un movimiento violento se soltó de Lucas. Miró a Chaqui, dormido en el sofá, y luego volvió a mirar a su madre, que gimoteaba como un bebé escondida tras su mano.

—¿Qué has hecho, maldita loca? —gritó dejando al descubierto su cara de un manotazo.

Los ojos de Herminia, inyectados en venitas rojas, la sobrecogieron. Llevaba tiempo llorando. Tenía el pulso tembloroso. Cesó la congoja y formó una línea recta con sus labios delgaduchos. En uno de sus extremos surgió una leve curvatura. Un atisbo de satisfacción. Una sonrisa diabólica que duró apenas un segundo. Lo suficiente para que Lara confirmara sus sospechas. Todo el odio del mundo se concentró en sus manos. Cogió a su madre del cuello y apretó con todas sus ganas, fuera de sí. Herminia se quedó inmóvil. La miraba con sorpresa sin oponer resistencia. Y entonces compuso el gesto. Dejó entrever sus encías y emitió un quejido. Lara creyó que reía. Apretó aún más, enseñando los dientes del esfuerzo. Notó que le tiraban de la ropa desde atrás. Los gritos de su hermana. Los jadeos de Lucas. La soltó de un empujón repentino y de la fuerza cayó de espaldas. Volvió a enderezarse con energías renovadas, y Olga se interpuso. Un reguero de lágrimas caía por su cara.

—Por favor, Lara —suplicó.

Lara comenzó a llorar, intentando controlar su respiración desbocada. Su caja torácica subía y bajaba con movimientos bruscos. Sentía tanta ira que no podía quedarse quieta. Necesitaba gritar. Pegar puñetazos. Matar a su madre.

—Lucas, Lucas…

Este la miró, sosteniéndola del hombro por precaución.

—No te preocupes, Lara. Te prometo que está bien. No ha sufrido. Está soñando y dormido. Cuando despierte ni lo notará. No será consciente siquiera de que no ladra como antes. En unas horas estará recuperado.

Toda su rabia se vino abajo y se encontró llorando sobre el pecho de su cuñado, que la rodeó con los brazos. Lucas miró a Olga por encima del hombro de Lara. Se dijeron algo y Olga hizo una llamada. Cuando volvió, la acompañó al porche con una taza de té. La sentó en una de las butacas de mimbre y se puso en cuclillas mirando a su hermana desde abajo.

—Tómatelo, te calmará. —Le dio la taza humeante y se quedaron unos segundos en silencio oyendo el crepitar ardiente de la tila—. Me lo advertiste —asintió nerviosa secándose las lágrimas—. No te escuché y me lo advertiste. Mamá no está bien y miré para otro lado. Lo siento mucho, Lara. —Se agarró a sus piernas como una niña de seis años asustada.

Lara no dijo nada, no podía. Miró hipnotizada cómo una ambulancia atravesaba el jardín y llegaba hasta los escalones del porche. De ella salieron varios auxiliares vestidos de uniforme que se movían con rapidez. Le hicieron alguna pregunta a Olga, que se había levantado al verlos, y entraron seguidos por esta. A través del hueco de la puerta, desde la butaca de mimbre, aún con la taza en las manos, Lara vio cómo Herminia y Lucas eran sorprendidos por los sanitarios, que sin reparo tomaron a Herminia de los brazos y la condujeron afuera. No se opuso. Se dejó llevar hasta el vehículo sin virar la vista atrás. Lara, sin embargo, no le quitaba ojo. Lucas y Olga contemplaban la escena a su lado. La rebeca le caía por los hombros. El pelo, más descuidado que de costumbre, le hacía bollos en el recogido. Había dejado a su paso un rastro de olor a laca insoportable. Herminia salvó el desnivel para subir a la ambulancia y salió del campo de visión de todos. Su hermana y su cuñado se acercaron a recibir instrucciones de uno de los sanitarios. Olga se volvió a mirar a Lara, que seguía sentada inerte. Acordaron algo entre ellos. Entonces, Lucas se subió también a la ambulancia, y Olga regresó al porche. El vehículo se puso en marcha y salió de la propiedad.

—Me quedo contigo.

—No tienes que hacerlo —bramó Lara siguiendo con la vista el rugido del motor, aunque ya no lo viera.

—No lo estoy preguntando, informo.

—Voy a llevarme al perro de aquí.

—No tiene por qué ser urgente. Van a evaluar a mamá y… —Cogió aire. Le costaba decir las palabras—. La ingresarán en un centro psiquiátrico. Chaqui está a salvo aquí. Podéis quedaros el tiempo que queráis.

Lara retiró la vista de la nada y la condujo hacia su hermana, que se sobresaltó de su firmeza.

—No quiero estar aquí, Olga. He recordado por qué me fui.

Acto seguido, se levantó y volvió a reunirse con su perro, que seguía dormido en el sofá.

Fue Olga quien acabó tomándose la tila. Cuando tuvo control sobre sus emociones, volvió a entrar en el salón. Lara acariciaba a Chaqui, que estaba despertando. Hacía por abrir los ojos e intentaba cambiar de postura, incómodo. La tele estaba puesta. Por primera vez, Lara fue consciente de ello. El informativo de la sobremesa narraba las últimas noticias. Miró incrédula el televisor. El mundo seguía girando.

—Voy a salir —anunció con determinación.

—Voy contigo.

—Olga, no. —La detuvo con una palma alzada en el aire—. Quédate aquí y espera noticias de Lucas o vete al hospital, me da igual, pero necesito estar sola.

Olga se mostró inquieta, pero aceptó.

—Recogeré mis cosas y las de Lucas. Supongo que esta noche volveremos al chalet. Puedes venir con nosotros si no quieres quedarte aquí sola.

—Ya veré qué hago.

Aquello era secundario. No tenía tiempo para pensar dónde dormiría. Empacó en una bolsa las cosas de Chaqui y las llevó al coche. En un segundo viaje, tomó al perro entre sus brazos alrededor de una manta y lo acomodó en el asiento del copiloto. Condujo en silencio hasta casa de Carla. Una vez allí, la llamó por teléfono y esta salió al instante. Hablaron frente al asiento donde dormitaba el perro.

—Dios mío, qué locura, Lara. Lo siento mucho.

Lara se humedeció los labios, perdiendo el control de sus lágrimas de nuevo.

—¿Puedes quedarte con él? Tengo un par de sitios a donde ir.

—Por supuesto. El tiempo que quieras. Mis padres no pondrán pegas.

Chaqui intentó ponerse de pie y volvió a caer rendido en la manta. Lara lo ayudó a acomodarse. Lo miró con ternura. Era tan vulnerable, tan indefenso.

—No sé cómo alguien puede siquiera hacerle daño a un animal.

Carla la observó como quien admira un paisaje. Se quedó fascinada por sus ojos marrones. Eran del color más común. Sin embargo, tenían algo especial. En el ojo derecho, una manchita negra en forma de medialuna manchaba el iris, como si la pupila se hubiera fugado. Pareciera que la viera de verdad debajo de todas esas mentiras, capas de protección y tozudez. Entreabrió sus brazos ofreciéndole el amparo que necesitaba y la apretó contra su pecho negando al aire un hueco entre sus cuerpos. Lara apoyó su cabeza en el hombro de Carla, el lugar donde siempre había querido descansar. Al separarse, se quedaron muy cerca y, sumidas en una íntima tristeza, juntaron sus labios en un beso suave y dulce. Al terminar, sus miradas se quedaron enredadas. En un descuido, Carla le acarició el pelo con una sonrisa que habría desarmado a cualquiera.

—Gracias… —dijo Lara con un hilo de voz— por quedarte con él.

Carla le restó importancia con un gesto asertivo de cabeza. Dio dos pasos hacia atrás con Chaqui en brazos y se despidió con la mano. Por el espejo retrovisor, Lara los vio empequeñecerse. Algo en su interior se quedó roto y la hizo sentir inexplicablemente responsable de lo que le habían hecho a ese ser de cuatro patas.

Gritos

La promesa de luz había desaparecido. Sintió la piel erizada bajo el jersey de punto. El cielo se había llenado de nubes grisáceas cargadas de la humedad del mar. Llovería. A pesar de haber arrancado el motor, no tenía un rumbo fijo. Aunque le hubiera dicho a Carla que tenía sitios a los que ir, condujo sin destino, simplemente por la necesidad de moverse, de sentir que tenía un propósito. Había dejado de llorar. Fijaba la vista en algún punto a través de la luna del coche. Mientras recorría las calles de San Andrés, se dio cuenta de lo pequeño que era en realidad. Cuando era niña le parecía enorme. Un segundo pueblo independiente de Chiclana. En ese momento, todo era minúsculo comparado con Sevilla. Una vida que se le antojaba recuperar. Tenía que volver. La visita había llegado a su fin. Su conciencia dormiría tranquila. Había acudido a la llamada de su hermana, ignorando la advertencia de la niña pequeña que había gritado «¡no!» en su interior. Y a qué precio. Miró el asiento del copiloto, ocupado hacía unos minutos por su perro. Aprisionó el labio con las paletas en un intento de sofocar el llanto. Se tragó el nudo de melancolía y mantuvo la entereza. ¿Cómo había llegado su madre a eso? Olga aseguraba que esa vez se estaba tomando los antipsicóticos. Incluso Lara la había notado más calmada, en sus cabales. Durante el paseo por el Pinar del Hierro no había mostrado ningún signo de violencia ni confusión. Era ella, era Herminia, con su carácter hostil de siempre. ¿Y por qué Chaqui? Era bien sabido el poco agrado que sentía por los perros a raíz de su mala experiencia. Había perdido una mano a causa de uno, pero ¿hasta ese extremo? ¿Acaso tenía Chaqui que pagar la malicia de otro perro?

Su cerebro estaba en plena agitación cuando distinguió a lo lejos a la cartera, la mujer que solía entregar el correo ordinario por el barrio. Aparcó junto a su moto, que reposaba en la acera, y esperó a que saliera de un domicilio. Posiblemente, de haber entregado alguna carta certificada. Salió distraída y dio un pequeño brinco cuando Lara se interpuso en su trayecto. El pelo corto y lacio le asomaba por debajo del casco, que se había dejado puesto. Tenía las mejillas sonrojadas, por maquillaje de más, y una nariz minúscula que otorgaba personalidad a su rostro. Era delicada y femenina.

—¿Puedo ayudarle en algo? —dijo sorprendida por el abordaje de Lara.

—Disculpe por presentarme así. Soy hija de la señora que vive dos calles más allá, a la que usted ayudó hace unos días por un accidente, ¿se acuerda?

Hizo un gesto para figurar que pensaba.

—Ah, sí, doña Herminia.

—Eso es —confirmó Lara esperanzada.

—¿Cómo se encuentra? Me llevé un buen susto. —Se tapó con la mano una sonrisa con ortodoncia.

—Está bien, gracias. Quería agradecerle por lo que hizo. No sé qué hubiera pasado si no se hubiera encontrado por allí en ese momento.

—No hay de qué, mujer. Cualquiera habría hecho lo mismo.

La joven estaba halagada. Justo como Lara había predicho.

—¿Podría explicarme cómo sucedió? Mi madre no consiente hablar del tema, se asustó tanto que ni mencionarlo quiere. Contó algo de una escalera… —dejó caer.

La cartera compuso un gesto de escepticismo.

—¿Escalera? No, para nada. Yo estaba con la moto por la zona. A cada cartero le asignan unas barriadas, así que siempre suelo andar por aquí. Conozco las casas, los vecinos. Tenía que entregar una carta en casa de tu madre. Una factura. Llamé a la puerta varias veces e incluso grité su nombre. Entonces, oí unos gritos de mujer desoladores y me asusté muchísimo. Estaban cerca. Pensé de inmediato que doña Herminia se había roto la cadera como poco.

—¿Por qué lo dice?

—Porque gritaba mucho. Eran gritos desgarradores. Merodeé por el jardín. A mí la vida de los demás no me interesa lo más mínimo, entiéndame, pero estaba en la obligación de socorrerla —justificó.

—Por supuesto —concedió Lara.

—Crucé el sendero llamando a doña Herminia. La parcela es enorme, no sabía a dónde dirigirme. Al cabo de un minuto volví a oírla.

—¿Un minuto?

—Sí, tardé un poco en volver a escuchar los gritos, pero entonces me llamó. «Auxilio, ayúdeme» —dijo impostando la voz.

—¿Dónde estaba?

—En el cuartucho ese de madera. El trastero. Justo en la puerta. Con la caja de herramientas esparcida por todos lados y llena de sangre. Fue horrible. Me puse de los nervios. Menos mal que apareció el grandote de enfrente para ayudarme, porque entré en shock.

—¿Había alguien más? —inquirió con interés.

—Sí, el vecino de enfrente. El del labio leporino.

—Javier —susurró.

—Ese. Alertado por los gritos, acudió a ayudarnos. La levantamos como pudimos y llamamos al 112. —Se le pusieron los ojos vidriosos solo de recordarlo y sonrió enseñando los bráquets—. Me alegro de que esté recuperada. Dele un saludo de mi parte.

—Gracias, se lo daré.

La mujer volvió a subir a su moto y continuó con el reparto, perdiéndose con un derrape.

Herminia había mentido. No se había caído de la escalera intentando arreglar las tejas sueltas del porche. La cartera la había encontrado en el cobertizo donde Manuel guardaba sus tiestos y artilugios de trabajo, gritando y rodeada por el contenido de la caja de herramientas. Y, por si fuera poco, Javier era situado también en la escena. El vecino de enfrente, el hermano de Dani, había acudido a los gritos de Herminia y había prestado su ayuda. Pero ¿por qué mentir? Lara no supo qué pensar. La cabeza le iba a estallar.

Volvió a montarse en el Citroën C3 y aparcó frente a su casa. Cuando entró, gritó el nombre de su hermana. Nadie contestó. Había salido. La ubicó casi con total seguridad en el hospital, junto a su madre. Cogió del cuelgallaves una pequeña llavecita de latón y volvió a salir al exterior. Cruzó los brazos para darse calor y corrió hacia la esquina de la parcela. El cobertizo era un cuartucho de madera bastante deteriorado cuyo tejado acababa en pico. Insertó la llave en la cerradura. Notó los resortes cediendo a la presión y la puerta se abrió. Echó un vistazo a su alrededor y, sin mucho miramiento, entró.

El habitáculo era de cuatro por cuatro metros. No tenía ventanas, por lo que su padre siempre había mantenido la puerta abierta. Sin embargo, desde que Lara había vuelto había permanecido cerrado. De por sí era oscuro y, con la poca iluminación que arrojaba el sol, apenas veía nada. Esperó a que sus pupilas se dilataran y se acostumbraran a la penumbra. Entonces, apreció la bombilla que colgaba del techo y, tirando de una cuerdecita, la encendió. El olor era insoportable. La humedad había estropeado la madera hasta el punto de rajarla. Toda esa suciedad yacía oculta tras los paneles de herramientas. Se acercó a la mesa del centro. No había nada sobre ella. Dirigió una triste mirada al viejo sofá color ocre que tantos juegos de escondite había presenciado en su infancia. La alfombra de yute sobre la que reposaba tenía un aspecto desalentador. Ocultaba la trampilla. El viejo sótano de papá llevaba años sin usarse, desde antes de que él se fuera. Herminia, por prudencia, lo había sellado.

Buscó la caja de herramientas que había mencionado la cartera. La encontró en una estantería junto a la puerta de entrada. Alargó los brazos para cogerla y la abrió sin ceremonias. Nada de interés. Herramientas, claro. Volvió a dejarla en el estante. Bajo ella, una pala de jardinería se apoyaba en la pared. Era bastante grande. Su padre solía usarla para cavar los hoyos de los árboles frutales. La plancha era metálica y ligeramente cóncava. Tenía restos de tierra, pero no era la tierra del jardín. No. Aquella era diferente. Pertenecía a otro lugar. Lo conocía bien. A un terreno de calcarenitas, pobre en nutrientes, utilizado como canteras de áridos. Algo hizo clic en su cabeza. Esperando estar equivocada, cogió la pala y volvió al coche dando zancadas. La guardó en el maletero y condujo, esa vez con la seguridad de quien sabe a dónde va.

Primavera de 2006

Hortensia no esperaba visitas. Por eso, cuando Herminia aporreó su puerta, casi le da un soponcio. Por un momento, sintió pudor de que viera en qué estado se encontraba su casa. Cajas de pizzas y botellas por cualquier rincón, polvo y restos de comida por el suelo, diferentes prendas de ropa colgadas por las sillas e infinidad de vasos en la mesa frente al televisor. Abrió la puerta fingiendo ordenarse el pelo con decoro mientras ocultaba el cardenal verdoso que tenía en la frente. Apreció que alguien más esperaba fuera de la casa. Herminia avanzó sin titubeos hasta rebasar la puerta y rechazó el café que le ofreció la anfitriona. Lanzó una mirada de reconocimiento al lugar. Preocupada de mostrar opulencia, no hizo gesto alguno de escrupulosidad, carraspeó y formuló lo que llevaba preparado.

—Hortensia, esta no es una visita de cortesía —abrevió—. Sé que no has tenido una vida fácil. Me consta que Joaquín no es un marido ejemplar. —Hortensia se ruborizó—. Y no puedo obligarte a que tomes ninguna decisión. Solo quiero que sepas que deseo ayudarte.

—¿Cómo...?

—Hortensia, tu hijo sale con mi hija Olga —la interrumpió serena—. Son novios. Le cuenta cosas.

La mujer resbaló su espalda por la pared de perlita y se dejó caer hasta quedarse sentada en el suelo. Se cubrió la boca con la mano intentando frenar un llanto a base de resoplidos. Herminia se puso en cuclillas y, posando sus inquisitivos ojos sobre la alicaída mujer, le tendió un pañuelo de papel.

—No puedo dejarlo. No tengo dinero, la casa es suya, no tengo nada. —Lloriqueó.

—Tienes un hijo —la corrigió la otra.

—Él nunca ha recibido un golpe, Herminia, lo he protegido con mi vida. —La duda le oprimió el pecho, haciéndola llorar con movimientos violentos que subían y bajaban su torso.

—Él no merece vivir esto. Deja que venga conmigo. —Hortensia levantó la vista absorta en las palabras de su interlocutora—. Tengo una casa grande. Puede vivir con nosotros. Tenemos un dormitorio de sobra. Y él es mayor de edad —se apresuró a añadir.

Hortensia apretó los ojos. Le costaba ver con nitidez a causa del vodka. Se sintió cansada y superada por la pesadilla de vida que le había tocado vivir. Entonces, la puerta chirrió y la persona que había aguardado su turno entró en escena. Era un joven delgaducho de pelo rizado que rellenó el hueco con sus facciones de forma vacilante. Tenía los ojos enrojecidos de haber estado llorando. Se acercó a su madre, arrodillándose a su lado y protegiéndola en uno de sus abrazos, como tantas noches había hecho.

—Ven con nosotros, mamá, te lo suplico. He empezado a trabajar en la funeraria de la clínica veterinaria. Voy a ganar mi propio dinero. Puedo cuidar de ti.

—No puedo, mi amor.

Se unieron en una mirada sosegada a pocos centímetros y volvieron a fundirse en uno solo.

—Lo denunciaré —gimoteó Lucas con la boca pegada al cuello de su madre.

Su madre lo mandó callar como quien calla a un niño de cinco años y le acarició el pelo. Cubrió la mano de su hijo con la suya, haciendo que este dejara de temblar. Su llanto entrecortado bajó de intensidad. Pasaron un momento así. De la mano. Poco importaba el resto del mundo. Solo existían ellos dos y aquella salita, que nunca antes había sido tan reveladora. El granizo rompía el silencio golpeando la cristalera con rabia. Hortensia buscó la mirada de Lucas, pero solo encontró la de aquel hombrecito triste y marchito que lloriqueaba en su hombro. Aun así vio algo. No la dureza ni la vanidad que acostumbraba, sino ternura y desazón. Tuvo la impresión de que era la primera comunicación real entre ellos durante años. Algo dentro de Hortensia se había dañado. Y ya nunca volvería a sanarse. Limpió las lágrimas de la persona más importante de su vida, extendiendo los surcos, y esbozó una sonrisa cómplice. Posiblemente la más humana de todas.

—Sabes que me mataría —musitó.

Dio fin a un abrazo que dejó visible su rostro demudado y desvaído pero firme, del que ha tomado una decisión y vaga por un camino sin consuelo, del que asume que la tristeza lo acompañará de por vida, ligada a su carne y a su alma, sentenciada a no hallar forma alguna de redención.

Su pequeño gorrión alzaba el vuelo fuera del nido.

Oscuridad

Detuvo el coche en el acceso de siempre. Si un día soleado no solía estar muy frecuentado, con el sol cayendo sobre el cielo ámbar y la noche gélida que estaba por venir, Lara supuso que no hallaría a nadie por allí. Los pocos rayos que quedaban se las ingeniaban para pasar a través de las copas de los árboles. Sentía el pelo acartonado a causa de las nubes bajas. Su cuerpo se desplazaba con agilidad. Una adrenalina indescriptible hacía que sus piernas se movieran de forma mecánica. Incluso la pala pesaba menos. Oyó el fulgor de una tormenta que en minutos estallaría sobre su cabeza. Superada la subida de la loma, empezó a faltarle el aliento. Pronto, el sol se pondría, y con él sus últimos intentos de iluminar lo que quedaba de día. Tenía que darse prisa o se quedaría a oscuras. Como siempre, no llevaba el calzado adecuado y las suelas de sus botas resbalaban con el suelo arcilloso y embarrado. Se concentró en pisar solo piedras para evitar perder el equilibro. Una cobertura de sudor le perlaba la frente. Sus pulmones agradecían el olor a libertad, a oxígeno limpio, y a la vez le pedían a gritos una dosis de nicotina.

No estaba en absoluto segura de lo que estaba haciendo. Puede que, después de todo, la que necesitara antipsicóticos fuera ella. Pero, si tenía razón, si encontraba algo, lo que fuera, habría valido la pena obedecer ese impulso que dominaba su cuerpo y la obligaba a seguir caminando.

Rebasó el primer horno de cal y llegó hasta el más elevado, en plena pendiente. Por un segundo, se perdió en la resplandeciente belleza que invadía sus ojos. La planta de tomillo oscilaba, mecida por el viento del atardecer. El bosque que despertaba a la inminente oscuridad. El siseo de insectos que sobrevolaban el suelo. Las luces anaranjadas que atravesaban el mar de nubes verdes. El crujir de la pinocha bajo sus pies. El olor. Ese olor a pino tan refrescante. Casi pudo disfrutar el momento. Sin embargo, no tardó en volver a la realidad. Sin compasión, hincó la pala y devastó la plantita que con tanto esmero Herminia había cuidado para proteger el alma de Manuel. La cogió con la mano y la arrojó a un lado con coraje. Entonces, siguió cavando y cavando y cavando. El sudor le caía por las sienes, derramándose por sus cejas, por su nariz, por su boca, por todas partes. La pala volvió a ser pesada y lenta. Lara penetraba en la tierra sujetando el mango con las dos manos. Acumulaba en la plancha toda la tierra posible y, sacando fuerzas de donde podía, la extraía del hoyo y volcaba el contenido a un lado. Poco a poco, fue formando una montaña de desechos que crecía a medida que cavaba.

Por su cabeza pasaron una sucesión de imágenes que le pellizcaron el corazón. Vio a Chaqui recuperándose de la anestesia; vio sus manos rodeando el cuello de su madre; el beso con Carla, tan deseado y a la vez tan triste; la cara de su hermana rogando piedad. Recordó casi palabra por palabra la conversación con la cartera; la buena forma física de Herminia, que desentonaba con la caída de la escalera; la cara hostil de Javier echándola de su sótano, de su casa; los carteles de «desaparecida» de Isabel; la madre de Emma guardando regalos de cumpleaños. Una lágrima furtiva se mezcló con el sudor que mojaba su rostro. Pensó en las mentiras de su hermana; su amante, su embarazo. Pensó en Lucas y en su falsa identidad. Pensó en el frigorífico y en la suma oscuridad. En su trauma de por vida. En todo ese dolor y llanto. Y, de nuevo, en Chaqui.

Quería estar equivocada. Hubiera dado lo que fuera por estarlo y regresar a casa. A poner cafés en su último empleo frustrado. A pasar las noches chateando en el sofá. A fumar al lado de la pila de platos de una semana. Al menos, nada de aquello se habría despertado en su interior. Todo se habría quedado tal cual; el miedo en su sitio, el pasado pisado, su madre en el recuerdo.

Siguió cavando y cavando y cavando, emitiendo jadeos de agotamiento. El sol se estaba poniendo, retirándose a descansar por el oeste. La montaña de tierra ya casi le llegaba por la cintura. Se le había ido la cabeza completamente. ¿Qué hacía allí, en el altar protector que Herminia había hecho para su padre? Debería estar con su perro. Él nunca la habría abandonado. Se sintió cruel y desamparada. Adoptó una postura desgarbada, decaída. Paró un momento para coger aire. Una gran bocanada de oxígeno le hinchó el pecho. Se secó el sudor, mojando la manga del jersey, que se había quedado completamente pegado a su tronco. El bosque había cobrado vida. El sonido de los insectos era cada vez más intenso. Algunos chocaban contra sus piernas. Volvió a hincar la pala con furia. Pensó en su padre, y el sentimiento de abandono le inyectó la rabia que necesitaba para seguir cavando.

—¡¿Por qué te fuiste?!

Su voz sonó rota, resquebrajada. Incluso con un timbre diferente. De niña asustada. Dejó que toda esa nostalgia de lo que pudo haber sido y nunca sería saliera de su cuerpo en forma de lágrimas. Desde que su padre la abandonara, el mundo se había pintado con un tinte sepia de resentimiento. Como uno de esos filtros que embellecen en las redes sociales, solo que todo lo contrario. Los árboles habían perdido su magia; el cielo, el color; la vida, el interés, y el tiempo, velocidad. Todo se había quedado detenido en el día que él se había ido.

Cavó y cavó, agotando todas sus reservas. Sintió que se precipitaría al suelo de puro cansancio. Quiso parar y, entonces, aquel sonido. La pala había golpeado algo hueco. Su corazón dejó de bombear sangre un instante. El remolino de sospechas se hizo grande en su estómago. Siguió cavando con más brío. Se ayudó con el pie, haciendo que la pala se hundiera en el subsuelo. Vio algo. Se puso de rodillas, llenándose por completo de polvo. Escarbó como un perro, dejando entrar toda esa tierra en sus uñas. Las gotas de sudor caían en el agujero. Gritó de dolor. La musculatura se resentía bajo su ropa. Había reconocido la tierra pegada a la plancha metálica de la pala. Se había secado con los años. Sin embargo, ese suelo árido solo se encontraba allí. En las caleras del Pinar del Hierro. Era inconfundible para los ojos de Lara. Había intentado no pensar en qué significaba. Su madre no necesitaba una pala tan grande para plantar tomillo. Todo en su cabeza se había unido como el puzle que, repartido en una gran mesa, encuentra concordancia entre sus piezas. Herminia no la había llevado allí por azar. No construiría el altar protector de su padre en cualquier lugar. Encerraba un motivo. La vio someter a su perro, cortarle las cuerdas vocales con tijeras de jardinería. La vio sonreír mientras era estrangulada. La vio tranquila sin esperar el regreso de Manuel. Y la vio capaz de todo.

Retiró otro montón de tierra antes de verlo con sus propios ojos. El horror. El mismísimo horror. Vomitó toda su ansiedad en un caudal incontenible de hiel que alcanzó a arrojar a un lado del hoyo. Se secó con la mano sin importarle lo más mínimo. Y volvió a retirar tierra. Los restos de un cuerpo en estado de putrefacción avanzada salieron a la luz. Los insectos habían acabado con los tejidos, dejando solo el hueso, cúmulos de piel seca y cartílagos. Un fuerte olor azotó a Lara. Los gases del cuerpo, que habían quedado atrapados bajo tierra, se esparcían por el aire. Siguió retirando tierra hasta dar con el esqueleto de una mano. Como si hubiera recibido una sacudida eléctrica, cayó hacia atrás y gateó unos metros. Se puso la mano en la boca y, acto seguido, volvió a encorvarse sufriendo arcadas. Un hilillo de bilis se derramó de sus labios. Secó el líquido amarillento y amargo. Trastabilló al ponerse de pie y salió corriendo con el móvil en la mano. Movió sus piernas como un guepardo hasta que la cobertura tuvo dos rayas.

Antes de llamar a la policía, volvió la vista atrás. La última luz de un sol rojizo le iluminó el rostro, arrasado de lágrimas. Hacía años que no veía ese anillo, pero lo hubiera podido reconocer en siglos. La alianza sencilla, de oro liso, el grabado de las iniciales. No se lo quitaba nunca. Era la mano de su padre.

Sintió el sol apagarse. La noche cayendo sobre sus hombros. De por vida.

El don por el que lloraba Titono

La patrulla ciudadana de la Guardia Civil tardó veinte minutos en llegar. Lara los había contado. Estuvo esperando, cardiaca, en el acceso al pinar donde tenía aparcado el coche. La tormenta se apostó sobre su cabeza, empapándolo todo. No le importó. Se quedó fuera del vehículo, permaneciendo visible por si llegaban los refuerzos. Sacó del maletero un viejo paraguas que esa vez se había acordado de coger e intentó cubrirse. Al cabo de cinco minutos, las gotas calaron la tela impermeable y el agua derramada a través de las varillas le caía sobre los hombros. Durante la espera, no se le ocurrió otra cosa que llamar a Ángel. La quietud y energía de sus palabras la calmarían. Le contó que había creído encontrar el cuerpo de su padre enterrado en un horno de cal, que su madre era la clara autora del crimen, que el corazón amenazaba con dejar de bombear. Tras unos minutos de consuelo, él le contó una de sus historias.

—¿Conoces el mito de Titono? Aurora, diosa del amanecer, suplica a Zeus para que le conceda a su amor, Titono, la inmortalidad. Al cabo de los años, Titono envejece, pierde el movimiento de sus extremidades y la cabeza. Totalmente demente y empequeñecido, pide y suplica morir, pero Zeus no se lo concede. Según algunas versiones, Titono aún vaga, sin saber siquiera quién es, entre los océanos —recitó de memoria con su habitual pronunciación sosegada y seseante—. ¿Qué quiero decirte con esto, Lara?

»Que ni el propio hombre debería aspirar a la inmortalidad. La finitud de la vida es un don. El don por el que lloraba Titono. Esa es la practicidad de la muerte: otorgar valor a la vida. Es el hecho de que tengamos que enfrentarnos a su fin lo que le concede riqueza a la espectacular travesía hasta el final del acantilado.

»El último capítulo del libro de nuestra vida se cierra de forma inexorable en algún momento. Para algunos, leer el capítulo es dramático. Otros tienen la suerte de envejecer y ver arrugadas sus pieles. El destino de tu padre no ha sido de estos últimos, por desgracia, pero, Lara, lleva catorce años fuera de tu vida. Y, si todo es como dices, no te abandonó.

»La herida del abandono perdura más que la de la muerte. No fue su decisión. Él no quería dejarte. Ahora tienes la oportunidad de librarte de esa lacra que tanto te ha marcado. Suelta ese globo negro, llora lo que tengas que llorar y sigue adelante. Por ti, porque te queda mucha vida por vivir, por él, allá donde esté, aquí donde lo recuerdas.

Lara tragó saliva, cerró los ojos e intentó ser otra persona cuando los abrió. Ángel, con su carácter rimbombante y su dialéctica bien cuidada, siempre sabía exprimir de su discurso el elixir de la vida en forma de palabras.

—Muchas gracias, Ángel —balbuceó.

—Siento lo que ha ocurrido. Vuelve a llamarme mañana. Cuéntame qué certifica la Guardia Civil y, sobre todo, me gustaría saber cómo te encuentras. ¿Me llamarás?

—Te llamaré.

—Tendré que ir a buscarte si no lo haces.

—Te llamaré —repitió.

Lara colgó la llamada en el momento en el que dos agentes de la Unidad de Seguridad Ciudadana de la Guardia Civil llegaban al acceso. A partir de ahí todo sucedió muy deprisa. Los guio hasta el horno de cal. Estos reconocieron el lugar e hicieron varias llamadas. Llegó el juez de guardia, acompañado del secretario judicial, la teniente y el sargento de la Unidad Orgánica de la Policía Judicial de la Guardia Civil de la Comandancia de Cádiz, un médico forense y todo el equipo del servicio de criminalística con sus trajes de buzos blancos. Limitaron la zona, le hicieron preguntas cuyas respuestas anotaron en una libreta, apuntaron sus datos, su versión. Le sugirieron amablemente que abandonara la zona. Y, entonces, en ese momento, mientras ella conducía de vuelta a San Andrés, Lara dedujo que estaba teniendo lugar el levantamiento del cadáver de su padre. Tuvo escalofríos de pensarlo. Nada más aparcar en su calle, recibió la llamada de una histérica Olga.

—Me acaba de llamar la Guardia Civil —titubeó—. Dime que es mentira lo que me han contado.

—Me temo que no puedo.

Oyó un gimoteo al otro lado de la línea.

—Van a venir a tomarle declaración a mamá. Si es cierto… —Tragó saliva—. Si es cierto, pasará el resto de su vida en la cárcel.

—Me parece justo —sentenció con frialdad Lara.

—Pasaremos por casa cuando esto acabe. —Lara emitió un ruidito gutural en señal de oído—. ¿Estás bien?

—Solo quiero que esto termine.

—Entiendo. —Se quedó callada unos segundos y repitió—: Pasaremos por casa. Un beso.

Y colgó.

Lara apoyó la cabeza en el volante. El viento soplaba con fuerza, tanto que el pequeño Citroën C3 se movía con cada ráfaga. Estaba empapada. Su cuerpo, aterido de frío, tiritaba debajo de la ropa. Se encontraba enferma. Sacó el móvil y escribió en la conversación de WhatsApp de Carla.

[24/01 22.12] Lara Ortiz:
¿Cómo está Chaqui? Paso a verlo mañana,
no me encuentro bien, necesito descansar.

Al minuto, Carla le envió una foto del perrito bebiendo agua de su cuenco. Se lo veía de pie, con el rabo erguido, alegre. Lara compuso una sonrisa torcida.

[24/01 22.13] Carla:
Está muy bien. Se ha pasado el día durmiendo,
pero ya es capaz de levantarse él solito. No te
preocupes y descansa. Está en buenas manos.

Lara no contestó. No tenía fuerzas para explicar nada, y muchos menos para ser abordada con preguntas que no podía responder. Se había movido por un impulso, había visualizado a su madre como el mismísimo demonio, y aquel sentimiento la había llevado a una certeza: el hallazgo de restos óseos enterrados en el Pinar del Hierro. Herminia sabía de su existencia. Tenía que saberlo, pues de las cincuenta hectáreas de pinar justo había ido a plantar tomillo para su brujería encima del cadáver. Ella misma la había guiado y enseñado la tumba de su padre. Golpeó los puños contra el volante. No le encontraba lógica. Pese al carácter exasperante de su madre, le constaba que estaba enamorada de su padre, que vivían un matrimonio real. ¿Cómo había podido matarlo?, ¿cómo había podido ocultarlo durante tantos años?, ¿cómo podía alguien dormir con esa culpa? Hacía tiempo que la lógica no desempeñaba un papel principal en esa historia.

Alzó la vista y descubrió que la lluvia había amainado. Sacó de la guantera papel y boli, que siempre guardaba por si se topaba con una idea eureka de las que le había hablado Ángel, y escribió con una letra lo más legible posible sobre la superficie irregular del volante. Luego, salió del coche. Se acercó a trote hasta la casa de Javier, su vecino, e introdujo el papel arrugado por debajo de la puerta. Con el nerviosismo de una niña pequeña que acaba de hacer una travesura, entró corriendo en su casa. Sin pensárselo dos veces, fue quitándose la ropa a medida que subía las escaleras. Cuando llegó al cuarto de baño, estaba completamente desnuda. Se dio un baño con sales minerales, deshaciéndose de todo ese polvo, de toda la tensión acumulada. Luego, se encerró en su dormitorio y echó el pestillo. Por costumbre, por si acaso. Se desmoronó, literalmente, sobre su cama y, en cuestión de minutos, se quedó dormida. Agotada, rendida al sueño.

Al otro lado de la calle, Javier recogía una extraña nota que alguien había insertado por debajo de la puerta.

> Siento muchísimo lo que pasó en nuestro último encuentro. Ruego que sepas disculparme. Perdí a una amiga y me largué de este lugar. Estoy haciendo lo posible por redimirme. Ese afán de perdonarme me está llevando a cometer más de una locura, pero tal vez tú puedas ayudarme. Ha llegado a mis oídos que auxiliaste a mi madre cuando tuvo el accidente en el cobertizo. ¿Hablarías conmigo?
>
> LARA

Javier no cambió su gesto. Intentó encontrar doblez en aquellas palabras. Abrió la puerta, miró la casa de enfrente donde vivían Herminia y toda su familia perturbada. Arrugó el papel y lo echó fuera hecho una bola.

No. Aquel encuentro no se produciría. Después de una charla impersonal, para nada interesante, llegarían las preguntas. Él simplemente acudió al lugar de donde provenían los gritos. Encontró a una señora malherida y llamó a una ambulancia. No tenía nada que esconder. Sin embargo, después de eso llegarían las otras preguntas. Vuelta a empezar. A remover. A arañar. No estaba dispuesto a hablar más.

Era inocente, no tenía nada que demostrar. Quería pasar página de una vez y que lo dejaran en paz. ¿Por qué tenía que seguir pagando una pena por un delito que no había cometido? No era culpable. Así lo había zanjado la autoridad. Cerró la puerta y, con ella, cualquier duda existente de hablar con Lara.

Lara Croft

Chaqui ladraba hecho una fiera en una esquina del salón. El pelo de su cuerpo estaba erizado, como si hubiera visto un gato. Solo que esa vez no era un felino, sino un ogro gigante y malhumorado de pelo ceniciento y camisón. Avanzaba bamboleándose con unas tijeras de jardinería que le salían directamente del muñón. Su cara desencajada y macilenta la hacía parecer una mala de película. Sus ojos, de un celeste intenso, parecían de otra especie diferente a la humana. Siguió acercándose hasta que Chaqui quedó arrinconado. Todo se tornó oscuro y ahora era Lara la que, con piernas flexionadas, yacía asustada en una esquina. Las paredes cada vez estaban más cerca. El techo le hizo cosquillas en el pelo. Su postura se volvió la de un contorsionista. Imposible. Iba a partirse. Sintió las costillas crujir en su interior. Quiso liberarse. Dio un grito.

Despertó bañada en sudor con el corazón palpitándole como un tambor. Intentó volver a dormirse. La última vez que había mirado el reloj eran las siete de la mañana. Fue entonces cuando decidió levantarse porque consideró inútil seguir dando vueltas en la cama.

Echó de menos al instante los buenos días de Chaqui y volvió a sentirse un fraude como dueña de aquel pobre animalito.

Abrió el pestillo del dormitorio con sigilo y aguzó el oído. No parecía haber nadie en casa. Oyó el fulgor del viento golpeando las contraventanas. No había pausa. El mal tiempo era indicio de lo que estaba por venir. Siempre lo había creído así. Bajó las escaleras recogiendo las prendas que el día anterior había dejado desperdigadas en cualquier parte. Una vez en la cocina, preparó café y tostadas, y, pese al frío, salió al porche a desayunar. Sentía que se ahogaba encerrada en esa casa, que el techo se le caería encima de un momento a otro.

Mientras saboreaba el último resto de café, chequeó su móvil. Susana28, alias su cuñado Lucas, no había respondido al sonado «lo sé todo». Aunque le intrigaba bastante, le pareció insignificante ante la gravedad de los hechos que estaban teniendo lugar a su alrededor. Carla seguía enviándole fotos de un Chaqui totalmente recuperado: jugueteando en el jardín, durmiendo los últimos resquicios de la anestesia, devorando una loncha de jamón cocido. Eso la tranquilizó. Siempre había sido un terremoto y verlo tan ágil le daba muy buen pálpito. Era señal de que volvía a ser él mismo, aun sin cuerdas vocales que hacer vibrar. No tenía mensajes de Olga ni de Lucas. No auguró que le estuviese sucediendo nada bueno a Herminia en el hospital ni tampoco en relación con la teniente de la Guardia Civil. Si no recibía noticias, llamaría más tarde a su hermana. Aún era muy temprano para sacar algo en claro.

Se quedó mirando el fondo de la taza vacía, manchado parcialmente por granitos de café triturado y un restillo líquido. Sentía una emoción nueva recorriéndole las venas. Se consideraba una persona bastante inteligente, emocionalmente hablando. Había tenido que labrarse una gran autoestima para enfrentarse a los retos del pasado. Resiliencia, actitud positiva, automotivación eran temas que siempre salían en las sesiones con Ángel. Él decía que la inteligencia se mide por la capacidad de adaptarse al cambio.

Y en eso Lara tenía un máster. Sin embargo, la conciencia emocional no le daba para reconocer aquello que sentía. Había instaurado un sentimiento de odio y resentimiento contra su padre, alimentado durante años, bajo la creencia de haber sido abandonada. Todo acababa de cambiar. Si estaba en lo cierto, había sido asesinado, quitado de en medio, barrido de la faz de la tierra. No podía odiar a alguien que no se había ido por su propia voluntad. En cierto modo, se sintió liberada. Todo aquel rencor por fin podía descansar. Imaginó que Catalina, la madre de Isabel y Emma, llevaba esperando aquella emoción exactamente catorce años. No la de perdonar ni la de dejar de odiar, sino la de descansar y poder velar a su hija en paz.

Atravesó el jardín y no le hizo falta cruzar la verja para ver al otro lado de la calle que la nota que había dejado bajo la puerta de su vecino era una bola arrugada y mojada por el rocío de la madrugada. Captó el mensaje. No iba a darse aquella conversación con Javier. Meditó un segundo cómo de descabellado sería hacer lo que se le estaba pasando por la cabeza. Entró de nuevo en casa, se dio una ducha rápida, que la terminó de despertar en el acto, y se vistió con uno de los pocos conjuntos que le quedaban limpios. Una vez estaba conduciendo el Citroën C3, llamó a Emma y accionó el manos libres.

—Iba a llamarte hoy —dijo su amiga a modo de saludo—. Carla me ha contado lo de Chaqui. No sé qué decir, salvo que cuentas con mi casa si lo necesitas, ya lo sabes.

—Tengo que pedirte un favor —soltó a bocajarro.

—Claro, dime, lo que sea. —Emma sonó sincera.

—Voy camino de tu centro. Tienes que dejarme hablar con Dani.

—¿Por qué, Lara? —interpeló sin disimular su fastidio—. Si Javier se entera, me voy a meter en un buen lío. Lo sabes, ¿no?

—Sabe algo. No sé qué, pero sabe algo.

—Y dale. ¿Todavía sigues con lo mismo? ¿No te das cuenta de que estás enterrando la cabeza en otros problemas para evitar mirar de frente lo que está ocurriendo en tu casa? Están evaluando a tu madre, posiblemente pase su vida en un centro psiquiátrico. Ha atacado a tu perro.

—Y he hallado el cuerpo de mi padre.

Emma se quedó sin palabras.

—¿Qué estás diciendo?

—Mi madre me enseñó un lugar donde ejercía algún tipo de hechizo de protección del alma de mi padre. Cuando vi de lo que era capaz, fui allí y cavé. No esperaba encontrar nada, deseaba estar equivocada, pero hallé huesos, Emma. Vi las falanges de una mano y la alianza de mi padre en ella. La Guardia Civil está haciendo las comprobaciones pertinentes.

—Dios mío.

—No me digas que evito lo que está sucediendo en mi casa, porque no es así. Es precisamente lo que intento averiguar. Mi madre mintió acerca de su caída. No se cayó de la escalera mientras intentaba subir al techo del porche como nos hizo creer a todos. Se cayó en la puerta del cobertizo. No sé por qué motivo mintió. Pero sé que, casualmente, el vecino misterioso, Javier, estaba allí para socorrerla. Se niega a hablar conmigo. Por lo tanto, solo me queda Dani. El día que hablé con él en su sótano supe que sabía algo. Lo supe entonces y lo sé ahora, Emma. No puedo ir a su casa. Javier no me dejará ni acercarme, pero puedo hablar con él en tu centro. —Bajó la voz—. Si tú lo apruebas.

Emma suspiró, sopesando la posibilidad.

—De acuerdo. ¿Qué hora es? —Hizo una pausa para comprobarlo—. Son casi las nueve. Salgo para allá. Espérame en la puerta. No hagas nada sin mí. —Esperó una respuesta que no obtuvo—. ¡Lara!

—No hago nada sin ti. Nos vemos ahora.

Emma no pareció convencida, pero no le quedaba otra que confiar en su amiga. Cuando Lara colgó, ya estaba aparcada a unos metros del lugar de encuentro. Salió del coche y echó una ojeada por los jardines del centro de educación especial. Tenían su propio huerto de tomates, cebollas y patatas. Distinguió naranjos. Algunos de ellos cargadísimos. Comenzó a ver llegar a algunos de los alumnos. Todos sobrepasaban la mayoría de edad. Algunos venían en autobús. Otros en coches conducidos por familiares. Miraban a ambos lados de la calle antes de cruzar. «Bien aprendido», pensó Lara. Regresó al Citroën por miedo a toparse con Javier y esperó impaciente.

A los cinco minutos vio aparcar a Emma. Apagó el cigarro en la suela de su bota y lo tiró en la papelera más cercana. Se acercó a trote y, cuando estuvo a su altura, anduvieron juntas hacia el interior del edificio. Emma la acercó a su cuerpo con un achuchón cariñoso que Lara recibió sin rechistar.

—Me vas a buscar la ruina —la riñó—. Ven conmigo.

La guio por diversos pasillos hasta llegar a un pequeño despacho, donde soltó el maletín que cargaba. Parecía estresada. El flequillo se le pegaba a la sudorosa frente. Miraba excesivamente hacia la puerta, comprobando que estaban solas.

—Dani es el encargado del taller de pintura. Ahora le toca sesión con la logopeda. Lo traeré con la excusa de que los pinceles no están limpios. —Se encogió de hombros. Improvisaba. Estaba atacada—. No hables con nadie. Quédate aquí. Yo lo traigo. —Guardó silencio—. ¡Lara!

—¡Me quedo aquí! ¡Tú lo traes!

—Eso es —dijo satisfecha y cerró tras ella.

Lara miró a su alrededor. El despacho consistía en un escritorio, una silla, un mueble repleto de carpetas, una pizarra de tiza bastante estropeada y un corcho lleno de papeles clavados con chinchetas. Se acercó, atraída por un cartel, y leyó: «El jueves 12 a las seis tendrá lugar el espectáculo *El baile en la sangre*, donde veinte chicos y chicas expresarán sus emociones a través de la musicoterapia y la psicomotricidad». Lara sonrió. El evento tendría lugar en apenas unos días. Un ruido hizo que despegara la vista del corcho y condujera su atención a la puerta del despacho. Dani apareció con rostro circunspecto. Vestía unos pantalones vaqueros y una divertida sudadera de algún superhéroe que no supo reconocer.

—Lara ha venido a hablar contigo. Será breve, concisa y cuidadosa —dijo Emma con un ladeo de cabeza. Hablaba con Dani, aunque eran indicaciones para Lara—. Os dejo solos cinco minutos.

Cerró la puerta y les dejó intimidad.

Lara dibujó una sonrisa amistosa. Como no encontró la respuesta que esperaba, probó otra estrategia.

—¿Participas en esto? —Señaló el cartel con un movimiento de cabeza—. Parece superguay.

—No me gusta bailar —dijo Dani en pocas palabras.

Lara suspiró. Se le acababan las ideas.

—Ya, a mí tampoco. Es un rollo. La astronomía sí que mola.

Los ojos de Dani se abrieron de golpe. Estaba interesado.

—¿Sabías que un satélite grabó sonidos al atravesar la atmósfera de Titán?

Lara se quedó de piedra. Definitivamente, era un obsesionado del tema, y aquella información no había salido de *Mi primer libro de astronomía*.

—¿Titán?

—La luna gigante de Saturno.

—Ah, claro. Pues me parece interesantísimo —admitió alucinada—. ¿De dónde has sacado eso?

—Internet.

—Por supuesto. —Se acercó aprovechando que había bajado la guardia—. Dani, ¿te acuerdas de lo que hablamos en el sótano? Te pregunté por la desaparición de esa chiquilla de doce años, Isabel Díaz. Me contaste que la viste alguna vez cuando eras pequeño. Cuando quise saber más, dijiste que no podías hablar del tema. —Dani agachó la cabeza. Lara dio un paso hacia él, intentando transmitir cercanía—. Puedes contarme lo que sea.

—Javi no quiere que hable de Isabel con nadie.

—¿Por qué?

Alzó la vista y miró a Lara.

—Porque hicieron que se fuera.

—¿Quiénes?

—La gente. Son malos, se portaron mal con Javi y tuvo que irse.

—Malas lenguas —recordó Lara pensando en voz alta. Al segundo se le encendió la bombilla—. ¿Viste desde tu ventana cómo la señora Herminia se caía en el cobertizo?

—Sí. Yo fui quien avisó a Javi, y él la ayudó. Es un super-héroe.

—¿Había alguien más allí? —preguntó para comprobar la veracidad de lo que decía.

—Una mujer.

—La chica de Correos —afirmó Lara entusiasmada—. ¿Viste cómo fue el accidente?

—Guardaba algo en una caja y se le cayó encima.

—Una caja de herramientas —completó Lara.

—Una caja de herramientas —repitió distraído.

—¿Viste qué guardaba?

Negó con la cabeza y mordió los cordones que asomaban de la capucha de la sudadera.

—Dejó de gritar cuando oyó a la mujer. —Lara lo miró impactada—. Escondió algo y siguió gritando.

—¿Qué escondió?

Dani se encogió de hombros y miró de reojo la puerta de salida. No sacaría más información. Aun así, lo obtenido sería de gran utilidad. A pesar de la disglosia del chico, el mensaje era claro.

—Has sido de gran ayuda, Dani. Haré lo que pueda por encontrar a Isabel.

—¿Como la Capitana Marvel?

Lara no tenía ni idea de quién diablos era esa. A su mente vino la imagen de una chica musculosa, embutida en shorts, que recogía su melena oscura en una larga trenza que le llegaba al sacro. En sus caderas reposaban dos pistolas. Fría y calculadora, adicta a la adrenalina. Interpretada por una joven Angelina Jolie, y más tarde reencarnada por una fantástica Alicia Vikander. Una mezcla entre James Bond e Indiana Jones en forma de mujer. La primera heroína nacida en tiempos de guerreros masculinos, allá por 1996. Un cuerpo de acción, para hacer y luchar, en lugar de para ser mirado o rescatado. La protagonista del mundialmente conocido videojuego de acción y aventuras *Tomb Raider*.

—Como Lara Croft —convino.

Dani entreabrió la boca fascinado. Sonrió y aplaudió. La idea le pareció apasionante.

Emma irrumpió en el despacho con un ataque de nervios.

—¿Todo bien? Dani tiene que volver a clase.

—Todo bien. —Lara se volvió hacia él—. Dani, ¿le guardas el secreto a Lara Croft?

Él asintió con una sonrisa tierna y, con pasitos rápidos, salió del despacho seguido de Emma, que la miró perdonándole la vida.

Verano de 2006

La pena que sentía Hortensia solo era comparable al dolor de perder una parte del cuerpo. Esa desesperanza se alimentaba de su energía, y la prueba más obvia de ello era el estado en el que seguía viva. Había pasado la mañana mirando fotos del viejo álbum familiar. Tenía la garganta irritada y los ojos compungidos de llorar. Acumulaba ya ocho botellas de vodka en la mesa del salón. Levantó la copa en un brindis al aire y dio un sorbo largo para bajar las pastillas tranquilizantes. No recordaba si había cenado el día anterior, tampoco si había comido algo aquella mañana. Las horas se entremezclaban en su cabeza. Hacía días que había dejado de medir el tiempo.

Joaquín pasaba una media de tres noches fuera de casa. Hortensia no tenía ni idea de dónde dormía. Solo sabía que volvía oliendo a whisky y perfume barato de mujer. No se le ocurría preguntar. Había asumido que no tenía derecho a conocer los paraderos de su marido. Ella procuraba tener algo de comida caliente para cuando llegaba. El resto del tiempo hacía lo imposible por que las manecillas del reloj corrieran más deprisa. Fumaba una cajetilla al día y subió el promedio de copas semanales.

Desde que Lucas se fuera, los golpes no habían parado ni aumentado. Joaquín no prestaba atención al crío. Tardó dos días en darse cuenta de que faltaba. No le sentó bien que se hubiera ido a vivir a casa de doña Herminia. Sobre todo, porque él no había dado el beneplácito de aquella importante decisión. Sin embargo, después de una paliza se quedó más relajado y lo dejó estar.

El verano estaba siendo más caluroso de lo normal. Hortensia bebía para calmar la sed, apaciguar la pena y acelerar el tiempo. Llevaba el mismo vestido desde hacía cuatro días. Los enredos de su pelo tenían nombres y apellidos. No era la primera vez que olvidaba ducharse. Daba igual. Ya ni Joaquín la usaba en sus juegos sucios. Hortensia ya no compartía cama con su marido.

Subió a trompicones la escalera y se dejó caer en el nórdico de su hijo. Olió la sábana, que no había cambiado, esperando encontrar su aroma, pero halló el hedor del tabaco. La funda de la almohada se mojó de sus lágrimas. Bebió a morro de la botella que había arrastrado con ella, mitigando un hipo de borracha con más alcohol. Sintió su estómago retorcerse, una turbulencia subir por su garganta y precipitarse en la alfombra. Después de vomitar todo el vodka, siguió encontrándose indispuesta. Se estremeció de dolor sobre el colchón. Jadeaba. La botella resbaló de sus dedos y se hizo añicos. Sintió subir hiel, que salió despedida por su pastosa boca. Su cuerpo cayó lánguido sobre los cristales, clavándoselos en las rodillas. Escupió el último resto en forma de espuma. «Lucas está bien», se convenció. Fue su último pensamiento antes de que el reloj se detuviese para siempre.

No muy lejos de allí, Lucas pateaba una piña que había caído de algún pino cercano. Le había pedido a Manuel que hiciera una parada antes de llegar a San Andrés. Luego, se las ingeniaría para volver al caserío. Habían ido a pasar el día a un pueblo de la sierra de Cádiz, se habían bañado en agua dulce helada y habían comido en una de esas ventas de carretera donde no se entiende un plato que no rebose. Se sentía parte de algo, de una familia. Por primera vez en mucho tiempo, reía a carcajadas con facilidad, albergaba la esperanza de una vida mejor y sentía la inmensa necesidad de compartir su felicidad con su madre.

No llamó. Seguía teniendo llaves. El estado del salón no lo sorprendió. Aunque lo mataba por dentro, no era un inconsciente. Sabía cómo vivía la pobre de Hortensia. Como no la encontró en la planta baja, subió la escalera llamándola por su nombre. El dormitorio de matrimonio estaba vacío, la cama deshecha y la ropa por el suelo. Vio entreabierta la puerta de la que fuera su habitación. Olía fatal. Oculto por la cama, descubrió el pie sobresaliente de un cuerpo. Sangraba *post mortem*. El suelo estaba cubierto de cristales. Alcanzó a ver el perfil del rostro de su madre contra la alfombra. El pelo encrespado le caía por la frente. Tenía restos viscosos en la boca y un charco enorme de vómito le rodeaba la cabeza.

Sentado en los escalones de la entrada mientras esperaba a la ambulancia, se preguntó cómo era posible que en un mismo segundo dos personas tan cercanas vivieran vidas tan dispares con sentimientos opuestos. No pudo evitar sentirse egoísta por haber mirado hacia otro lado, sentir la culpa de una muerte anunciada. No haber podido ayudar a la mujer que le había dado la vida hizo que algo dentro de la suya se quebrara. Miró al cielo y gritó rabiando de dolor.

Salud mental

Una vez en el coche, llamó a Olga y activó el manos libres.

—Olga, buenos días. ¿Qué tal va todo por allí?

—Estoy en el cuartel de la Guardia Civil.

Su voz sonó inerte, sin entonación. Identificó reproche en ella. Dedujo que había pasado la noche en vela.

—¿Qué pasa?

—¿Puedes venir?

—Sí, claro. Voy para allá.

Lara condujo como no aconsejan en las autoescuelas. No respetó entrar en las rotondas con la segunda marcha, no hizo doble stop y adelantó como una kamikaze. Aunque el cielo había amanecido nuboso y grisáceo, a las diez de la mañana aspas anaranjadas iluminaron el día. Revivió en su cabeza la conversación con Dani y destacó las partes útiles. Al parecer, Javier solo era una víctima más de la sociedad. Juzgado y repudiado por un delito del que fue sospechoso. ¿La razón? Aparcar la paquetera donde no debía cuando no debía. El lugar y el momento erróneos. Sospechoso, que no inculpado. Sin embargo, castigado. Tal fue la pena que pagar que tuvo que dejar su hogar y, con él, a su familia para huir de las habladurías, del infierno que le habrían hecho pasar. Lara lo puso en entredicho, aunque el discurso de Dani tenía bastante peso. Lo había comprobado al preguntarle por el accidente de Herminia. El chico había mencionado a la cartera que atendió a su madre cuando se cayó en el cobertizo. También Javier la había socorrido y no se lo había mencionado a Lara. ¿Por miedo? ¿Sería que de nuevo se había encontrado en el lugar y en el momento menos oportunos? Puede que sí o puede que estuviera implicado en la caída de Herminia. Por otro lado, estaba la caja de herramientas. Siguiendo la versión de Dani, este habría sido el motivo real del accidente. Una caja de herramientas que golpeó la frente de su madre. Una caja en la que estaba guardando algo. Se preguntó por qué su madre habría dejado de gritar momentáneamente. ¿Qué tendría tanto valor para dejar de pedir socorro aun con una brecha abierta? ¿Qué guardaba? O, mejor dicho, ¿qué escondía?

Lara volvió a tomar conciencia de la carretera y se obligó a prestar atención. Sentía algo vivo en su estómago. Unas náuseas intensas. Las tostadas del desayuno le estaban dando un asco inexplicable. Estaba nerviosa. Aparcó en la calle de al lado y caminó hasta el puesto principal de la Guardia Civil. Lucas estaba en la puerta fumando. Lo saludó con un movimiento de cabeza. Él se acercó y la abrazó con la mano libre unos segundos. Sabía que se había dejado estrechar por sus brazos el día anterior, cuando la pena por Chaqui era tan grande que no le importaba de quién fuera el abrazo. En cambio, en ese momento se sintió incómoda, aunque concedió el gesto.

—¿Y Herminia? —preguntó.

Lucas la miró perplejo, percatándose de que era la primera vez que no la llamaba mamá.

—Se la han llevado de vuelta al hospital psiquiátrico.

—¿Y eso por qué? —respondió sin dar crédito.

—Entra.

Le indicó el camino con el dedo. Lara estudió su rostro. No parecía preocupado, no más que antes de que Herminia fuera una presunta asesina. Entró sin vacilación. Vio a su hermana hablando con la teniente al fondo de una sala que bien parecía de espera. Se acercó y le tendió una mano, que esta le estrechó.

—Buenos días, teniente. Soy Lara, la hija de Herminia que dio el aviso.

—Sé quién es usted. Buenos días.

—Hola —susurró Olga.

Lara compuso una mueca de circunstancias y volvió la vista a la teniente.

—La estábamos esperando. Si no hemos contactado antes con usted, es porque contábamos con Olga. Le explicaré mejor. ¿Nos sentamos? —Las invitó a sentarse en unas sillas de plástico pegadas a la pared—. Hemos recibido esta mañana el informe forense. ¿Está usted familiarizada con la comparación de ADN?

Lara miró a su hermana interrogante.

—Pues no, la verdad.

—Verá, cada ser humano posee un ADN único. Sigue leyes mendelianas de la herencia. El ADN de un hijo está formado por el ADN de los padres.

—Ajá —intervino Lara sin saber a dónde iría a parar aquello.

—El ADN de los tejidos duros está protegido considerablemente de los efectos de la putrefacción, así que la muestra encontrada pudo analizarse mediante técnicas de perfilado.

—¿La muestra?

—Los restos óseos de la mano hallada en el horno de cal.

—¿Y el cadáver? —preguntó estupefacta.

La teniente se relamió el labio y miró a Olga, que escuchaba cabizbaja, cavilando hasta qué punto habían hablado las hermanas.

—No hemos hallado ningún cadáver, señorita Ortiz.

—Eso no es posible. —Se irguió en el asiento y tensó toda su espalda.

—Le aseguro que mi equipo ha peinado la zona al completo. No se han encontrado más restos —manifestó contundente—. Le explicaba que es necesario contar con muestras de referencia para encontrar coincidencias. La más común es la de un familiar biológico, puesto que, como ya he dicho, comparte una parte de ADN. Concretamente, padres e hijos comparten la mitad. Al estar su hermana Olga aquí, le hicimos la extracción de muestra de referencia.

Lara clavó una mirada acusatoria en Olga.

—Un pinchacito en el dedo y unas gotitas de sangre en papel absorbente —completó esta.

—El resultado de la analítica de ADN realizada a los restos óseos hallados en el horno de cal coinciden al cincuenta por ciento con Olga.

—Eso es bueno, ¿no? Debe coincidir porque padre e hija comparten la mitad de ADN. Usted lo ha dicho.

—Así es. Pero, para asegurarnos y por la facilidad de extracción en los restos poco conservados, como es el caso, debido a la humedad y a la fauna del lugar, también analizamos el ADN mitocondrial. Este ADN se hereda únicamente de la madre, por lo que solo se pueden comparar con la propia madre, la abuela materna, hermanos, tíos maternos... Esto significa que el ADN mitocondrial de los restos óseos no debería coincidir con los de Olga si pertenecieran a Manuel, su padre, y sin embargo así ha sido. El ADN mitocondrial coincide al cincuenta por ciento con la muestra de Olga.

Lara intentó procesar la información.

—¿Qué quiere decir?

—Los restos hallados no pertenecen a Manuel Ortiz, sino a vuestra madre, Herminia Leal.

—No puede ser —dijo rápidamente—. Encontré a mi padre. Encontré su alianza en ese hoyo.

—Por lo que yo he visto, sí puede ser. Su madre prescinde de una mano. El radio y el cúbito coinciden a la misma altura. De manera urgente, ordené analizar los restos con la muestra de sangre de su madre y se obtuvo el cien por cien de coincidencia. Los restos óseos hallados pertenecen a Herminia. Esta mañana ha prestado declaración y ha confesado usar su mano y la alianza de vuestro padre para fines… —Pensó cómo decirlo—. Litúrgicos y ritualistas.

Lara sonrió incrédula. La habitación oscureció de inmediato. Pareciera que las paredes se contonearan con la corriente de viento que entraba por la puerta. Un ligero crepitar en su sien izquierda la avisó de una incipiente jaqueca. La tensión arterial jugándole una mala pasada de nuevo. En su mente fluyeron las palabras de Carla el día de la biblioteca. La conversación banal cobraba ahora todo el sentido. Ella había dicho: «No se trata de cuestionarse la funcionalidad del ritual, se trata de hasta dónde es capaz de llegar una persona guiada por sus creencias». Entonces, supo la respuesta. Hasta donde sea. Hasta el final. Guiada por sus creencias, una persona es capaz de cortarse una mano y enterrarla.

Oír su nombre la devolvió al mundo de los mortales. Olga la llamaba con suavidad. La teniente le mostraba un gráfico en papel que señalaba con el dedo a medida que hablaba.

—Aquí pueden verse las coincidencias. No hay ninguna duda, señorita Ortiz. No podemos culpar a su madre por autolesionarse. Siento mucho lo ocurrido y todo el malestar generado. Ahora es responsabilidad del hospital lo que pase con ella. —Se levantó y volvió a estrecharles la mano a las hermanas—. Si me disculpan… Buenos días.

Lara escuchó sin decir nada. No podía. Anonadada, asintió y zarandeó la mano de la teniente. La miró irse y luego reparó en su hermana, que la estudiaba con interés.

—No podía explicártelo por teléfono —dijo a modo de disculpa. Intercambió una mirada taimada con su marido, que observaba a las hermanas desde la puerta, y añadió—: Tienes que decirme cuándo te irás a Sevilla. Lucas va a contratar una empresa de limpieza. Convendría que te fueras hoy. Recoge tus cosas y pasa a despedirte. Come con nosotros y te enseño el chalet. —Lara asintió inconscientemente—. Mamá ingresará como paciente en un centro psiquiátrico. Si quieres, te paso la dirección. —Esperó unos segundos la respuesta de Lara y, como no llegó, continuó su discurso—: Siento en el alma lo que le ha pasado a tu perro, Lara, pero, por favor, mira dónde estamos. No puedes ir inventándote asesinatos ni culpando a mamá de todo lo que pase. Cuida un poco tu salud mental o acabarás donde ella.

Lara abrió los ojos, sorprendida por la dureza de Olga, que, acabado el alegato, colocó sobre su mano la alianza de su padre. Una joya tan pequeña y tan sufrida. Luego, salió del cuartel con semblante serio y paso decidido, dejando a una Lara empequeñecida atrás.

Bruja

Lara tardó unos momentos en recuperarse. La emoción nueva que le inspiraba descanso mental se esfumó y dio paso al desconcierto, a la duda, a encontrarse en un tablero de juego que no conocía. En ese momento, era ella la que fumaba dando largas caladas de camino al coche. Cuando arrancó supo la dirección. Apretó el volante con manos tensas, que se volvieron blanquecinas por la presión ejercida sobre el cuero. A pesar del frío, todo su cuerpo transpiraba bajo el abrigo. Las tostadas del desayuno seguían revolviéndose en su estómago, haciendo que apretara las facciones de malestar. En un stop se llevó las manos a las perneras de los pantalones. Le resbalaban. Siguió conduciendo al margen de cualquier estímulo que se diera a su alrededor. Tanto fue así que, cuando aparcó el coche, se preguntó cómo había llegado a su destino.

Bajó del vehículo y se frotó los ojos, deseosa de deshacerse de esa niebla que los cubría cuando había poca luz. «La maldición de los miopes», pensó. Se acercó cauta a la vieja casa que había visitado en una ocasión. Los portillos de las ventanas lucían abiertos. Lara imaginó que el sol entraría a raudales por la orientación de la construcción. No había ni rastro de cortinas, al menos no las vio desde su posición. El interior sería luminoso hasta en días grises como aquel. El acceso se encontraba flanqueado por un tupido dosel de pinos que hacían de pared. Golpeó la arcaica puerta con los nudillos. Oyó unos pies arrastrándose por el pasillo y la puerta trabarse antes de destapar a la propietaria: una mujer cuya edad oscilaba entre los sesenta y la muerte, de pelo corto tintado de color violeta y ojos caídos. Tenía los pómulos marcados debido a su excesiva delgadez. Vestía con ropa de aspecto juvenil. Lara no pudo evitar fijarse en la felpa de leopardo que le sujetaba el flequillo grasiento. Cuando sonrió, se dio cuenta de que le faltaban varias piezas dentales. Lo hizo con prudencia, una sonrisa de cortesía para la recién llegada.

—Vaya, vaya. ¿A quién tenemos aquí? —dijo en tono melodramático—. Pasa, hija, pasa. Mucho has tardado.

Lara aceptó la invitación y cruzó el umbral del portón. Un intenso olor a fritura le llenó los pulmones. Eso la hizo ser consciente por primera vez de la hora. Eran casi las dos. Tuvo la sensación de que el tiempo había pasado extremadamente rápido en el cuartel de la Guardia Civil. El interior de la casa la sorprendió. Hubiera esperado una decoración del siglo pasado: paños de macramé, muebles de madera maciza, una vitro de gas e incluso un sofá imposible. Sin embargo, lo que encontró la encandiló. La vivienda estaba recién reformada. Los muebles de tonos claros embellecían cada estancia. El blanco era el color predominante. La mujer la acompañó hasta el pequeño jardín, donde días antes se había reunido con Herminia para adoctrinarla acerca de cómo expulsar el ente que dominaba el cuerpo de un familiar. Lara había oído parte de la conversación con la oreja pegada a la pared del patio. Ese día, era ella la que acudía a Teresa, la bruja de magia blanca. Solo pensarlo hizo que sonriera. La invitó a tomar una copa, que Lara amablemente rechazó.

—¿A qué debo el gusto? —preguntó sentándose frente a su invitada.

—Espero que podamos hablar sin que saques un péndulo —dijo tirante.

Teresa mostró una sonrisa imperfecta que dejó visibles varios huecos de su dentadura.

—Presiento que lo que te trae hasta aquí es algo muy diferente al apoderamiento del cuerpo de Lara.

Decidió ignorar el comentario, que casi le pareció divertido.

—Es obvio que Herminia busca en ti consejo. Me sorprende que consigas ser tan influyente. ¿Cómo es posible que la indujeses a cortarse la mano?

El rostro de Teresa cambió de inmediato. Pareció sorprendida. Las arrugas de su frente se pronunciaron aún más, añadiéndole años de golpe.

—No es mi obra —respondió tajante.

—Ah, ¿no? ¿Y cómo explicas que mi madre se cortara su propia mano para uno de sus rituales?

—No tenía ni idea de que hubiese hecho eso. Por lo que a mí respecta, se la arrancó un chucho.

—No te creo.

—¿Por qué iba a mentirte? —La miró altiva—. Mis hechizos buscan la prosperidad, la integridad, la conexión con el espíritu. Basan sus principios en la armonía entre la buena acción y la naturaleza. Nunca recomendaría deshacerse de una extremidad.

—Pero ¿sí drogar y atar a una hija? —la provocó Lara—. No me parecen del todo éticos tus hechizos —dijo subrayando con retintín el final de la oración—, como tú los llamas.

—La magia no entiende de colores, pero digamos que yo me muevo bajo la influencia de la magia blanca. Todos nuestros actos tienen buena fe.

«Nuestros actos». La frase retumbó en su cabeza. Hablaba de un colectivo. Imaginar más mujeres como su madre y como Teresa le dio repelús.

—El fin de Herminia era proteger el alma de mi padre —dijo con desdén.

—Pagar un precio tan alto por la protección de un ser querido no es lo común. A menos que…

—¿Qué?

—Que esa persona estuviera muerta.

A Lara se le encogió el pecho. No era una idea que la pillara de nuevas. Después de catorce años sin noticias de su padre, claro que había pensado en aquella posibilidad.

—Pero dices que tú no tuviste nada que ver.

—Me halaga que veas en mí una mujer tan poderosa, cielo, pero te equivocas.

—¿Y entonces quién?

—¿Por qué ha de ser una persona? ¿No estamos hoy en día conviviendo con la mayor fuente de información de todos los tiempos? La sociedad ha cambiado de una forma ostensiblemente revolucionaria. La sed de cultura se sacia a través de una pantalla. Internet es un instrumento inagotable y sabelotodo. No es que yo esté a favor de ello, pues no me negarás que le resta valor al pensamiento profundo, lento, de búsqueda, creativo. Lo queremos todo ya, aquí y ahora. No tenemos paciencia. Somos impulsivos. Cambiamos nuestro foco de una página a otra y olvidamos la importancia de la atención sostenida en un libro de papel.

Lara pareció contrariada. Estaba de acuerdo en algo con la bruja.

—Pongamos que tienes razón, que mi madre halló el proceso del ritual en Internet. ¿Cuál sería el procedimiento?

—Cualquiera diría que tienes verdadero interés en este mundo, cielo. —Dibujó en sus labios una burda sonrisa—. Para llevar a cabo un hechizo de ese calibre, haría falta algo del ser querido, en este caso tu padre, y algo de la persona que lo realiza. Los obsequios elegidos deben estar en contacto con la naturaleza. Escoger bien el lugar es prioritario y, cuanto más valor tengan las posesiones, mayor nivel de éxito. Una mano, sin ninguna duda, es apostar muy alto. Siempre estuve convencida del amor que sentía tu madre por el buenazo de Manuel.

Oír el nombre de su padre en la boca de esa mujer le produjo rechazo.

—El objeto de valor de mi padre era este.

Mostró la delicada alianza sujetándola con el pulgar y el índice. Cuando Teresa iba a coger el anillo, cerró el puño y volvió a guardarlo en el bolsillo interior de su abrigo, como un caramelo que se le arrebata a un niño.

—Un valor sentimental altísimo. Tu madre lo puso todo en el asador. Desde luego, apostó fuerte para que el hechizo fuera fructífero.

Lara vaciló unos segundos.

—¿Lo fue? —titubeó.

Los ojos de Teresa se iluminaron, visualizando una presa que se acercaba a la trampa.

—No estoy familiarizada con tales hechizos, pero, por la valía de las ofrendas y el arrojo de tu madre, yo estaría tranquila. El alma de tu padre está a buen recaudo.

Aquella afirmación la consoló. No se creía ni una sola palabra, pero inexplicablemente fue un regalo para sus oídos. Lo único agradable en los últimos días. Teresa se inclinó en el asiento dejando que Lara apreciara las manchas de la edad.

—No busques culpables, niña, ni tampoco explicaciones. La gente hace lo que hace por efecto del ambiente. Es la interacción de genes y medio lo que da lugar a múltiples individuos con infinitud de pensamientos y formas de actuar. Cada minúscula decisión tiene un ingrediente diferente en situaciones casi idénticas. Somos altamente impredecibles. Tu madre hizo lo que consideró mejor para su familia. Cuidó el alma de tu padre, y que para eso tuviera que perder una mano solo es una muestra más del amor que desprende.

Lara discrepó, pero no dijo nada. Se quedó fascinada con el desparpajo de la mujer. Entrelazaba en su discurso ciencia y liturgia como si tal cosa, como si pudieran ir de la mano. No pudo evitar que la imagen de gente inculta quemando romero se desestabilizara un poco en su cabeza.

—¿Aún piensas que habla por mí un ente?

Teresa volvió a recostarse en la silla y entrecruzó los dedos de las manos.

—Herminia buscaba en ti la niña que se fue de casa. Encontró una mujer con carácter y determinación. No la culpes por querer hallar lo que eras cuando te fuiste.

—¿Y cuál es tu papel ahí?

—Me gano la vida, cielo. La casa no se decora sola, mi pelo no es violeta natural, aunque me queda tan bien que cuesta creerlo. —Emitió una risilla aguda—. Es un trabajo como cualquier otro —admitió sin pudor.

—Tiene síndrome de Capgras —recalcó Lara.

Teresa dejó a un lado su faceta de bruja tertuliana y la invitó a la cocina, guiada por el olor a croqueta quemada. Se retiró dos mechones violeta de la cara y, con una pala de plástico, sirvió la fritura en una bandeja de porcelana.

—¿Quieres tener hijos, cielo? Ser madre te cambia la vida; no es un cliché, es una realidad. Es la razón por la que te levantas cada día, te da fuerzas, te da motivos para vivir. Muchos padres encuentran insignificantes sus vidas una vez los hijos son autosuficientes. Herminia solo tiene la pena de una madre que ve crecer a sus hijas. —Sacó del cazo hirviendo la última croqueta—. ¿Te quedas a comer?

—Tengo que irme —dijo sorprendida por su falta de escrúpulo—. Una cosa más. ¿Cómo sabías que mi hermana no estaba embarazada?

Teresa alzó la ceja izquierda, audaz, y soltó una carcajada histriónica.

—Tu hermana no tiene instinto maternal. Lo que tiene es una necesidad enorme y preocupante de acaparar la atención de tu madre.

Lara meditó las palabras. Aunque no estuviera para nada de acuerdo en su forma de ganarse la vida, tenía que admitir que aquella mujer sabía leer a las personas, ver a través de ellas. Tenía el pomo de la puerta en la mano cuando Teresa volvió a hablarle asomando la cabeza desde la cocina.

—Aún no puedes irte —advirtió.

—¿Y eso por qué?

—Tienes algo que me pertenece.

Lara la miró perpleja.

—¿El qué?

—Herminia perdió los somníferos que le di. Alguien se los llevó. Pueden llegar a ser muy peligrosos si no se usan como debieran, si no se usan para su fin habitual.

—¿Para dormir mejor, dices?

Lara dibujó una sonrisa maliciosa. Jamás reconocería haberlos cogido, y Teresa, que la miró con furia templada en los ojos, lo sabía.

—No enfades a la bruja y cierra al salir.

La tormenta

Había llegado el momento de volver a casa, tal y como le había prometido a Chaqui. Ojalá lo hubiera cumplido antes de que él sufriera las consecuencias de una madre chiflada. No tenía nada más que hacer allí. Pasaría a empaquetar sus cosas. De camino a recoger a su perro, se despediría de Carla. Iría a casa de Emma en una visita fugaz y, sin más preámbulos, regresaría a Sevilla con Carolina. Con todo lo acontecido y las malas formas de su hermana, estaría más que justificado que se marchara sin más. No quería más paradas. Sentía la urgencia de escapar del caserío, donde las paredes se achicaban por las noches y despertaban sus más oscuras pesadillas de niña.

Había fallado en todo. ¿A quién quería engañar? No era Lara Croft ni una detective ni la salvadora de nadie. Era una niña inmadura sin oficio ni beneficio con sueños de escritora frustrados. Ni eureka ni mierdas. Volvería con el rabo entre las piernas a la triste cafetería. Regresar a casa había sido un cúmulo de sensaciones olvidadas. Aparte de lo obvio, de recordar por qué se había ido, experimentó lo bueno de estar allí. Una amiga de verdad, por la que no pasa el tiempo, que le había brindado sin dudar su propia casa. Un hombre sobre el que reposar, el beso añorado, puede que el paso definitivo en su lucha interior. Una hermana por descubrir, un enigma toda ella. Y un lugar mágico que, a pesar de los horrores que muchos se empeñaran en enterrar o destruir bajo sus pinos, la seguía transportando a una infancia feliz. Chiclana albergaba maravillas dignas de volver a ver, y aquellos campos de alcornoques, algarrobos y pinos habían sido testigos de mil y una risas que ni el más triste de los recuerdos podría borrar.

Condujo concentrada en no acelerar en exceso, con precaución. La falta de luz hacía que la tarde estuviese más cerca de la noche de lo que en realidad marcaba el reloj. Ocurría así bajo el cobijo de los árboles, que negaban todo rastro de luz. El viento zarandeaba con rabia las ramas, que se batían en duelo con los árboles vecinos. La tormenta atronaba por encima de estos, ahogando el sonido del crepitar de la madera retorciéndose. Destellos de luz encendían el cielo. Eran rayos que, con toda su furia, rompían la armonía de aquellos que dormían la siesta. Las tumultuosas nubes darían rienda suelta a sus precipitaciones en cualquier momento. Sin embargo, Lara se tomó su tiempo.

Cogió su móvil. Tenía una llamada perdida de Emma, dos de Carla y ocho de Ángel, a quien había olvidado por completo. Y no se había enterado de ninguna, sumergida en su burbuja de desgracias. Pospuso para más tarde contestar. Tenía que volver a Sevilla lo antes posible. Era la viva imagen de la desesperación. Bajó del vehículo con la tormenta explotando sobre su cabeza. La lluvia arrasaba con todo a su paso, formando desniveles en la gravilla del camino hasta el porche. Corrió, cerrándose el abrigo con las manos. Solo cuando estuvo a cubierto bajo el saliente de la entrada, alzó el mentón. Introdujo la llave en la cerradura y entró.

La casa estaba fría. Hacía días que nadie encendía el fuego. Del suelo no emanaba su habitual calor. En la cocina no había restos de nada. Lara abrió el frigorífico y sacó embutido, que puso en pan descongelado. Abrió una lata de refresco y comió de pie mirando por la ventana. La lluvia caía, produciendo un efecto óptico que la hacía parecer una cortina. A la fiesta se sumaron los zumbidos de los truenos. Pensó en Chaqui, en cuánto miedo le daban las tormentas. Apuró el último bocado y subió a hacer la maleta. A pesar de no haber traído mucho equipaje, Lara se dio cuenta de su desorden. Tenía ropa esparcida por todas partes: sobre la cama, en la silla, en el suelo, en el cubo de la ropa sucia, en la lavadora y, por supuesto, en el armario. Una vez hubo metido todo en la bolsa de tela, que inexplicablemente se veía más apretada que cuando había llegado, sacó de su bolsillo la alianza de Manuel. No había dado con su padre. Seguía estando desaparecido. Igual que Isabel. Igual que el corazón de su madre.

Pensar en ella le hizo recordar la caja de herramientas. Consultó su reloj. Eran las cuatro y media. Barajó retrasar su salida unos minutos más. Observó a través de la ventana de su dormitorio. La cortina de lluvia era cada vez más densa. Miró sus pantalones. Se habían mojado tanto que conformaban una segunda piel. Ya estaba empapada, a fin de cuentas.

Bajó los escalones de dos en dos, cogió la llave del cobertizo y entreabrió el portón. La fuerte tormenta dificultaba ver algo más allá de tres metros. Perdiendo cualquier esperanza de secarse en algún momento, volvió a ponerse a tiro del agua que derramaba el cielo. Anduvo con cautela, recorriendo los rincones verdes que tan bellos eran a la luz del día y que, mecidos por la furia del viento y atenuados por la escasa luz, parecían de un jardín maldito. Las gitanillas crujían en sus macetas al golpearse contra el muro. El arco fijado en la pared desprendía sombras tenebrosas. No halló el olor a jazmín por ninguna parte, solo a petricor; ese aroma a tierra mojada, a hierba fresca que tanto la fascinaba, tanto o más que el hedor a gasolina. El sonido de un trueno sobre el tejado la hizo estremecerse. Aceleró el paso, cubriéndose la cabeza con las solapas abiertas del abrigo. La gravilla del sendero mezclada con el agua le embarraba las botas. Las suelas se le deslizaban por el fango, haciendo que sus pasos fueran torpes y lentos. Llegó hasta el cobertizo casi a tientas. Sostuvo una mano como visera para introducir la llave en la cerradura. Echó un vistazo a su alrededor. «Maldita sea —pensó—, tengo que ir a un oculista». Abrió y cerró los ojos de golpe, intentando activarlos de alguna forma. Sabía que el cambio de luz la cegaría por completo durante unos segundos. El tiempo que sus pupilas tardaran en adaptarse. Cogió aire, insegura, y empujó la puerta.

Otoño de 2006

El 12 de diciembre de 2006 era martes. La semana apenas comenzaba. El sol llevaba días oculto en un cielo apagado. Las aspas luminosas se las ingeniaban para atravesar los bancos de nubes que el viento de poniente no había conseguido disipar. Estas habían creado una nebulosa que no desaparecería hasta el anochecer. Las copas de los árboles se mecían al son de una coreografía improvisada. A pesar de que el frío arrecía, la vida siguió su curso. Las primeras compras de Navidad llenaban los establecimientos, haciendo que las calles estuvieran concurridas en las mañanas. El Ayuntamiento había invertido en luces que iluminaban todo el casco histórico. La musiquilla de los villancicos se oía en cualquier barucho. Las tardes, sin embargo, eran para los que no tenían la suerte de refugiarse al calor de una chimenea. O para ellas, que, ajenas al tiempo meteorológico, vivían el día a día sin importarles las bajas temperaturas previstas para la tarde noche. Tanto era así que Carla no pudo mitigar el castañeo de dientes. El trayecto desde su casa hasta la venta Los Faroles había humedecido su rubia melena hasta hacer que surgieran ondas. Fue la primera en llegar al punto de encuentro, así que apoyó la bici en la fachada del bar, que justo ese día estaba cerrado por descanso del personal, y se sentó en el bordillo de la acera. Rápidamente se le formaron rojeces en la piel. Si no acudían pronto, se le congelarían las orejas.

Una Lara de catorce años sonreía escondida detrás del marco de la puerta mientras Herminia dirigía toda su furia hacia Olga, dos años mayor.

—¡Mi alfombra de yute! ¿Qué has hecho con el colacao, niña tonta? ¿Tienes manos de trapo? —gritó encolerizada escupiendo las palabras.

—Solo es una alfombra —espetó arrepintiéndose de inmediato.

—Esta alfombra tiene más vida que tú, perteneció a tu abuela. Tiene un valor sentimental que ni llegas a comprender. Con esta mancha será imposible que luzca igual. Eres un desastre.

Olga dio comienzo a un berrinche infantil.

—Mamá, me voy con mis amigas —intervino Lara desde la puerta del salón.

Herminia hizo un gesto afirmativo con la mano, sin prestar mucha atención. Todos sus sentidos estaban en el montón de fibras textiles extraídas de una planta tropical.

—¿Puedo ir? —dijo Olga casi suplicando.

—De ninguna manera. Te quedas lavando la mancha. Le encontraremos otro hueco donde pueda lucir igual que su entorno. ¡En el cobertizo va a tener que acabar!

Olga comenzó a llorar de rabia mientras miraba cómo Lara le dedicaba una última sonrisa maliciosa y agitaba la mano antes de irse.

Mientras tanto, Emma disputaba una lucha importantísima de *Final Fantasy X* en la PlayStation 2 cuando Isabel entró en la habitación.

—Mamá dice que bajes a merendar —anunció sentándose en el borde de la cama.

Su hermana no desvió la mirada de la pantalla. Concentrada.

—Dile que ahora voy.

—Dice que, si no merendamos ya, no merendamos, que luego no tenemos hambre en la cena.

—Que ahora voy —repitió alzando la voz.

Isabel se quedó donde estaba. Sentada, movía los pies de forma inconsciente en la cama junto a su hermana.

—Vas a acabar como el loco de la catana.

—¿Qué hablas?

—Mamá me ha contado que un niño se volvió loco jugando a *Final Fantasy* y mató a sus padres con una catana.

—Anda ya. Ese estaba loco de antes. —Emma rio.

Pulsaba equis, pulsaba cuadrado, movía el *joystick* analógico, ataque frontal, magia, curación.

—¿Puedo ir hoy con vosotras? —pidió con voz queda.

—¿Has hecho la tarea?

Isabel se rascó la frente.

—La haré luego.

Emma no contestó. Nunca había llegado tan lejos. Estaba a punto de vencer a ese monstruo y podría guardar la partida. Isabel golpeó con los talones la pata de la cama y rio con sorna.

—Deja de hacer eso.

La niña siguió con el traqueteo, golpeando con más ahínco, divertida.

—¡Para! —la riñó Emma levantando por primera vez la vista de la pantalla.

Isabel apretó los labios. Se encendió en ella una emoción incontrolable de niña de doce años que no sabe canalizar la ira. Saltó de la cama y se plantó junto a la videoconsola. Con cara de pocos amigos, pulsó el botón de apagar.

—Pero ¿qué haces? —Emma golpeó con los puños el nórdico.

—¿Qué pasa aquí? Venga, a merendar —apremió Catalina abriendo la puerta.

La hermana mayor se tragó el nudo. Toda la verborrea que habría querido chillar.

—Meriendo y me voy, que he quedado con esta gente.

—Yo voy con ella.

—Tú no vienes.

Se acercó a la mochila del colegio de Isabel y sacó la agenda. Esta la miraba con la boca entreabierta. Buscó la página correspondiente y le enseñó a su madre la cantidad de ejercicios que su hermana no había hecho.

—Ahora mismo te pones con eso. ¡Qué barbaridad! ¡Y no me habías dicho nada!

Isabel rompió a llorar golpeando el aire con los puños.

El reloj marcaba las cinco cuando las tres amigas se juntaron. Ni Isabel ni Olga habían ido en aquella ocasión. Las trenzas de Emma oscilaban con el viento. Iba en cabeza, como siempre. Lara marchaba detrás intentando seguir su ritmo. Carla pedaleaba en la retaguardia. Se le había rizado casi por completo el pelo. Formando una fila en el arcén, cruzaron la vieja nacional que llevaba al Pinar del Hierro. Ninguna había dicho a dónde se dirigían. Para la madre de Lara era un secreto. Catalina sabía que alguna vez habían ido hasta allí sin su consentimiento, aunque pensaba que Emma había aprendido la lección. Carla no había dicho nada. Era tarde para ir al pinar. Sabía que con toda certeza las cogería la noche. Su padre no toleraría eso, así que prefirió ocultarlo.

La humedad les mojó el cabello, dejándolo áspero y revuelto. Tardaron casi media hora en llegar al acceso. Luego fue pan comido. Los últimos rayos de sol iluminaron los desniveles de los cortafuegos. Giraron dos veces, adentrándose en caminos secundarios, y el último tramo lo hicieron a pie, empujando las bicis. El camino de arcilla se estrechaba a medida que se adentraban en el bosque. Emma fue la primera en ver el desastre. La cabaña de madera era un montón de palos amontonados unos sobre otros. Se paró en seco con la boca abierta. Lara tropezó con su amiga y la adelantó por el lado. Cuando vio el estropicio, se acercó con brío. Carla fue la última en llegar. Analizó la estampa desde la lejanía. Siempre atenta, siempre con perspectiva.

—¿Qué ha pasado? —susurró entre dientes—. ¿Se ha caído?

Emma estudió el entorno. Lanzó miradas analíticas en un radio de diez metros. Negó con la cabeza pensativa.

—No se ha caído. Las tablas estaban clavadas con puntillas. La base era estable.

Lara se peinó el flequillo mojado. La densidad de la arboleda no dejaba pasar la humedad y pudo descansar del frío de poniente. Observó el resultado. La fortaleza, el lugar de juegos, había sido usurpada y destruida. Aquello no era cosa del azar. Lo supo dentro de ella.

—Hay alguien más aquí —dijo con un hilillo de voz apenas audible.

Compartió una mirada con Emma, que le dio la razón con un gesto.

—Iremos a echar un vistazo. Carla, tú por allí. —Indicó el lado derecho con la mano—. Yo iré por aquí.

—Yo me quedo por si vuelve —advirtió Lara.

Emma y Carla se separaron y emprendieron la búsqueda de no sé qué hacia no sé dónde. Lara las vio alejarse. Las siguió alternando la vista a ambos lados hasta que se perdieron tras el espesor de la vegetación. Miró hacia arriba. Una tímida llovizna le mojó la nariz. El agua apenas penetraba las suntuosas copas de los pinos.

Si la lluvia las acorralaba, el corazón del bosque las protegería bajo la verde capa de sus árboles. Siempre se había sentido bien allí. Sin embargo, la tensión de cada músculo bajo su acolchado chaquetón la hacía estar rígida. Deseaba salir al claro, ampliar su campo de visión sin la intromisión de troncos centenarios. Hizo una inspección visual. Gritó los nombres de sus amigas, pero ninguna contestó. El zumbido de las hojas meciéndose y algún insecto revoltoso fue lo único que encontró como respuesta. Se acercó al frigorífico. Observó su puerta de chapa. El lugar secreto ya no lo era. Habían tardado semanas en construir la cabaña. Sintió rabia, desazón. Tendrían que volver a arriesgarse consiguiendo las herramientas del cuartucho de papá, pero de nada serviría. Conocían la localización. Tendrían que cambiarla.

El crujido de una rama la hizo ponerse en alerta. Iba a darse la vuelta cuando una fuerza la empujó. De un tirón, alguien abrió la puerta del electrodoméstico y, en un segundo, Lara se vio dentro, encerrada, a oscuras. Gritó hasta que le dolió la garganta. Pataleó la cubierta. Notó el frigorífico vibrar, pero no se abriría, no desde dentro. Oyó unos pasos alejarse, correr. Volvió a gritar. Llamó a Emma. Se obligó a calmarse. Intentó ver algo. Halló polvo, telarañas, frío. Un intenso olor a humedad y desechos entró por sus fosas nasales. Nunca había estado más de un minuto allí encerrada. Carla, Emma o Isabel siempre habían estado al otro lado. Era parte del juego. Pero ese día nadie iría a buscarla. Estaba sola. Apoyó la barbilla en sus rodillas. La postura sostenida hacía que le doliera el cuello, la espalda, las piernas. Sintió las paredes del frigorífico contra sus codos, haciendo por expandirse. Algo le rozó el pelo. Una araña, tal vez. Aguantó la lágrima. Se mordió los labios, metiéndolos hacia dentro. Nunca supo cuánto estuvo allí. Por momentos creyó desmayarse, quedarse sin oxígeno, morir aplastada. Apoyó la cabeza en la mugrienta chapa y se dejó ir al llanto.

Al cabo de diez minutos, Emma abrió la puerta.

—¿Qué ha pasado?

Agarró a su amiga de los antebrazos y la sacó con cuidado. La poca luz que aún quedaba le enseñó su rostro pálido y arrasado por la angustia. Lara no dijo nada. Estaba en shock. Apoyó su cabeza en el hombro de Emma, sofocando el hipo de su pecho. Carla apareció corriendo y se tapó la boca con las dos manos. Lanzó una mirada interrogante a Emma.

—Alguien la ha encerrado. Vámonos, esto ya no es seguro —expresó en tono dramático.

Isabel salió satisfecha de casa. Estaba agotada mentalmente. Había hecho todos los ejercicios que tenía de tarea. Aunque hacía frío y la lluvia había hecho amagos de romper, Catalina la había dejado salir media hora. Saludaría a las chicas y regresaría con Emma a casa. Si se daba prisa, podría jugar un par de veces al escondite y aún llegaría a tiempo para ver una peli en el sofá. Anduvo tranquila por la acera. Se cruzó de brazos para darse calor. Eran casi las seis. El sol se ocultaría de un momento a otro. No le importó. Las calles estaban bien iluminadas. Las farolas verde botella desprendían un halo de luz débil y suficiente. No tardaría ni cinco minutos en llegar. De camino, no prestó atención a los árboles. Tampoco a las nubes sombrías. No reparó en la brisa que le enfriaba la piel. No le dio importancia a la luz natural que aún quedaba. No oyó al búho ulular. Pero olió el jazmín, el dulzor de su fragancia. Como no vio a su hermana ni a sus amigas en el jardín, subió al porche escalonado y llamó al timbre. Abrió la puerta una joven Herminia, que aún conservaba el moreno en su melena, que le caía por los hombros. Se humedeció el labio, seco por el frío, y esbozó una sonrisa.

—¿Qué tal, Isabel?

—¡Hola! ¿No está aquí mi hermana?

Herminia compuso un gesto de extrañeza.

—Lara se fue hace más de una hora a buscar a Emma.

—Vaya —se lamentó—. Pensé que estaban aquí.

—¿Quieres esperarlas dentro? No tardará en llegar. Lara tiene prohibido estar por ahí cuando anochece. Además, es martes, mañana hay cole. —Isabel dudó unos segundos—. He hecho galletas —añadió.

El olor a repostería cruzó el umbral de la puerta y llegó hasta Isabel, que inhaló gustosa.

—Vale —aceptó.

Pasaron a la cocina. Herminia se puso dos grandes guantes en las manos y abrió el horno. Tras una nube de humo, sacó una bandeja repleta de galletas de canela.

—¡Qué bien huelen! —exclamó la cría.

—En un momento podrás probarlas. Hay que esperar a que se enfríen un poco. ¿Quieres espolvorearlas? —Isabel la miró curiosa. La mujer le entregó un bote de azúcar glas—. Échales por encima.

La niña se puso manos a la obra. Herminia la miró con ternura. Observó sus diminutos zapatitos, sus delgadas piernecillas bajo la malla estampada de mariquitas, su abrigo de paño, los pequeños guantes que había dejado sobre la mesa, sus regordetes cachetitos rosados por el frío y toda su inocencia representada en un gesto. La chiquilla sacudió el bote y echó abundantes cantidades de azúcar sobre las galletas tostadas. Herminia percibió su emoción y añoró eso en sus hijas. Se le antojó lejana la ingenuidad, la dulzura y la fragilidad. Crecían muy rápido. Ojalá pudiera detener el tiempo al menos unos años. Amarrarse a sus infancias, cuidarlas de por vida. Le sirvió un vaso de zumo de melocotón, que removió con esmero. Le estudió el rostro mientras bebía. Tenía pecas alrededor de la minúscula nariz y un lunar bajo el ojo derecho.

—¿Quieres venir a alimentar a Constantino y Margarita?

—¿Los animales? —preguntó entusiasmada.

Herminia hizo un gesto afirmativo.

—¡Claro!

Isabel olvidó sus guantes en la cocina, así que tuvo que meterse las manos en los bolsillos para no congelarse los dedos. Anduvieron por el sendero de gravilla. Cruzaron el arco de la pared, el jazmín, los claveles. Rebasaron el cobertizo.

—Margarita es muy noble. Se deja cepillar el lomito. ¿Quieres? —Isabel asintió con énfasis—. El cepillo está en la mesa del cobertizo.

La chiquilla cruzó el césped y entró. De un golpe de vista, vio que sobre la mesa no había nada. Apretó sus facciones. ¿Dónde estaría? Quería cepillar a la vaca.

—¿No está?

Herminia la sorprendió por la espalda. Dio un respingo.

—No —musitó decepcionada.

—Entonces en el sótano. Manuel lo habrá cambiado de sitio. Ha salido con Olga al supermercado. —Isabel la miró pidiendo permiso—. Adelante, baja por la trampilla. —Herminia sujetó la argolla y alzó la puerta de madera que ocultaba una escalera vertical—. Baja con cuidado, no queremos tener un accidente. La luz está justo en la pared de la derecha.

Isabel vaciló un momento. Estaba oscuro. La escalera parecía peligrosa. Nunca había bajado allí. Pero tampoco había cepillado una vaca. Apoyó sus zapatitos en el primer barrote y bajó con precaución. Herminia esperó a que estuviese abajo del todo para cerrar la trampilla. Isabel escuchó el crujido.

—¿Herminia?

La voz le salió temblorosa. La segunda vez que dijo el nombre lo hizo gritando. No encontraba la luz. Había empezado a marearse. Del miedo, quizá. Aún le daba pánico la oscuridad.

Mamá siempre le dejaba el proyector de estrellas encendido por las noches. «La luz de los sueños», solía llamarla. Apoyó las manos en la fría pared de cemento y hurgó en ella buscando un interruptor. Los ojos le pesaban una barbaridad. Llevaba colgado en sus párpados el peso del mundo entero. Llamó a gritos a su madre en un ataque de desesperación. Tropezó con algo y cayó hacia atrás; se quedó sentada. Apoyó la espalda contra la pared y se abrazó las rodillas con los brazos. Aún no lo sabía, pero ojalá hubiera prestado atención a los árboles, a las nubes, a la brisa en la piel. Ojalá se hubiera detenido a oír el canto del búho, a apreciar la luz natural. Lloró hasta quedarse dormida a consecuencia de las gotas de Lorazepam que Herminia había echado en el zumo.

Las horas después de la desaparición de Isabel fueron cruciales. Herminia contuvo su nerviosismo con altas dosis de pastillas tranquilizantes. Se deshizo de uno de los guantes de la niña en el fuego de la chimenea. Luego, condujo por la N-340, a sabiendas de que su hija y las amigas cruzaban la vieja nacional asiduamente. Lucas se había encargado de darle tan valiosa información, asqueado por el vacío que recibía su novia, Olga, de su propia hermana. Herminia había visto muchos episodios de series policiacas, así que cogió uno de esos guantes de látex que su marido usaba para ordeñar la vaca. Con él puesto, abrió la ventanilla y soltó el otro guante de lana de Isabel, que cayó, movido por el viento y la velocidad, en la cuneta de la carretera. Con la niña dormida, fue fácil para Herminia amordazarla y mantenerla oculta bajo la trampilla del cobertizo. Manuel había dejado de usar el sótano, pero entraba y salía casi a diario del viejo cuartucho.

A los dos días, la Guardia Civil llamó a la puerta. Eran unas preguntas rutinarias. «El procedimiento habitual», le dijeron. Mantenía su pulso a raya a base de pastillas. Siempre había sido una mujer elegante, preocupada por el qué dirán. Fue una mentira más. Nada que no hubiera hecho antes. Sin embargo, la ansiedad fue en aumento. Dejó de dormir bien por las noches. El propio Manuel sospecharía tarde o temprano de sus paseos nocturnos por el jardín. Tampoco la mordaza era un medio factible para callar a la niña eternamente. Condujo hasta las afueras de la ciudad e hizo una llamada desde una de las pocas cabinas telefónicas que quedaban en Chiclana. Necesitaba estrechar el cerco aún más. Poner la lupa sobre alguien. Había reconocido la paquetera blanca del hijo mayor de su vecino el día que había soltado el guante a su suerte. Dormía sobre el volante, ajeno a lo que se le vendría encima días después.

La alfombra de yute

Dejó la puerta semiabierta. La hoja de acero golpeaba por inercia contra el marco, como el traqueteo de un tren al arrancar. Avanzó vigilante hasta quedar resguardada de la lluvia bajo el techo de madera. Todo estaba oscuro. Buscó de memoria la bombilla que colgaba del techo. El olor a tierra mojada fue sustituido por la humedad que se respiraba en el ambiente. Tiró de la cuerdecita e *ipso facto* la estancia de cuatro por cuatro se iluminó. La luz era pobre y escasa. Lara no llegó a apreciar las gotas de lluvia que se deslizaban madera abajo en el interior del cobertizo. Las paredes dejaban pasar todo el frío del exterior, haciendo que el lugar no fuera nada acogedor. No tardó en tiritar.

Hacía unas horas había estado en ese mismo cuartucho y, siguiendo las indicaciones de la chica de Correos, había hurgado en la caja de herramientas, sin encontrar nada significativo. Esa vez, volvía allí guiada por la versión de los hechos de Dani, que aseguraba haber visto, usando el telescopio desde su ventana, cómo Herminia guardaba algo en la caja antes de ser socorrida. Estaba segura de que se le escapaba algún detalle, de que el cobertizo desempeñaba un papel principal en aquella trama.

Cuando sus pupilas se hubieron dilatado lo suficiente, hizo un escáner visual. No encontró nada fuera de lo común. Todo estaba igual que el día anterior. Movida por un nervio que le mordía las entrañas, se acercó presurosa a la caja de herramientas y volcó su contenido en la mesa central, causando un gran estruendo. Esparció las herramientas: un martillo, una infinidad de destornilladores, un repertorio de llaves inglesas de diferentes tamaños, tornillos, puntillas, como las que usaba de pequeña para construir la cabaña, y un largo etcétera de instrumentos de los que no conocía el nombre.

Golpeó con el codo la caja de cuelgafáciles, haciendo que se abriera y derramara su contenido. Se agachó rápidamente y juntó las pequeñas piececitas. Entre ellas, halló algo discordante. Una llave. La cogió y la examinó de cerca. Conocía el modelo. Un cerrajero le había aconsejado instalarla en su piso a causa de una serie de robos que estaban teniendo lugar en el barrio de Los Remedios. Tenía repartidos once pistones a lo largo del cilindro. Era una de esas llaves *antibumping* y anticopias, caracterizadas por ser difíciles de manipular debido a la gran cantidad de pistones, que dificultan el baile de la llave maestra. Se preguntó qué hacía allí una llave como esa. Al segundo, sintió dos cables hacer chispas en su cerebro. Ató cabos. Aquella llave valía una cicatriz de diez puntos. Seguramente, el susto de oír el timbre de la cartera llamando hizo que perdiera precisión al colocar la caja de herramientas en el estante más alto. Esta la golpearía en la frente, el golpe que llevaría a Lara de vuelta a Chiclana. Pero ¿qué abriría? Miró a su alrededor. Paneles de herramientas, el sofá ocre desteñido, la mesa y la alfombra de yute. Bajo ella, el sótano de papá; desterrado de su uso, olvidado por completo. Se acercó con decisión y palpó la telilla fibrosa. Como una camiseta de dormir, aquella alfombra había pasado de presidir el salón a acabar llena de mugre en el viejo cobertizo. Triste destino para una alfombra de alto nivel sentimental. A menos que tuviera un fin aún más importante que el de embellecer una estancia: proteger una puerta.

Levantó la alfombra, destapando la trampilla. Desde un punto de vista estrictamente racional, Lara sintió una intuición inexplicable. Era un disparate. En eso consisten las corazonadas. Introdujo la llave en la cerradura de la trampilla. Retorció los engranajes, creyendo que se le desbocaría el corazón. Oyó el crujido. El mecanismo cediendo a la presión. Un leve chirreo. Entonces, la robusta puerta se alzó unos milímetros. Tiró de la anilla, levantando una cortina de polvo que la hizo toser. Sacó el móvil del bolsillo y activó la linterna. Una escalera vertical de hierro se adentraba en la oscuridad. Apuntó hacia abajo. Calculó tres metros de profundidad. No recordaba haber bajado antes allí. Entendió entonces por qué habían dejado de usarlo. Su difícil acceso no era apto para subir y bajar trastos, y mucho menos para que niñas pequeñas jugaran a esconderse en él.

Cerró los ojos y aspiró a través de la nariz. Contó mentalmente hasta siete y luego soltó todo el aire, sintiéndose desinflada. Había estado preparándose para aquel momento durante años. Todas las sesiones de control de la ansiedad con Ángel se arremolinaron en su cabeza: «Tengo el control, puedo hacerlo». Repitió el ejercicio tres veces. Aspiró con profundidad y soltó todo el mal.

—Aspirar, soltar. Aspirar, soltar...

Abrió los ojos y se obligó a vencer la claustrofobia con fuerza muscular. Comenzó la bajada como quien emprende una hazaña: tensa y en alerta. Su frecuencia cardiaca le hizo saber que estaba al límite. Se desplazaba suspendida en el aire debido a la adrenalina.

Al poner ambos pies en la superficie, se cubrió con la manga. Reconoció el olor, la bofetada a quema de romero. Recorrió con el halo de luz la estancia, disparando fogonazos como una loca. Compartía las mismas dimensiones que el cuartucho de arriba. Encontró el interruptor a la derecha e iluminó el lugar por completo.

Jamás había visto algo igual. Jadeó, horrorizada, dirigiendo sus ojos a todos lados. Giró sobre sí misma, incapaz de abarcar tanto estímulo. Encontró en las paredes la versión ampliada del álbum de fotos familiar: Lara y Olga, con tres y cinco años jugando en el jardín; Manuel ayudando a caminar a una pequeñísima Olga; una joven Herminia de la mano con sus niñas; su hermana y ella disfrazadas para alguna fiesta; Lara con papá; un día en la alberca con sus amigas, donde Carla llevaba a hombros a una sonriente Isabel, y luego otra vez Isabel, y otra y otra y otra. La misma foto mil veces ampliada hasta solo enmarcar su cara. Por todas partes, de todos los tamaños, hasta pixelarse en exceso. La sonrisa de Isabel en el centro, proclamándose protagonista de aquel circo del infierno.

Lara observó recortes de periódico, ordenados cronológicamente, de todas las noticias que se habían publicado con respecto a la desaparición de la cría. Una documentada línea temporal del espanto y la tragedia de una familia. Los papeles se habían vuelto amarillos por el paso del tiempo y curvados por la humedad, habían perdido grosor y consistencia. Encontró los fragmentos que ella misma había leído en el *Diario de Cádiz*: la parte del guante, de la camioneta blanca. Se acercó para apreciar su propia imagen. Sus ojos achinados y su sonrisa inocente custodiados bajo tierra como el mayor de los tesoros.

Buscó el origen del olor que empezaba a fatigarla. Halló una mesita enclenque a su izquierda, el único mueble. Sobre ella, encontró un platito con una vieja mata de romero y el barro mozárabe donde había visto a su madre quemar incienso. En las paredes colgaban, de puntillas oxidadas, cabezas de ajo, hojas de laurel, limones resecos, velas que habían dejado un reguero de cera en el suelo. En el hueco bajo la mesa halló una cacerola enorme. Dentro encontró plantas que desconocía, cortadas de raíz, alimentadas por un resquicio de agua sucia que bailaba en el fondo del caldero.

Eran matitas de estramonio, procedente de la acepción *estremonia*, del castellano antiguo y el catalán. Su significado es magia, brujería. Lara no pudo evitar imaginarse a su madre como una sabia conocedora de la botánica, bajando los domingos al sótano a mezclar ingredientes de sus ungüentos con grandes activos alucinógenos. Vio el horror, la obsesión de Herminia por ejercer de madre hasta llevarla a la locura, la labor de una creyente que durante años había construido su propia fortaleza de protección y la sospecha más terrorífica: el papel de Isabel en todo ese círculo demencial.

Estaba ante un altar, un lugar de adoración.

Invierno de 2006

Trece días después de la desaparición de Isabel, Herminia volvía a ocuparse de la comida del hogar con calma, dedicación y cariño, como se hacen las buenas comidas. Las niñas habían salido a jugar, Manuel estaba fuera limpiando las cuadras, y ella preparaba pescado al horno cuando el timbre sonó. Alcanzó a meter la bandeja con la pieza sobre una cama de verduras y se limpió las manos en el delantal. Antes de abrir, comprobó si su recogido estaba perfecto en el espejo del pasillo. Un pequeño mechón se había despegado del resto. Aplicó un poco de saliva en su pulgar y lo pegó donde correspondía. Satisfecha con el resultado, abrió la puerta. La visita la dejó a cuadros. Sin que tuviera tiempo de invitarlo a pasar o cerrarle la puerta en las narices, Joaquín entró, propinándole un codazo en el costado. Herminia miró presurosa hacia fuera para comprobar que nadie había visto pasar a aquel elemento a su casa. Cerró la puerta y regresó a la cocina, donde el hombre la esperaba.

—He cogido una lata de cerveza. Espero que no te importe —dijo tirando de la anilla—. ¿Sabes por qué estoy aquí?

Dio un sorbo y profirió un eructo que taladró los tímpanos de una escrupulosa Herminia.

—¿Porque has matado a tu mujer? —contestó punzante.

Joaquín borró la sonrisa de suficiencia de su cara.

—Yo no la maté.

—No directamente, claro.

—Se convirtió en una borracha desde que nos arrebataste a nuestro hijo, así que técnicamente la mataste tú.

—Oh, claro. ¿Te hace bien pensar eso? ¿No hacerte responsable de la vida de mierda que le hiciste pasar a la pobre Hortensia? La mataste a golpes poco a poco, Joaquín, y sabes tan bien como yo que no os arrebaté a Lucas. Él vino aquí voluntariamente y bajo el consentimiento de su madre, una señora muy respetable. —Se santiguó—. Que Dios la tenga en su gloria. ¿A qué has venido?

—A llevarme a mi hijo al lugar donde debería estar.

—¿Y qué lugar es ese?

—Junto a su padre —contestó con firmeza.

—Un padre que nunca ejerció como tal. —Herminia soltó una risotada—. Lucas no quiere vivir contigo. ¡Y no me extraña! Es feliz aquí. Deja las cosas como están y márchate de mi casa.

—Pero ¿tú quién te has creído que eres? ¿Tu marido no te enseña cómo comportarte?

—¿Quieres que baje la cabeza cuando me hablas y adopte una postura de sumisión? Estás muy equivocado. No todas las mujeres somos como Hortensia.

—Una santa.

—Por supuesto. Una santa con muy mala suerte —sentenció.

—Es mi hijo, Herminia.

—Tu hijo es mayor de edad y puede hacer lo que quiera.

Joaquín apretó la lata y la tiró rabioso al suelo. Luego, se encendió un cigarrillo que llevaba en la oreja y aspiró una calada interminable.

—Apaga eso. En esta casa no fumamos.

—O qué, vieja. —Joaquín se acercó a ella. Un tembleque incontrolable movió las manos de Herminia, que, dando pasos hacia atrás intimidada, chocó contra la encimera—. Te contaré cómo vamos a hacerlo. Mete en una bolsa las cuatro cosas que tenga y me lo llevo. ¿Dónde está? Dile que venga. ¡Lucas! —gritó como un loco—. ¡Luuucas!

—Por favor, baja la voz. Este es un barrio respetable.

Joaquín se giró sobre sí mismo con los brazos en cruz. Expulsó todo el aire por la nariz y emitió una carcajada hueca y teatralizada.

—¡Lucas, hijo mío! ¡Papá ha venido a buscarte!

—Si no te vas de mi casa, llamaré a la policía ahora mismo.

—Llámala. Apuesto a que no llegas al teléfono.

Tiró el cigarrillo y lo aplastó con la suela de su bota. Dio un paso hacia delante, haciendo el amago de ir a por ella, como si se tratase de un juego, uno terrorífico en todo caso.

Herminia no se lo pensó dos veces. Dio media vuelta, dispuesta a salir de la cocina. Puso su mano en el picaporte. Llegó a girarlo cuando Joaquín la empujó, haciendo que cayera. Le dio la vuelta y se colocó sobre ella a horcajadas. Le sujetó las manos contra el suelo. Herminia forcejeaba, pero se sentía un títere en manos de ese hombre. Pudo oler su aliento a cerveza mezclado con tabaco y sudor de varios días. Por un momento, imaginó todo el miedo que habría pasado Hortensia.

—¡Manuel! —gritó.

Joaquín le escupió en la boca. La mujer notó el sabor amargo de su saliva.

—Cierra la boquita, princesa. —Se movió lascivamente sobre ella—. Vaya, Herminia. Se me ha puesto dura. —Juntó sus labios y dio besos al aire. Pegó las manos de su presa y las agarró con una sola. Herminia intentó soltarse—. Sé buena. —Bajó la mano libre por su pierna, subió por debajo de su vestido—. Vamos a ver qué esconde una mujer tan pulcra como tú.

Joaquín tocó el elástico de unas braguitas de algodón, y entonces un toro bravo lo embistió. Cayó al suelo de culo. Manuel saltó sobre él con la cara desencajada. Apretó los nudillos y golpeó una y otra vez la cara de ese hombre. Con toda su fuerza, con toda su rabia. Su rostro se fue manchando de sangre hasta apenas vérsele la piel. La risa de Joaquín se fue apagando. Los gritos de Herminia lo ocupaban todo. Agarró a su marido de los hombros.

—¡Para, Manuel! ¡Lo vas a matar, por Dios!

Pero este no atendía a reclamos. Estaba furioso. Más que en toda su vida. Cogió la cabeza de aquel cerdo y la golpeó contra el suelo ajedrezado de la cocina. Escuchó el chasquido, el fuerte golpe, un nauseabundo crujido. Entonces, el negro y blanco de las losas se volvió rojo. Un reguero de sangre hipnótico creció bajo su adversario. Manuel sostuvo sus brazos en el aire. Temblaban como si hubieran recibido una descarga eléctrica. Consciente de que había rebasado una línea inquebrantable, se miró las manos, ensangrentadas. Estaba llorando. Herminia también.

—¿Qué has hecho? —gimoteó. Se acercó y le tomó el pulso—. Lo has matado. ¡Lo has matado!

Manuel se puso las manos en la cabeza, totalmente ido, con un único pensamiento haciendo eco en su interior: «He matado a un hombre, joder. Lo he matado. Lo he matado. Lo he matado». Miró a su mujer consternado.

—Diremos que fue en defensa propia, Herminia. Lo encontré sobre ti, poniéndote las manos encima. Se dio una pelea y lo maté.

—Manuel, no tienes ni un rasguño. ¡Mira su cara!

El rostro de Joaquín estaba deformado e hinchado. Cubierto de sangre.

—Tenemos que llamar a la policía. Con la autopsia pueden comprobar la hora de la muerte. No podremos explicar la demora.

Herminia estaba atacada. El corazón iba a explotarle. Le bombeaba con fuerza, moviendo su cuerpo inconscientemente. Deambulaba por la cocina a punto de desplomarse. La policía no podía acudir a esa casa. No con Isabel en el cobertizo. Se detuvo en seco y lo apuntó con un dedo severo.

—Lo que no podemos explicar es que no te haya tocado un solo pelo. Esto no ha sido una pelea. Te has abalanzado sobre él. No nos creerán. —Trabó las palabras—. Tenemos que deshacernos del cuerpo.

—Pero ¿qué estás diciendo, mujer?

—¡Hay que enterrarlo!

Manuel se acercó a Herminia. Sentía un derroche de adrenalina en sus venas.

—Escúchame, no vamos a hacer eso que dices. Estás delirando.

Herminia lo cogió del cuello de la camisa. Desquiciada.

—¡La policía no va a entrar en esta casa!

—Voy a llamar ahora mismo. No piensas con claridad.

Intentó darse la vuelta, pero Herminia lo sostuvo, clavándole las uñas en los antebrazos.

—¡Suéltame! —exigió Manuel dando una sacudida.

Empujó a su mujer contra la pared y la sujetó de los hombros. Herminia le golpeaba el pecho.

—Me haces daño —gimió ella.

De repente, Manuel dio una bocanada entrecortada de aire. Un dolor punzante en el abdomen lo hizo trastabillar. Sintió un objeto punzante entrar y salir de su cuerpo. Perdía sangre. La notó resbalar. Correr pierna abajo. Se llevó la mano al origen y miró su barriga. Un tajo recto y limpio en el oblicuo. Olió el olor dulzón y ferruginoso de la sangre. Su propia sangre. Se tambaleó. Miró hacia el lado y vio a Lucas. Portaba un cuchillo de cocina. Tenía una expresión desconocida en su cara. Estaba asombrado y asustado a partes iguales. Manuel emitió un jadeo y cayó al suelo. Herminia reaccionó de inmediato enloquecida.

—¡Lucas, no!

Se puso de rodillas junto a su marido sin saber cómo atinar. Este se llevó las manos a la herida para intentar taponarla. Se desangraba lentamente. Compuso un gesto de insoportable padecimiento que Herminia nunca antes había visto en Manuel. Durante lo que le pareció una eternidad, fue testigo de cómo la vida se le derramaba en regueros rojos. Supo que había terminado cuando expiró el último aliento. Estaba muerto. Herminia aporreó su pecho. Enfadada por quedarse sola en el mundo. Entonces, se detuvo en mitad del acto y perdió sus fuerzas. Cayó sobre el cuello de su marido y se permitió un momento para llorarle. Sin embargo, no duró lo que hubiera querido, no había tiempo para lamentaciones. Alzó la vista y reparó en el gesto de Lucas, impávido.

—Te estaba haciendo daño —susurró—. Los hombres no deben tratar así a las mujeres.

Las lágrimas se le congelaron al oír aquella voz serena. Tenía la mirada perdida, seguía sosteniendo el cuchillo. No le temblaba el pulso. Su frialdad le produjo escalofríos. «Un momento», pensó rápido. Los pensamientos brotaban y se desvanecían a toda velocidad. Podía culparlo a él. Deshacerse de dos cuerpos. Era un joven traumatizado. Tenía motivos para matar a los dos. Por venganza a su padre, por celos a Manuel. Un psicólogo le daría la razón.

—Ayúdame a limpiar este desastre —ordenó fingiendo una entereza que en absoluto poseía—. Vamos a sacar los cuerpos de aquí antes de que lleguen las niñas. No pueden ver esto. No quiero que vean a su padre así. —Se limpió la cara—. Iremos al cuartel de la Guardia Civil. Confesarás lo que has hecho, es lo correcto.

—No es lo que decías hace un momento —dijo Lucas displicente.

Herminia lo miró perpleja.

—¿Has oído la conversación? —titubeó.

—Os he visto discutir. —Señaló con los ojos la pared donde Manuel había aprisionado a Herminia—. Tu marido ha matado a mi padre, y tú no querías llamar a la policía. Ahora, en cambio, tienes mucha prisa por sacar los cuerpos de aquí y que confiese. ¿Acaso quieres otorgarme los dos cuerpos y quitarme de en medio?

Había llamado *cuerpos* a dos hombres que hacía un minuto estaban vivos. No mostraba emoción alguna al ver a su padre en ese estado. Herminia sabía que aquello no era normal. Lo había oído en alguna peli de crímenes. Ese distanciamiento, esa indiferencia. Eran rasgos psicopáticos.

—Crees que podrías explicar que yo tenía motivos para matar a ambos, pero no haremos nada de lo que has pensado. ¿Quieres saber por qué?

Contuvo la respiración. No estaba segura de querer saberlo.

—¿Por qué?

—Porque sé lo que escondes en el cobertizo. —Borró la expresión inerte y dibujó una sonrisa de medio lado—. Te he seguido. Y no me importa, no te juzgo. Entiendo y admiro tus necesidades de madre. —Hizo aspavientos con el cuchillo para expresarse y adoptó un tono imperativo, seguro, más maduro para su edad—. Te ayudaré a deshacerte de los cuerpos. Puedo quemarlos en la funeraria de la clínica veterinaria. No dirás nada de lo que ha ocurrido aquí. Seguiré viviendo en esta casa bajo el título de yerno favorito. —Le tendió la mano para ayudarla a levantarse—. A cambio, te guardaré el secreto que escondes bajo tierra.

Limpiar el desastre

Lara se tragó las ganas de llorar. Tenía que ser fuerte, actuar rápido, con cabeza, llamar a la Guardia Civil. Herminia estaba involucrada en la desaparición de Isabel. Tenía que estarlo, solo así se explicaría la locura que encerraba en el sótano. Subió la escalera vertical para salir a la superficie. Las rayas de cobertura llegaron a dos. Sujetó el móvil con manos resbaladizas debido al sudor. Marcaba el 112 cuando el rugido de un vehículo a motor la sobresaltó. Sonaba cerca. Sin saber el porqué, tuvo miedo. Miró a su alrededor y cogió uno de los destornilladores que había dejado en la mesa central del cobertizo. Luego salió al jardín.

Corrió por el sendero apretando contra su pecho la herramienta, atenta a cualquier señal de movimiento. Al finalizar la pared, se detuvo cauta en la esquina y asomó la cabecita a tiempo para ver correr a Lucas desde el porche. Portaba una caja de cartón que llevaba por delante. Lara gritó su nombre, que quedó apagado por el fragor de un trueno. Corrió tras él y estuvo a punto de llamarlo otra vez cuando algo se lo impidió. Lucas se había subido a una Vespa y se cubría la cabeza con un casco que enseñaba los colmillos de un dragón rojo. Ya lo había visto antes; el día de la biblioteca. La casualidad le puso los pelos de punta. Su cuñado echó un último vistazo al Citroën C3 y arrancó. Lara esperó oculta tras el muro del jardín y, cuando oyó el motor alejarse, salió disparada hacia su coche. Sin tiempo para meditar nada, persiguió a su cuñado.

No recordaba una tormenta como esa. Los limpiaparabrisas trabajaban a máxima velocidad, y aun así la visión era de dudosa nitidez. Lara fijó sus ojos en la carretera, cuidando de no derrapar en las riadas de la calzada. Para más disimulo, había apagado los faros de su coche, yendo casi a tientas tras la Vespa kamikaze. Con la mano derecha, hurgó en el bolsillo de su abrigo y sacó su móvil. Pulsó hacia atrás, borrando el número de emergencias, y buscó el contacto de Olga. La llamada dio seis tonos antes de colgarse. El aparato se deslizó por su palma y cayó bajo el asiento del copiloto. Lara maldijo e intentó cogerlo alternando la vista. El traqueteo del coche al subir un resalto la puso en alerta y devolvió las dos manos al volante. Frenó un poco para mantener una distancia prudencial con Lucas y, entonces, vio que se detenía frente a una casa, en el mismo San Andrés. Sin quitarse el casco, su cuñado corrió a refugiarse en el interior de la vieja vivienda.

Lara esperó unos segundos tras el volante, inmóvil, apretando los labios en un gesto de preocupación. Era la casa de Joaquín y Hortensia, donde Lucas había vivido su dura infancia, pero aquello no podía ser. Recordaba con total frescura la conversación en la que Olga le había dicho, convencida de ello, que Lucas la había vendido al primer comprador de turno, deseoso de deshacerse de cualquier vínculo con su desestructurada familia. Sin embargo, allí estaba, parapetada tras una espesa enredadera, con aspecto sombrío y dudosa resistencia a la lluvia, la casa de los horrores.

Encorvó su tronco y hurgó con la mano bajo el asiento sin quitarle el ojo al muro de piedra. Volvió a llamar a Olga, que tampoco en esa ocasión respondió. Entró en su conversación y escribió:

[25/01 18.07] Lara Ortiz:
Estoy en la vieja casa de Joaquín y Hortensia.
Lucas está dentro. Te ha mentido. No la ha vendido.
Voy a entrar, Olga. Esto no me da buena espina.

Cuando salió del coche, la noche había anegado el cielo. Anduvo a hurtadillas hasta la entrada y comprobó que la puerta estaba cerrada. Rodeó el edificio buscando alguna ventana abierta. El destornillador le bailaba sujeto al elástico del pantalón. Las gotas de lluvia la habían duchado de arriba abajo. Tuvo que usar su mano como visera para ver dos palmos más allá. La casa tenía un patio trasero protegido por una valla hecha de corteza de pino. Echó un vistazo a su alrededor. La tormenta había recluido a todo el mundo en sus casas y las calles estaban desiertas. Sin pensárselo demasiado, impulsó todo su peso sobre las manos y saltó al otro lado. Cayó sobre un arriate de geranios, que la recibieron resecos y moribundos. Desde dentro, dejó entreabierta la puerta que unía el patio con la calle. Se sintió más segura visualizando una posible salida. Luego, agachada, avanzó hasta el cristal corredero que hacía de puerta. Para su sorpresa, cedió a su fuerza. Deslizó lo mínimo para entrar de perfil. El salón estaba oscuro y todos los muebles yacían cubiertos por sábanas viejas que simulaban sombras espeluznantes. Avanzó con sigilo hasta la puerta semiabierta y salió a un pasillo que hacía las funciones de recibidor. Revisó la planta baja. Todas las habitaciones estaban apagadas, sucias y vacías. La casa no mostraba ninguna señal de haber sido habitada recientemente. Estaba calibrando subir a la segunda planta cuando descubrió la caja de cartón que había visto cargar a Lucas. Se sorprendió de su contenido. Montones de libros, viejos clásicos, novelas de éxito, reposaban apretados unos sobre otros. Junto a la caja, una puerta. Respiró profundamente sin saber qué buscaba ni qué encontraría. Una llave colgaba de la cerradura. Sostuvo la manilla vacilante. Cerró los ojos un segundo y abrió.

Unas escaleras descendían hasta el sótano. Emprendió la bajada esgrimiendo la herramienta. Cuando estuvo en tierra firme y segura de que Lucas no estaba allí, activó la linterna de su móvil, que de nuevo estaba a cero rayas de cobertura. Al hacerlo, tropezó con algo duro que la golpeó en la frente. Alumbró hacia arriba por acto reflejo. Una cadena de hierro caía del techo. Se balanceaba por el impacto. Tenía la altura perfecta para agarrar a alguien del cuello. «Lara, focaliza, te estás dejando contagiar por esta locura», dijo para sí. Oyó su propia respiración alterada. Intentó apaciguarla, contar hasta siete. «Siete…, seis…, cinco… A la mierda. ¿Qué es esto? ¿Qué cojones es esto?», gritó en su interior. Levantó la vista y estudió el lugar arrojando destellos con la linterna. Paredes rosas de papel pintado con unicornios de colores. Un puñado de libros amontonados en una esquina, un osito viejo de peluche, una palangana oxidada y restos de comida sobre un plato de plástico. Al fondo, percibió una cama. Las sábanas estaban descoloridas y raídas. Sobre ella, vio a alguien. Se le escapó una fuerte aspiración.

—Dios mío.

El cuerpo yacía tumbado bocarriba a medio tapar. Se acercó temerosa. Cuando estuvo a pocos centímetros, pudo ver con claridad. Era una chica demacrada y escuálida, de aspecto frágil e indefenso. A juzgar por su expresión, estaba inconsciente. Destapó su cuerpo y descubrió sus manos y pies atados a la cama. Examinó sus facciones. Tenía los labios resquebrajados y la piel blanca como la de un vampiro. El pelo encrespado le caía en la cara. Le tocó la mano, entumecida por el frío, y la chica abrió los ojos. Lara dio un grito. Unos ojos febriles perdidos hacían esfuerzos por mantenerle la mirada. Estaba drogada. La dilatación de sus pupilas no era natural. Algo en su cuello a la altura de la garganta llamó su atención: una cicatriz rosada mal cicatrizada. Luego, volvió la vista a su pálido rostro. La chica tenía un lunar. Justo debajo de su ojo derecho. No podía ser. Tenía que estar equivocada. El palpitar de su corazón contraía su pecho con virulencia al borde de un infarto. Intentó forzar las correas. Con ojos de espanto, miró la pantalla de su móvil. Sin señal. Tenía que salir para llamar a la policía. Gritó de angustia, de puro desgarro. Volvió a intentarlo. Usó el destornillador como palanca en los amarres. La chica entreabrió la boca. Quería decir algo. Se acercó para oírla. Movió los labios. Expulsó aire por ellos, pero no dijo nada. Le agarró la mano con fuerza. Sus ojos conectaron en una mirada íntima, de auxilio, desesperación.

—Isabel —musitó Lara. La chica reaccionó al nombre. Sus ojos se inundaron de lágrimas—. Te sacaré de aquí.

Tenía que salir de allí, buscar ayuda. Se dispuso a subir la escalera cuando un fuerte golpe la impulsó hacia atrás. Voló medio metro e impactó contra el suelo. Pequeñas gotas de sangre le resbalaron por la sien. El móvil salió despedido y quedó bocabajo, privándola de toda claridad. Lara hurgó por el suelo, a ciegas, buscando el destornillador. Palpó el mango. Iba a levantarlo cuando alguien iluminó la estancia con una linterna. Estaba cegada, no podía ver nada, salvo el foco. La silueta se acercó hasta su posición y pudo ver quién era, aunque no reconoció su gesto. Lucas formaba una línea con sus labios que curvó casi imperceptiblemente. Atisbó en él cierto placer. No pudo reaccionar. Aquel hombre de expresión desconocida le pateó la mano, haciendo que el destornillador rodara medio metro. Solo en ese momento Lucas dejó entrever por detrás de su espalda la llave inglesa que sujetaba. Lara sintió que se elevaba del suelo. Terror. Apretó los ojos con fuerza y se cubrió el rostro con los antebrazos.

—Lucas, por favor —rogó—. ¿Qué es esto?

—No has debido bajar aquí, Lara.

Ansió un golpe rápido y preciso. Sintió la brisa del movimiento. Aquel hombre fornido alzando la llave inglesa para dejarla caer sobre su cabeza. Y entonces la nada.

Observaba a su madre por el hueco de la puerta entreabierta. Herminia estaba de espaldas, empuñando un cuchillo jamonero de cocina. Cogió la tabla de cortar y, sobre ella, reposó su mano. Subió el pincho a una altura exagerada y, con determinación, lo dejó caer sobre su antebrazo. Lara gritó de espanto, lo que hizo que Herminia se volviera. La muñeca abierta quedó visible, reflejada en los ojos de la pequeña Lara. Desgarrada, con fibras arrancadas de un tajo irregular, disparaba sangre en todas direcciones. Su madre avanzó hacia ella. Quiso correr. Quiso escapar de allí, pero su cuerpo no respondía. Estaba cada vez más cerca. Pudo oler su fragancia a laca de pelo, el olor metálico de la sangre. La tenía encima. Gritó con todas sus fuerzas.

Lara despertó dolorida. Sintió un martilleo en la sien. Quiso llevarse la mano a la herida, pero algo se lo impedía. Estaba atada de manos y pies. Fue entonces cuando abrió los ojos y los unicornios del papel pintado le recordaron dónde estaba: en el mismísimo infierno. El golpe que había recibido en la cabeza hacía que todo a su alrededor se moviera a cámara lenta. Isabel estaba de pie a su lado. Llevaba en el cuello una cadena de hierro que limitaba su movilidad y tenía las manos atadas a la espalda. Vociferaba. Abría la boca de forma exagerada. Casi alcanzó a verle la campanilla. Sin embargo, no oía nada. «Dios mío, me he quedado sorda», pensó. Reparó en Lucas. Llevaba guantes de látex, una mascarilla quirúrgica y la bata de la clínica veterinaria. Aplicó Betadine en su frente con un trocito de algodón y luego se quedó mirándola. Ladeó la cabeza. La situación lo divertía, aunque fingiera preocupación. Lara intentó soltarse. Zarandeó las muñecas y los pies hasta clavarse los amarres.

—¡Socorro!

Su cuñado hizo un sonido negativo, como quien riñe a una niña que ha hablado demasiado alto.

—En un momento daremos solución a eso.

Lara no supo a qué se refería, pero aprovechó la conversación para retrasar lo que fuera.

—Lucas, ¿qué estás haciendo? ¡Suéltame!

—De verdad que no quería llegar a esto contigo, pero me has obligado. Deberías haberte marchado cuando tu hermana te lo dijo. Incluso se me ocurrió contratar una empresa de limpieza para presionar tu vuelta a Sevilla. Nadie se extrañará si te vas sin decir adiós. Ya lo hiciste una vez. —Se encogió de hombros y se volvió hacia una bandeja que había colocado en el suelo. Tras unos segundos, se dio la vuelta con una jeringa en la mano—. Es anestesia local. No sentirás nada.

—¡Espera, espera! ¿Qué estás haciendo?

—Arreglo los desastres de tu madre, eso hago —dijo resignado.

Lara se sentía tan mareada que tardó varios segundos en tomar conciencia del significado del mensaje.

—¿Qué tiene que ver Herminia en todo esto?

—¿Que qué tiene que ver? ¡Todo! —Agitó la jeringa perdiendo la paciencia—. ¿Aún no te has dado cuenta? —Lara permaneció impertérrita. Eso a Lucas lo puso más nervioso—. Tu madre es una caja de sorpresas. Es una mujer muy especial, Lara, ya te lo avisé. Necesita controlar, proteger y cuidar de los demás hasta el punto de que el cuidado llega a ser nocivo. Cuando me di cuenta, me informé sobre ello. No es una patología. Es una necesidad. Lo llaman el síndrome de Wendy. Aunque yo creo que es una pobre mujer con ganas de ser madre eternamente. —Lara contrajo la frente. El gesto le hizo daño y torció la boca en una mueca de dolor—. Siento lo del golpe. Me asusté al verte con el destornillador, entiéndelo.

—Es Isabel, ¿verdad? —balbuceó señalando a la chica con la mirada.

Lucas asintió ante lo obvio.

—No te dejes engañar por el hedor de la sala. No le ha faltado de nada —se atrevió a decir.

—¿Ha estado aquí desde entonces?

—No siempre. Estuvo un par de semanas muy cerca de ti. Creo que vienes de allí. He visto que me seguías. Tu madre no pudo resistirse a tal monada. Era lindísima de pequeña, ¿te acuerdas? —Se volvió a mirarla y pareció decepcionado—. Ahora está un poco estropeada y delgaducha. ¡Os haréis compañía! Sí, mejorará vuestro estado de ánimo. —Estaba emocionado—. Como te decía, tuve que ayudar a tu madre con semejante desastre. La encerró en el cobertizo con un pañuelo y una bola de tela en la boca, como si eso fuera una solución a largo plazo. Sin mí, la hubieran descubierto en cuestión de días. Mi alternativa no daba lugar a error. La saqué de aquel antro. Conocía el sitio perfecto.

—La casa de tus padres.

—Exacto. No pude desprenderme de ella. Era lo único que me quedaba de mi madre. —Por un momento, Lara creyó que lloraría; sin embargo, sonrió—. Y le corté las cuerdas vocales.

—¿Que hiciste qué?

—No podíamos tenerla amordazada de por vida. Alguien la hubiera oído gritar. Con la medicación a la que tengo acceso de la clínica y la operación, se disipó el problema. Perro que no ladra no molesta a los vecinos —añadió triunfante—. Es una intervención que aprendí de mi padre, pero tú ya la conoces. Se la apliqué a Chaqui.

La respiración de Lara se desbocó. La furia crecía en su interior.

—Fuiste tú —murmuró.

—¡Claro que fui yo! No le otorgues tal obra a tu madre. Ella solo permaneció calladita, como acordamos hace mucho. Yo le guardaba el secreto, y ella guardaba el mío. —Simuló que lo atosigaban para que hablara—. Está bien, está bien. Te lo diré. Mi padre vino a llevarme con él. Herminia no lo dejó. Él se puso violento, ya sabes cómo era, y Manuel lo mató a golpes. Tu padre quería obligarla a ir a la poli. Ella no quería, claro. Imagínate, con la que tenía liada en el cobertizo. —Se apretó el entrecejo recordando el desastre, en un gesto que a Lara le pareció el de una maruja atareada—. Tuve que ocuparme. No podía perder dos madres. ¡Lo maté, sí! —confesó como si le hubieran insistido hasta la saciedad—. ¡Y no me arrepiento! Desde entonces, Herminia y yo formamos el equipo perfecto.

Su padre, la única persona incondicional que el mundo le había brindado. Jamás volvería a verlo. El resquicio de esperanza quedó pisoteado. Su abandono había cambiado el rumbo de su vida, precipitando su marcha a Sevilla con tío Alfredo y tía Carmen, incapaz de hacer frente a una convivencia con Herminia. Lara intentó morderse la lengua con ojos llorosos.

—El *equipo muerte* —dijo por lo bajo.

—¿Cómo dices? Qué elocuente. —El comentario le hizo gracia y enseñó sus dientes bajo el bigote—. Al principio, a tu madre le costó un poco sobrellevarlo. Incluso cometió la locura de cortarse la mano. Ya te sabes esa historia. Tú la hallaste. Siempre has sido muy hábil. —Pareció dudar—. ¿Cómo has encontrado la llave de la trampilla? —Lara lo retó con la mirada y no contestó—. Sé que has estado investigando, husmeando en la biblioteca, metiéndote donde no te incumbe. Sin embargo, me caes bien, he intentado ser amable, acercarme a ti, conocerte, pero no consigo entrar en esa cabecita, saber qué piensas. Como me dijiste el primer día que amaneciste aquí, no sabemos nada de ti.

—¿Por eso tuviste que crearte una cuenta falsa?

Lucas rio amargamente.

—Sí. No estoy muy orgulloso de aquello. Con lo del embarazo, tu hermana quería reunir a la familia. Que te invitara a casa era algo inminente. Me vi obligado a tantearte. Tu sexualidad no es un secreto, solo para ti, al parecer. —Levantó las cejas de forma sugerente—. Así que era más fácil si era una mujer. Pero entonces Herminia tuvo el accidente, todo se precipitó y tu hermana no paraba de decir que tenías que saberlo, que había que llamarte. Tuve que ser directo, sondearte. Sabía que no podrías estarte quietecita. Tenía que tenerte bajo control.

—Esta familia te lo ha dado todo. Te hemos tratado como uno más.

—Eternamente agradecido. —Fingió una reverencia—. Pero, como te digo, yo me debo a tu madre. Solo limpio sus desastres. No iba a matar a la pobre Isabel de hambre. Tenía que ocuparme de ella, entretenerla con unos libros.

Lara miró a la joven encadenada. Le costaba reconocer a su amiga de doce años en aquella chica de veinticinco. Gritaba en silencio, sin voz.

—Basta de charla. —Acercó la jeringa a su cuello.

—¿Y Olga? —preguntó efusiva para ganar tiempo.

—La amo. —Se le llenó la boca al decirlo—. No estamos en nuestro mejor momento, pero esta hija lo arreglará todo. Puede que la llamemos Herminia. —Sonrió abriendo los ojos de más, como si hubiera recordado algo—. No quiero dejarte sin voz sin antes disculparme por lo del frigorífico. Le hacías la vida imposible a Olga. Tenía que darte un escarmiento. Yo te encerré. ¡Lo siento!

Lara contuvo el aliento, reviviendo una proyección de sus miedos. Sintió la estrechez del lugar. La oscuridad, el frío, el mal olor. Durante un instante, el tiempo fue elástico, tuvo de nuevo catorce años y volvió a estar encerrada en el frigorífico.

Un gemido la hizo regresar. Lucas se sobresaltó. Ambos miraron hacia el origen del sonido. Incluso Isabel estaba sorprendida. Era Olga. Le temblaban el labio, las manos, las rodillas. Tenía el destornillador de Lara en la mano y un mar en los ojos dispuesto a desbordarse.

—Lucas, ¿qué es todo esto?

—Olga, cariño, suelta eso —dijo con templanza.

Olga apretó la herramienta con más fuerza. No estuvo segura de poder hablar sin llorar. Sin embargo, sonó irrebatible, firme.

—¡Desata a mi hermana!

—Suelta el destornillador y te lo explicaré todo.

—¿Tú la encerraste? —preguntó refiriéndose a Isabel, esperando con toda su alma que él lo negase y todo fuera un tremendo error.

—Es complicado.

Logró despegar los labios.

—No sé quién eres. No te reconozco. Ya he escuchado suficiente. —Lo miró asqueada y negó con la cabeza en un gesto nervioso—. ¡Suéltalas!

Lucas sonrió con dulzura.

—No puedo hacer eso. Me superaríais en número —explicó.

Rodeando a Isabel, que hacía torpes movimientos con el cuello encadenado, se acercó a su mujer precedido por las palmas de sus manos, que mantuvo abiertas procurando mostrar una imagen indefensa, aunque siguiera portando la jeringa entre los dedos.

—No des un paso más —ordenó Olga con el pulso descontrolado.

—Mi amor, todo lo que he hecho ha sido para proteger a tu madre. Necesitas tanto o más que yo de su cariño y atención. Te he regalado su compañía catorce años, porque, créeme, sin mí este circo tenía los días contados. —Hizo un gesto con la cabeza para referirse a Isabel—. Está mal, lo sé, pero ¿qué podía hacer? Ella también es mi madre, tú hubieras hecho lo mismo. La familia debe protegerse.

—No, yo no soy un monstruo, Lucas. —Su negación fue una declaración de intenciones.

—No me digas eso. Estoy locamente enamorado de ti.

—¡Estoy viéndome con otro! —gritó con la única intención de herirlo.

La sonrisa complaciente de su marido se quedó congelada. Dio otro paso hacia delante, obligando a Olga a retroceder, que chocó contra la escalera.

—¡Olga, ten cuidado! —vociferó Lara desde la cama.

Esta siguió apuntándolo con el destornillador como quien porta una pistola.

—Lo siento mucho —susurró golpeando con el dedo corazón la jeringa.

Se abalanzó sobre ella e intentó desarmarla. Le aprisionó la mano del arma blanca y quiso clavarle la anestesia en el cuello. Olga esquivó la aguja, que golpeó contra la pared y cayó al suelo. Forcejearon por hacerse con el destornillador. La punta de estrella le cruzó la cara a Olga, que al segundo comenzó a sangrar. Lucas intentó girar la herramienta para alejar la parte punzante de su abdomen. Jadeaba del esfuerzo. De un movimiento rápido, la punta dio la vuelta y se clavó en el protuberante vientre de Olga, que lo miró sorprendida por el acto. La lucha cesó. Se quedaron quietos, alargando el momento, sosteniéndose la mirada. Lucas aún sujetaba el destornillador atravesándole la barriga a su mujer. Rodeaba con las dos manos el mango, resbaladizo de sudor. Sonrió triste, como un niño arrepentido. Olga aguantó la respiración varios segundos. Le oprimía. Lucas relajó su fuerza y miró extrañado el orificio de la herida. No sangraba. Volvió a mirar a su mujer, que aprovechó el descuido para sacarse el destornillador y clavárselo a la altura de la garganta. Lucas se llevó las manos a la herida, que sangraba a borbotones. El dolor le trepó por la boca, provocándole arcadas. Sentía cómo se vaciaba, cómo se desangraba. Perdió el equilibrio y cayó de rodillas con los ojos clavados en su mujer. Esta se llevó las manos a la espalda por debajo del jersey desatando algo que la aprisionaba. Su vientre se escurrió por debajo de la prenda, cayendo al suelo a la vez que Lucas, que con ojos impresionados daba su última bocanada.

El jardín delantero del viejo caserío se llenó de guardias civiles. Una ambulancia se llevó a Isabel de inmediato. Cuando Olga contestó las preguntas de la teniente, regresó junto a su hermana. Lara se había sentado en el césped mojado, de espaldas a la fachada. Como un tiempo atrás, tan lejano que se le antojaba de otra vida, contemplaba el cielo, siendo testigo de uno de los atardeceres más bellos de aquel enero. La lluvia había disminuido su furia, pero aún mojaba los campos. Apenas había pasado una hora encerrada y ya agradecía las ráfagas de aire helado en su piel. Aspiró el olor a petricor. Apreció el vaivén discreto de las nubes retirándose. Las últimas luces anaranjadas perdiéndose en el oeste. Al sentir a Olga a su lado, se volvió a mirarla. Le habían dado puntos de aproximación en la mejilla. Parecía entera, pero estaba rota. A pesar de todo, sonrió y le agarró la mano en un gesto cariñoso.

—Siento cómo te hablé en el cuartel. Estaba furiosa.

Lara le apretó la mano, indicándole que lo dejara. Volvió la vista al horizonte.

—Mató a papá. Era la única persona con quien podía ser yo misma.

Olga la miraba atenta, guardándole la mano como quien arropa un gorrión recién nacido.

—Me tienes a mí.

Lara hizo esfuerzos por sonreír. Bajó la vista hasta su vientre y apreció el abdomen plano de su hermana.

—¿Qué vas a hacer ahora?

—Voy a mudarme unos días a casa de Marcos. No me apetece estar sola. ¿Y tú qué harás? ¿Volverás a Sevilla?

—Tengo que ir a un sitio. Te agradecería que me facilitaras la dirección donde puedo encontrar a Herminia.

Olga le soltó la mano como si hubiera recibido un calambre.

La ventana

Isabel abrió los ojos. Una claridad abrumadora inundaba la habitación. Le costó varios segundos acostumbrarse a ella. Aunque no reconoció el lugar, supo dónde estaba. Una vez, de pequeña, su madre la había llevado al hospital a que le dieran dos puntos en la barbilla, fruto de una caída en bici. Se incorporó con cuidado y se llevó las manos al cuello. Tenía grabada la cadena de hierro. Apoyó los pies en el suelo. Las losas le transmitieron el frío. Estaban suaves y limpias. La planta se le deslizaba con facilidad. Se acercó a la ventana, que abría todo un nuevo mundo. El cielo estaba despejado. Había árboles, coches, peatones, pájaros, ruidos, luces. Tantísimos estímulos que no supo dónde mirar. La puerta se abrió. Volvió corriendo a la cama y se tapó con la sábana.

—Buenos días, Isabel. ¿Has dormido bien? —saludó un hombre con pijama blanco. Empujaba un carrito. Isabel asintió—. En cuanto desayunes, te haremos algunas pruebas y podrás volver a casa. ¿Te parece bien?

Dejó la bandeja de comida en la cama y se retiró para mirarla un momento. Isabel quitó la tapadera y descubrió un plato de tortitas con sirope de fresa. Engulló el desayuno con las manos. Tenía la boca aún manchada cuando oyó pasos corretear por el pasillo. Se cubrió con la almohada hasta los ojos. Entró una mujer de apenas cincuenta kilos y ojos saltones, seguida de un hombre barbudo que cargaba el bolso de la primera. La miraron como quien mira algo por primera vez.

—Lo siento, no podíamos esperar más —se excusó Catalina dirigiéndose al enfermero. Rápidamente miró a su hija—. Mi niña, lo siento mucho, lo siento mucho, lo siento mucho —decía una y otra vez cubriéndose la boca.

Isabel miró a la señora triste. Moqueaba y se aguantaba las ganas de ir hacia ella. Estaba muy delgada, tanto que el pantalón de lino le hacía bolsas. Miró sus ojos. Eran verdes como la albahaca. Verdes como los de su madre.

Catalina leyó en los labios de su hija «mamá». Corrió hacia la cama como si hubieran dado el pistoletazo de salida. Estrechó a su pequeña. Había soñado cada noche desde hacía catorce años con ese momento. Rodrigo las rodeó con sus brazos, uniéndose a la algazara de risas y lágrimas.

El cuarto eslabón de la familia Díaz contemplaba la escena desde el quicio de la puerta. En la mente de Emma surgió una necesidad que nunca antes había previsto. Pensó en el diseño de una cámara de fotos, en cómo absorben la luz a través de la lente convirtiéndola en imágenes. Lo supo entonces: las mejores fotos no vienen en formato alguno, las tenemos delante de los ojos. Había sido la última en entrar y hubiera dado lo que fuera por fotografiar aquel momento con la retina.

El Psiquiátrico Penitenciario de Sevilla recogía internos ingresados por orden judicial e internos preventivos a la espera de valoración psiquiátrica. Se encontraba ubicado a las afueras de la capital sevillana, rodeado de prados y cultivos y, sobre todo, de medidas de seguridad. A pesar de la puerta enrejada y de la cabina del guardia que custodiaba la entrada, a Lara no le pareció que su aspecto fuera carcelario. Podría haber pasado por un instituto de secundaria excesivamente vallado. Las columnas blancas que presidían la entrada, las paredes de ladrillo y los arbolitos de los alrededores dotaban al lugar de cierto encanto.

El proceso de seguridad avivó los nervios del estómago de Lara. El enfermero de recepción comprobó sus datos y su DNI. Al parecer, en la lista de visitas autorizadas solo aparecían el nombre de Olga y el suyo propio. Le comunicaron que, hasta que no tuviera lugar el juicio, comenzarían con Herminia un sistema de rehabilitación basado en electroestimulación y musicoterapia que estaba dando grandes resultados. Un funcionario de instituciones penitenciarias le consignó el bolso y la observó pasar por un detector de metales. Le informó de que no podría entregarle ningún objeto, alimento, lectura... sin la autorización previa de los enfermeros. Tuvo que desprenderse de cualquier cosa punzante, incluidos los cordones y el cinturón que le apretaba el vaquero a la altura de la cintura. Mientras caminaba por los inmaculados pasillos guiada por una enfermera uniformada, Lara se percató de las distintas cámaras de seguridad; dedujo que recogían planos abiertos del perímetro del edificio.

—No se preocupe si la encuentra un poco aturullada. Es normal los primeros días de cambio de medicación. La puerta de acceso tiene una mirilla. Si ocurre lo más mínimo, no dude en avisarnos —dijo dedicándole una sonrisa de cortesía.

Lara se quedó petrificada. Intentó tragar la náusea que le sacudía el esófago. Había conducido hora y media pensando qué le diría a su madre y en cuestión de segundos todos los apuntes mentales se habían desvanecido. La enfermera tiró del picaporte y la invitó a pasar. La sala desprendía un olor a lejía que casi la hizo llorar. El mobiliario era escaso y práctico. Una mesa y una silla atornilladas al suelo, una cama y dos sillones mirando hacia la única ventana de la habitación, que daba al aparcamiento delantero. Un escalofrío le recorrió la espalda al pensar que Herminia la había visto desde que aparcó. Se sentó a su lado, y solo entonces esta la miró. Sintió sus ojos escrutándole cada facción, cada lunar, cada gesto. Luego, volvió la vista a la ventana.

—Lara —se limitó a decir.

—Buenos días, mamá. —Le costó decirlo.

—Pensé que no volvería a verte —continuó arrastrando las palabras.

Lara creyó atisbar algo de emoción en sus ojos.

—¿Te tratan bien?

Herminia asintió sin fuerzas. Se movía despacio, con calma. Miraba a través de la ventana, divisando algo extraordinario solo visible para sus ojos. Lara observó sus mocasines, su bata azul. Llevaba un recogido despeinado. La parte de atrás se veía aplastada. Seguramente de haber pasado quince horas sobre la almohada. No halló su peculiar aroma a laca. Tampoco el aplomo que la caracterizaba. Estuvo a punto de sentir lástima. Jugueteó con sus dedos, buscando las palabras del discurso que había preparado.

—No estaba segura de querer volver a verte. No he conseguido pegar ojo. Le he estado dando vueltas toda la noche. Si tanto afán tenías de ser madre, ¿por qué me descuidaste tanto? ¿Tan horrible es tener una hija como yo?

Herminia se aclaró la garganta, pero no dijo nada. El tema la incomodaba. Aunque no hubieran pronunciado las palabras mágicas, ambas sabían cuál era el punto que tratar: su forma de amar. Lara siguió la dirección de su mirada y encontró su Citroën C3 bajo la sombra de un sauce llorón. Junto a él, esperaban Emma y su chico. Carla paseaba a unos metros por los jardines de la clínica con un Chaqui incombustible. Habían accedido a acompañarla. Carla se quedaría un tiempo, y Emma regresaría en un par de horas para ocupar el puesto que le tocaba. Isabel estaba en las mejores manos: las de su familia.

Herminia no iba a contestar. Lara suspiró.

—Solo he venido a despedirme y a decirte que voy a escribir un libro en el que tú serás la antagonista: *Perro que no ladra*. —Su comunicado no acaparó la atención que esperaba—. Esta será la última vez que nos veamos. Adiós, mamá.

Se quedó quieta observando a su madre, esperando una réplica que no llegó. Le dio un beso en la mejilla y se dispuso a salir.

—¿Cómo está Isabel?

Lara dio un respingo y giró el cuello. Su madre seguía en el sillón, de espaldas, perdida en la ventana. Dudó unos segundos.

—Viva y libre.

Aporreó la puerta con los nudillos, que al momento se abrió, y salió de aquel cuartucho blanco con olor a desinfectante. Lara no pudo verlo, pero supo que Herminia sonreía.

Bajó las escaleras ansiosa por salir de allí. Agradeció el aire fresco y ventilado del exterior. Chaqui se acercó a recibirla. Carla también. Miró hacia la ventana del dormitorio de su madre. La única visión que le quedaba del mundo era el aparcamiento de aquel sitio para locos. Desde esa distancia, solo pudo apreciar la silueta negra. Estaba segura de que la observaba con ojos punzantes. Sostuvo la correa del perro en una mano y con la otra agarró a su novia. Se tomó un tiempo para besarla antes de darle la espalda al edificio. Sabía que había borrado de golpe aquella sonrisa de bruja.

Agradecimientos

Cuando emprendí este viaje, lo hice porque me lo debía. Me debía darme la oportunidad de hacer lo que realmente me gusta, aquello que me mueve por dentro. Escribí *Perro que no ladra* sin más pretensiones que la de ver mi historia en forma de libro. Sabía que germinaba en él algo especial y diferente que me hacía sentir una satisfacción inexplicable. Llamémoslo chispa emocional.

Que me leyeran diez o cien personas siempre fue secundario, porque esa sensación por sí sola, la de haber escrito algo bueno, es maravillosa. Cuando veo dónde ha llegado, todavía me estremezco. Los sueños se cumplen. Estoy volando. La sensación de vértigo es constante, y eso mismo es lo que lo hace apasionante.

Me gusta pensar que he encontrado mi propio *pensadero*, como aquella marmita gigante en la que Albus Dumbledore, director de Hogwarts, guardaba sus recuerdos después de haberlos sacado con una varita de su corteza prefrontal. Como él, no encuentro calma hasta que esas ideas locas salen de mi cabeza y toman forma en un manuscrito. Ese es mi pensadero: crear historias.

Y esta, la historia de Lara, no podría haber sido lo que es sin ellos.

Quiero agradecer a la Guardia Civil de Chiclana por resolver las cuestiones en cuanto a la terminología del cuerpo.

Al Ayuntamiento de Chiclana y, en especial, a José Alberto Cruz, delegado municipal de Juventud y Educación, por volcarse con los jóvenes chiclaneros y apoyar mi trabajo.

A María José, por su carácter chispeante, por su alegría sincera, por dar voz y promover la novela como nadie desde su rinconcito en Tu Papelería. Gracias, no lo olvidaré.

A Francisco Mora, que sin saberlo me aportó todos los datos neuroeducativos que imprimen las intervenciones de uno de los personajes, Ángel.

A Luisita, por empaparme de creencias supersticiosas y esotéricas que ayudaron a dar forma a la controvertida Herminia.

A todos los medios de comunicación locales, provinciales y autonómicos que me abrieron sus puertas cuando apenas despegaba.

A los bookstagrammers y booktubers por su labor en redes.

A todos esos lectores de la versión autopublicada que, con su opinión, recomendación, difusión y enhorabuena, han contribuido a que la ola de *Perro que no ladra* creciera y creciera.

Por supuesto, gracias a Gonzalo Albert y a todo el equipo de Suma de Letras por darme la oportunidad y creer en mí. A Pilar Capel, a todos los engranajes que hacen que la máquina funcione. En especial, a Ana Lozano, mi editora, por hacerme sentir en casa y llevarme de la mano durante todo el proceso.

Y, cómo no, gracias a Sandra, mi pilar en esta travesía, por escuchar de mi boca cada capítulo recién escrito, por ilustrar y maquetar esa primera versión que tanto nos hizo soñar despiertas. Gracias por ser el peperoni de mi pizza.

A mis padres, por ser los lectores cero más entusiastas.

A familiares y amigos, por su ilusión compartida.

A Lara, por dejarme poner un poquito de mí en ella. Por mostrar al mundo que los miedos se vencen bajando a sótanos oscuros y prendiendo la luz, por enfrentarse al concepto que la sociedad puso en ella, acallarlo y ser quien es.

Y, sobre todo, gracias a ti, lector o lectora, por tener mi sueño entre tus manos y haber galopado hasta el final de esta historia. Espero haberte llevado a otro mundo, a ese al que yo viajo cuando escribo.

Con ganas de volver a encontrarnos,

BLANCA CABAÑAS

Índice